《红楼梦》教育启思录

跟着语文名师汪应耀
用经典破解教育迷雾

汪应耀 著

中国文史出版社

**图书在版编目（CIP）数据**

《红楼梦》教育启思录 / 汪应耀著 . -- 北京 ： 中国文史出版社，2025. 6. -- ISBN 978-7-5205-5270-7

Ⅰ . I207.411；G52-53

中国国家版本馆 CIP 数据核字第 2025PB7865 号

责任编辑：薛媛媛

出版发行：**中国文史出版社**

社　　址：北京市海淀区西八里庄路 69 号院　　邮编：100142

电　　话：010-81136606　81136602　81136603（发行部）

传　　真：010-81136655

印　　装：武汉市卓源印务有限公司

经　　销：全国新华书店

开　　本：720×1020　1/16

印　　张：19.5　　字数：225 千字　　图幅数：38

版　　次：2025 年 6 月第 1 版

印　　次：2025 年 6 月第 1 次印刷

定　　价：88.00 元

汪应耀唱给你听的《红豆曲》

汪应耀唱经典祭青春《探清水河》

汪应耀谱曲《好了歌》
重建别样语文课

汪老师的语文课：
"红楼一梦小诗童"

汪老师的语文课：
《童谣·护官符》

汪老师的语文课：
王梓涵《螃蟹咏》

汪老师的语文课：
汪应耀《咏白海棠》

汪老师的语文课：
秦于斯《咏白海棠》

汪老师的语文课：《送别》系列之
经典祭青春《十八相送》

# 目 录

目 录

# 目录

## 不盈一匊

与汪应耀老师相识已有十多年了。平时交集不多，我知道他一直在"捣鼓"《红楼梦》，还带着一帮学生和他一起"捣鼓"。

记得十多年以前，寒假开学，他邀请我去湖北省武昌实验小学给全校师生在开学典礼上诵读"咏春"的诗文。

那天春寒料峭，那天阳光正好！

之后，我知道他自费录制了《红楼梦》的歌曲。又因我是中国教育电视台《博物馆之夜》特邀主持人的缘故，我介绍他带着"海棠诗社"的弟子们参加了中国教育部、中国教育电视台《同一堂课》节目的录制。

鲁迅先生对《红楼梦》有一段经典评述："单是命意，就因读者的眼光而有种种。经学家看见《易》，道学家看见淫，才子看见缠绵，革命家看见排满，流言家看见宫闱秘事……"他这段话的核心观点揭示了"作品解读本质上是读者立场的投射"。作为教育工作者的汪应耀老师，以中国教育与《红楼梦》的关系做思考索引，为我们拓展了《红楼梦》的又一"命意"。

作为"孩子他爹",我也一直为孩子的教育所困。尽管孩子毕业于985高校,也留学海外获硕士文凭,但我就觉得孩子的身上少了某种"气"。作为一个父亲,我也一直在想,离开父母、离开老师步入社会,有什么东西是他们可以陪伴终身的那个"气"呢?

"师者,所以传道受业解惑也!"

先哲早已道出,教育的核心或者说其第一性原理应是培养能力,而非分数。当所有人在功利心的追逐下,心乱如麻,不再宁静、不再平和、不愿等待、不愿察觉和感知生命的"内驱动能"之时,我们就会在纠结中做出无奈的抉择。

自从业以来,我一直在突破专业藩篱的路上艰难跋涉。特别幸运的是,近十多年,我主持策划了大量人文方面的活动和节目,绘画、诗歌、音乐、戏曲、品茗、听香等等,这些趣雅之事《红楼梦》里皆有章节涉及。还有人文故事类节目《大揭秘》《博物馆之夜》等,培养了我的感知力,提升了我的美学修养,这些能力的注入有一种"惟怜一灯影,万里眼中明"之感,让我突破了专业藩篱,能够触摸到某种意境的边缘,这也许就是我想表达的那个"气"吧!

《〈红楼梦〉教育启思录》里就藏着这股"气"。

汪应耀老师三十年《红楼梦》的研读,十几年的一线教学课堂实践,始终都贯穿着这股"气"。

"师者匠心,止于至善;师者如光,微以致远",站在"传道"与"育人"的角度,我更能感受到《〈红楼梦〉教育启思录》这本书的沉甸甸和用心良苦。此书能够完稿付梓,孕育它的土壤——湖北省武昌实验小学的胆识、远见和情怀,以及大格局、大学问、大品格的"大先生"作派,也令我心生敬意!

前几天,我去一位收藏家朋友那儿喝茶。还未坐定,他就欣喜地从室外抱来一钵名贵的杜鹃花，他告诉我，这盆花濒危之时他从别人手上得来，养了三年都没有开花，他就耐心地小心呵护，适时浇水、施肥、晒太阳，接下来就是"静待花开"。不承想，今日恰逢贵客盈门，它就顾盼嫣然了！我手捧茶盏，望着"红敌胭脂白如雪"的花瓣，惜福之余，更多了一份对"园丁"的敬重之情。

《诗经》说"终朝采绿，不盈一匊"，终日忙忙碌碌，可那绿采在手里还不够一捧。但，这抹轻柔的绿，从容不迫，清翠鲜亮，蓬蓬勃勃，像极了生命在萌动。园丁劳碌终日，以"静待花开"的轻盈之姿不负朝朝暮暮，待春水涌动，漫过沙洲，于海棠间、花枝上与高贵优雅的灵魂相遇相伴。

聂文

中华全国新闻工作者荣誉勋章获得者

中国教育电视台《博物馆之夜》特邀主持人

今天，所有中国人都怕输在起跑线上，拼命向一个叫未来的地方冲刺，有孩子的，还捎带上孩子，他们追踪前沿资讯，打破思维壁垒，提升认知格局，唯恐错过时代之一秒，并美其名曰，这是与时俱进。

脚力不行的我，选择溜达在全世界，甘愿做最后一个守校人，徐徐展开那一部《红楼梦》，为百年树人的中国教育殿个后。

清晨六点，淡烟疏柳，凝露素光，斜风晓寒。虽然见惯，还是怕她们在脚步声里消散，我慢下来她们可能就留得久一些。于是我徐徐推开篱笆，扯几棵白菜，深吸几口晨息，折回厨房准备早餐。

我那么清晰地知道，清新的空气是免费的，几棵小白菜也不值几何，一碗小米粥就着白菜却是我倍加珍惜的奢侈。

很多年才真正明白：大自然赠予的，才是最贵的。

读书，何尝不是最廉价的奢侈呢？

"劝子且秉烛，为驻好春过"可能也是痛过后的领悟。

龄官的一句"则为你如花美眷，似水流年"令黛玉心动神摇，看来，她是真的懂。

三十多年研读《红楼梦》，光阴没有全费，我也渐渐地懂了。

## 一、《红楼梦》可与中国教育结"秦晋之好"

现在我们都明白：没有分数过不了今天，只有分数过不了明天。

所有老师更应该明白：孩子不去观世界，明天没有世界观。

但又有多少老师知道怎样去践行呢？

感谢大观园给我明示。

十多年前，我开发了课程"红楼一梦小诗童"，带领孩子们走进大自然，目的只是想对孩子们进行诗文启蒙，引发他们对自然和人文的关注，用诗意的语言来复制海棠诗社。

可走着走着，我发觉，虽然诗社已去，海棠依旧，但一个简单的复制，能为孩子们带来什么呢？分数吗？

教育不应该止于分数。

更重要的应该是唤醒！

唤醒孩子们对生灵的关注，对生活的关照，对生命的关爱。

教育不该有围墙，世界才是大课堂。

中国教育早就该与《红楼梦》"联姻"。

一线教师能当好他们的"红娘"，何其有幸。

## 二、《红楼梦》成就书香人家

且不说现在的孩子会不会玩儿，贾探春真让我见识了什么叫"会玩儿"。

宝玉哥哥每日在园中任意纵性逛荡，无聊至极，真正是把光阴虚度，岁月空添。

妹妹贾探春来教哥哥贾宝玉怎么玩儿了：

"孰谓莲社之雄才，独许须眉；直以东山之雅会，让余脂粉。若蒙棹雪而来，娣则扫花以待。此谨奉。"

"莲社之雄才，东山之雅会"分别指慧远大师和谢安、王羲之组局的雅集，让我大吃一惊的是，十一二岁的小女孩贾探春不仅熟知这些典故，而且她觉得，你们这些男人组织的活动，我们小女孩可以完成得更好！

在探春的发起下，海棠诗社应运而生。

"三国杀"等是现代孩子们的娱乐，吟诗作对则成了黛玉、宝钗们的游戏。

如果说雅会东山是一时之偶兴，海棠诗社早成了我心中的千古佳谈。

### 三、《红楼梦》教我做个好人，更教我做个好老师

孔子曾经评价他的得意弟子颜回：一箪食，一瓢饮，在陋巷，人不堪其忧，回也不改其乐，贤哉回也。

这是一种很高的人生境界，也是孔子所欣赏的安贫乐道的精神。

现代社会的好老师仅有安贫乐道的精神是远远不够的。

一所好学校，一位好老师，面对所有的学生更应该做到：

保护天性，尊重个性，发展社会性。

宝玉让我知道了慈悲和关爱。

贾母让我懂得了大气和包容。

黛玉让我学会了孤独和坚持。

宝钗让我谨守了规则和底线。

探春让我明白了行动和创新。

……

这一切，就是对"保护天性，尊重个性，发展社会性"的最好诠释。

### 四、《红楼梦》为家校共育提了个醒

《薄命女偏逢薄命郎 葫芦僧判断葫芦案》，呆霸王薛蟠的胆大妄为原来是从原生家庭中带来的。

《训劣子李贵承申饬 嗔顽童茗烟闹书房》是《红楼梦》中记录学堂的一个章节，耐人寻味，值得深究。

大部分家长可能不明白，在孩子的天性里，会存在不同情绪、想法相互交织碰撞的阶段，有时可能会展现出较为复杂、多变的状态，严重时甚至会被误以为是一种人格分裂。

爸爸贾政不知宝玉在学堂的顽劣，否则，宝玉早就没命了。

香怜、玉爱的父母更不能理解自己孩子在学校的角色和际遇。

原来"父母是孩子的第一任老师"是真的，而且是毋庸置疑的。

所以是"家校共育"，而不是"校家共育"。

那么，老师又真的能了解学生吗？能了解多少呢？

贾代儒老师一无所知，代理班主任贾瑞知而无能。

许慎说教育：

教者，上所施，下所效也。

育者，养子使作善也。

看来，我们都要好好解读。

父母先行一步，学校紧紧而又谨谨前行，更不能忘记要时时形成合力。

### 五、《红楼梦》教我幸福地活着

人最远能走到哪里？

AI 说，人类最远能到达的地方是北极点。

刘亮程说，人最远能走到自己的尽头。

我只想脚踏实地地走到我自己的尽头。

人们常常用"灵魂拷问"来反思，我也经常灵魂拷问自己：

怎样才能幸福地活着？

其实，我连"为什么活着"都没弄明白，何谈"幸福地活着"？

于是，我反复追问自己：

为什么要上学？——为什么要工作？——为什么要终身学习？

真是个难题。

研读《红楼梦》三十年后的某天，"无立足境是方干净""好一似食尽鸟投林，落了片白茫茫大地真干净"让我有了顿悟：

干干净净地活着，就是幸福。

# 第一章

# 学在窗竹野泉

# ❧ 校外培优与香菱学诗 ❧

2021 年，国家重拳出击，开始整治和规范校外培训。

历史，不厌其烦地上演着有人欢喜有人忧的剧目。

翻出了我去年发表的文章，再次膜拜一位命运多舛却热爱学习的女孩，父母为她取名叫甄英莲，人贩子为她改名叫香菱，后又被主人改名叫秋菱。

希望我的笔，化香菱为明镜。

武汉的薛女士是一名初二学生的家长，有件事让她非常头疼——女儿考试成绩一直都很不理想。

从 2016 年起，她就将女儿送到一家培训机构去补习。当时第一次报名花了 28000 多元。去年 11 月第二次报名，360 个课时，一对三的小班，总价 29600 元，学数学和科学。

但是花费这么多金钱补习这么久，女儿的数学成绩却丝毫没有提高，还是只能考四十多分。

其实，在补习之前，薛女士女儿的数学本来也是四十多分的水平。

成把的钱扔进长江，本想听个响儿，结果连个泡泡儿都没冒。

薛女士好不甘心。

三百多年前的香菱，只是晚上做了个梦，便得了八句，诗作惊艳大观园，写了篇"高考满分作文"。

我的语文课"红楼一梦小诗童"开课后，我为孩子们讲述了很多《红楼梦》中的人物故事，但我从没想过要触碰甄英莲或香菱的过往。

王国维先生说，《红楼梦》一书，与一切喜剧相反，彻头彻尾之悲剧也。

鲁迅先生说，《红楼梦》里，悲凉之雾遍布华林，呼吸领会之，唯宝玉而已。

岂止宝玉。

我知道，今天我讲香菱，就是将香菱"开膛破肚"，然后一件件往外晒她血淋淋的苦。

但我觉得，中国文学史和中国美术史上最美的画面不仅仅应该有"黛玉葬花"，也应该有"香菱学诗"。

"香菱学诗"还应该成为当代中国教育史上最美的画面。

当然，她也应该成为湖北省武昌实验小学问导式自主课堂上最美的画面。

重要的是，香菱完全可以慰藉中国当代千千万万个薛女士那不甘的心。

香菱原名甄英莲，父亲甄士隐是当地一位极具修为而又宅心仁厚的乡绅，英莲自然也是父母掌心的珍宝，妥妥的贵族小姐。

世上命运两济的事儿多了去了，但历经诸多磨难，最终变得血泪斑斑、无比凄惨的，恐怕只有甄士隐家。

为了圆穷书生贾雨村的状元梦，甄士隐慷慨赠银五十两，贾雨村却携带巨款，莫名其妙地不辞而别。

元宵佳节，甄士隐家的用人霍启带英莲观灯，因小解将英莲放于墙壁上坐着，出来后，发现五岁的英莲被人贩子拐走，霍启逃亡他乡避祸。

甄士隐夫妻思女心切，痛苦成疾。

紧接着家园失火，万贯家财付之一炬。

万般无奈之下，夫妻俩避走乡下田庄，又遇天灾，颗粒无收。

最后只得寄人篱下，投奔岳父封肃，手中余钱被岳父连哄带骗了去，所剩无几。

甄士隐大彻大悟，随癞头和尚遁入空门。英莲母亲寻不见夫君，痛不欲生。

六七年间，没人知道甄英莲经历了什么，小女孩十二岁了，被人贩子卖与家底还算不错的公子冯渊，冯公子发誓绝不再娶，只爱她一人。

谁知人贩子财迷心窍，又将英莲卖与呆霸王薛蟠，并准备卷钱逃走，被两家捉住打了个臭死。

两家只要人，都不退钱，呆霸王薛蟠招呼家人，将冯渊揍个稀烂，气绝身亡。英莲被抢入薛家。

因为被贩卖，英莲失去了户口和贵族身份，只能给薛蟠当丫头和小妾，并被薛家赐名，叫作香菱。

因宝钗可怜她，将她带入大观园做伴。

这也开启了香菱人生中唯一一段幸福时光。

"根并荷花一茎香，平生遭际实堪伤。自从两地生孤木，致使香魂返故乡。"

经胡适之先生等考证，两个土（地）加一个木是"桂"字，香菱被薛蟠的正妻夏金桂殴打，折磨致死。

能够说的，都不痛；

不能说的，痛及骨髓。

香菱的痛，只能留给善良的同病人静静地舔舐。

香菱运道不济，但骨子里自带贵气，"慕雅女雅集苦吟诗"。她一门心思想学写诗，便求教于自家姑娘薛宝钗。

香菱笑道:"好姑娘,你趁着这个工夫,教给我作诗罢。"

宝钗并不肯教她。

香菱只好往潇湘馆中恳求黛玉,见了黛玉,她笑道:"我这一进来了,也得了空儿,好歹教给我作诗,就是我的造化了!"

黛玉笑道:"既要作诗,你就拜我作师,我虽不通,大略也还教得起你。"

香菱笑道:"果然这样,我就拜你作师。你可不许腻烦的。"

在"女子无才便是德"的文化背景下,教与学就这么愉快而又真实地发生了。

黛玉道:"什么难事,也值得去学!不过是起承转合,当中承转是两副对子,平声对仄声,虚的对实的,实的对虚的,若是果有了奇句,连平仄虚实不对都使得的。"

此时的香菱十五岁,黛玉十三岁出头,生大师小,可黛玉对吟诗作对驾轻就熟,领会为"起承转合"。

起,应该是写诗的起因,起因写好了,要承接一个事实,然后摆脱平实,面对转折,这个承转的变化要用对联来呈现。最后做一个总结,完成诗歌的创作。

我们以杜工部的《登高》为例:

风急天高猿啸哀,渚清沙白鸟飞回。
无边落木萧萧下,不尽长江滚滚来。
万里悲秋常作客,百年多病独登台。
艰难苦恨繁霜鬓,潦倒新停浊酒杯。

诗歌的起为"风急天高猿啸哀,渚清沙白鸟飞回",野旷,孤寂,萧瑟,肃杀,不禁令人想起"绕树三匝,何枝可依"的凄凉。

这样的背景下，承接"无边落木萧萧下，不尽长江滚滚来"的对句，树木荣枯，长江滚滚东去，传达出杜甫对韶光易逝、壮志难酬的感伤。

紧接着，诗人笔触转向"万里悲秋常作客，百年多病独登台"的现实，漂泊，老迈，多病，却仍旧孤独无成。

这个承转之间，就用了两副对联：

"无边落木"对"不尽长江"，"萧萧下"对"滚滚来"；

"万里悲秋"对"百年多病"，"常作客"对"独登台"。

最后，诗人连用四个字"艰""难""苦""恨"做了总结：两鬓斑白，一事无成。

这就是合。

每每读到这里，我也深受黛玉的启发：诗歌由"起承转合"和多角度的对联构成，人一生的命运难道不是由"起承转合"和对联的多面来铺陈吗？

你喜爱月圆，就要接受月亏；你热爱光明，就要直面黑暗；你想要万的长久，就要面对一的短暂。

行到水穷处怎么办？你不能老是走，不停地走会累死。学会停下来，坐下来。坐下来才会看到云升起。这就是坐看云起时。坐下来就能看到山的巍峨、挺拔。但总看到山的高大挺拔容易狂傲，适时领略水的低卑与柔和才能平衡心境。

人生，既有春的繁华，也有秋的萧条，你不想接受也不行，因为这才是完美的统一。

中国的诗歌和对联，就是人生矛盾而又统一的生命美学。

汉民族的古诗词，既有绝美的艺术元素，更饱含辩证的人生哲理，这样的文学形式，将艺术和哲理高度融合，形成独特的生命美学结构，可算得人类文明史上的独一份。

黛玉还开导香菱："你若真心要学，我这里有《王摩诘全集》，你且把他的五言律读一百首，细心揣摩透熟了，然后再读一二百首老杜的七言律，次再李青莲的七言绝句读一二百首。肚子里先有了这三个人作了底子，……不用一年的工夫，不愁不是诗翁了！"

小女子林黛玉冰清玉洁，三贞九烈。她身体里究竟储藏有多少未知的能量？

二十多年来，这个问题一直萦回在我耳畔。

她将学习古诗词的路径归结为：

先读王维的五律——再读杜甫的七律——后读李白的七绝。

王维的诗歌，特别是五言律诗，随性，恬淡，这种风格，也契合了王维诗佛的称号。

王维非常年轻的时候就考中进士，他的七言律"新丰美酒斗十千，咸阳游侠多少年"和"偏坐金鞍调白羽，纷纷射杀五单于"正是当年英姿飒爽、意气风发的写照。

安史之乱爆发，王维没有逃出京城，被安禄山抓住，逼迫他创作典礼音乐。后来，朝廷以附匪的罪名排挤王维，让他出使凉州，彻底击碎了他的报国梦。

"大漠孤烟直，长河落日圆"诞生于此时。

王维半官半隐于蓝田辋川，创作了大量的五言律诗。

他用诗歌告诉人们，生活平淡如此，一样可以安静，美好。

读完一百首王维的五言律，再读一二百首杜甫的七言律。

杜子美的七言律诗沉郁，厚重，大多写于安史之乱后期，极具代表性的《登高》《秋兴八首》等，就是这一时期的作品。杜甫的厚重，一般读者难以理解和掌握，除非你有很好的积累。

最后，再以李青莲的七言绝句做一个释放和总结。李白的诗歌热情奔放，豪迈旷达，为大多普通百姓所接受和喜爱。

回想起自己学诗的经历。

一开始，我就爱上了李白的"飞流直下三千尺，疑是银河落九天"，跟着也读了李白其他的诗歌，随着"五花马，千金裘，呼儿将出换美酒"恣意挥洒。

有一天，老师说，你们以"春天"为题，试着写一首诗。结果我发现自己的词句和思绪早被庐山瀑布裹挟着，飞流直下尘埃，摔得稀碎。

因为收不住啊！

杜工部的沉郁和厚实，更是难以承受之重。

我佛慈悲！还是先恋上诗佛王摩诘吧。

黛玉告诉香菱，写诗如果不写到"大漠孤烟直，长河落日圆"，就会被"平平仄仄平平仄，仄仄平平仄仄平"的格式所局限，写不出大的格局。

黛玉的意思是，写诗歌确实是有格式和方法的，但应该以立意为主，如果立意新巧，格式是可以被打破的。重要的是，诗歌创作人的视野要开阔，诗歌要有大格局。

香菱听了，笑道："既这样，好姑娘，你就把这书给我拿出来，我带回去，夜里念几首也是好的。"

黛玉听说，便命紫鹃将王右丞的五言律拿来，递与香菱，又道："你只看有红圈的，都是我选的，有一首念一首。不明白的问你姑娘，或者遇见我，我讲与你就是了。"

香菱拿了诗，回至蘅芜苑中，诸事不顾，只向灯下一首一首地读起来。宝钗连催她数次睡觉，她也不睡。宝钗见她这般苦心，只得随她去了。

为了学诗，香菱开始废寝。

一日，黛玉方梳洗完了，只见香菱笑吟吟地送了书来，又要换杜律。

黛玉笑道："共记得多少首？"

香菱笑道："凡红圈选的我尽读了。"

黛玉道："可领略了些滋味没有？"

香菱笑道："领略了些滋味，不知可是不是，说与你听听。"

黛玉笑道："正要讲究讨论，方能长进。你且说来我听。"

学生的学习积极性和主动性一旦被开发出来，女老师就可以像黛玉般放心洗脸化妆，男老师则可以尽情喝茶耍酷。

各位领导，各位校长，各位老师，各位同学，各位家长，我们到哪里去寻访特点如此鲜明的、教学相长的鲜活案例？

是时候了！

香菱应该走进各位家长朋友的视野。

真正有效的阅读和学习，应该是这样发生的。

香菱笑道："据我看来，诗的好处，有口里说不出来的意思，想去却是逼真的；有似乎无理的，想去竟是有理有情的。"

黛玉笑道："这话有了些意思，但不知你从何处见得？"

香菱笑道："我看他《塞上》一首，那一联云：大漠孤烟直，长河落日圆。想来'烟'如何'直'？日自然是'圆'的。这'直'字似无理，'圆'字似太俗。合上书一想，倒像是见了这景的。若说再找两个字换这两个，竟再找不出两个字来。"

香菱平时呆呆的，想不到却是蕙质兰心的好学生。

看来，单纯、安静出智慧，永远都是对的。

湖北省武昌实验小学的自主课堂，要求以学生为学习的主体，老师退到学习舞台的背后，适时引导。这样，问导式课堂的路径也就很明确了：

学生自学—成疑—呈疑—合作探究—释疑—反思

香菱自学充分，把老师圈的内容全读了；她还很会发现问题，而且发现的问题都很有价值，成疑效率高。知道这"直"字似无理，"圆"字似太俗，但找不到替代的。

确实，艺术的美一旦出现，就是无可替代；"直"和"圆"独一无二，无可替代，"大漠孤烟直，长河落日圆"才能成为千古绝唱。

正说着，宝玉和探春也来了，也都入座听香菱讲诗。

好学生、好同伴就是宝玉和探春的样子，好课堂就应该是单纯安静的。

探春笑道："明儿我补一个柬来，请你入社。"香菱笑道："姑娘何苦打趣我，我不过是心里羡慕，才学着顽罢了。"

探春黛玉都笑道："谁不是顽？难道我们是认真作诗呢！若说我们认真成了诗，出了这园子，把人的牙还笑倒了呢。"

在没有阶级和等级的大观园，丫头身份的香菱被邀请入了海棠诗社。

在游玩中学写诗，应该是被卖来卖去的女孩子香菱最幸福的时光。

香菱还央求黛玉、探春二人：

"出个题目，让我诌去，诌了来，替我改正。"

黛玉道：

"昨夜的月最好，我正要诌一首，竟未诌成，你竟作一首来。十四寒的韵，由你爱用那几个字去。"

十四寒的韵，按今天的普通话来说，就是韵母为"an"的韵。黛玉让香菱以"月"为题，写一首诗。

香菱听了，喜得拿回诗来，又苦思一回作两句诗，又舍不得杜诗，又读两首。如此茶饭无心，坐卧不定。

宝钗道："何苦自寻烦恼。都是颦儿引的你，我和他算账去。你本来呆头呆脑的，再添上这个，越发弄成个呆子了。"

香菱为写诗，茶饭无心，坐卧不定，如痴如呆。

宝钗把这笔账算到了老师黛玉头上。

香菱笑道："好姑娘，别混我。"一面说，一面作了一首，先与宝钗看。

宝钗看了笑道："这个不好，不是这个作法。你别怕臊，只管拿了给他瞧去，看他是怎么说。"

香菱听了，便拿了诗找黛玉。黛玉看时，只见写道：

月挂中天夜色寒，清光皎皎影团团。
诗人助兴常思玩，野客添愁不忍观。
翡翠楼边悬玉镜，珍珠帘外挂冰盘。
良宵何用烧银烛，晴彩辉煌映画栏。

黛玉笑道："意思却有，只是措辞不雅。皆因你看的诗少，被他缚住了。把这首丢开，再作一首，只管放开胆子去作。"

看到香菱写的诗，真的让人佩服曹雪芹。

曹大师能够把第一次作诗人的稚嫩和尴尬呈现在读者面前，实属不易。典型的句子就是"诗人助兴常思玩"。

第一次作诗，虽然措辞不雅，但有了林老师的鼓励，香菱默默地回来，越性连房也不入，只在池边树下，或坐在山石上出神，或蹲在地下抠土，来往的人都很诧异。

李纨、宝钗、探春、宝玉等听得此信，都远远地站在山坡上瞧看她。只见她皱一回眉，又自己含笑一回。

宝钗笑道："这个人定要疯了！昨夜嘟嘟哝哝直闹到五更天才睡下，没一顿饭的工夫天就亮了。我就听见他起来了，忙忙碌碌梳了头就找颦儿去。一回来了，呆了一日，作了一首又不好，这会子自然另作呢。"

宝玉笑道："这正是地灵人杰，老天生人再不虚赋情性的。我们成日叹说可惜他这么个人竟俗了，谁知到底有今日。可见天地至公。"

《红楼梦》里最难读懂的人，就是小男孩贾宝玉。

别人都觉得香菱苦命，被俗人薛蟠拘囿了精神和肉体，跟着也俗气起来。但宝玉并不这么看，他觉得老天是公平的，特别是对待大智若愚的香菱。否则，香菱进不了大观园这么自由的学堂，更碰不到黛玉、宝钗、探春这一拨学友，当然，也进不了海棠诗社这么好玩儿的社团。

现代心理学家对"阿尼玛"和"阿尼姆斯"现象很感兴趣。

阿尼玛是男性身上的女性因素，这种因素会让男性在潜意识中像女人一样去思考问题。

大概是宝玉身上的"阿尼玛"因子较多，所以他才心思细密，待人和善。

进入中年，我愈加坚信：宝玉就是《红楼梦》中的活菩萨。

因为，如若他没走进香菱内心，他没化身为香菱，是不会领悟"老天生人再不虚赋情性的"。

观音菩萨有三十三个化身，正是因为观世音菩萨常常化身，站在别人的立场，走进别人内心，他才能理解和包容一切，大慈大爱，悲天悯人。佛教里常说的"无缘大慈，同体大悲"即是同理。

当我们的老师化身为学生、学生化身为老师时，我们的课堂，我们的教室，我们的学校，是不是都可以变成香菱的大观园、小豆豆的巴学园呢？

我们再来看香菱。

只见香菱兴兴头头地又往黛玉那边去了。探春笑道："咱们跟了去，看他有些意思没有。"说着，一齐都往潇湘馆来。只见黛玉正拿着诗和她讲究。众人因问黛玉作得如何。黛玉道："自然算难为他了，只是还不好。这一首过于穿凿了，还得另作。"众人因要诗看时，只见作道：

非银非水映窗寒，拭看晴空护玉盘。
淡淡梅花香欲染，丝丝柳带露初干。
只疑残粉涂金砌，恍若轻霜抹玉栏。

梦醒西楼人迹绝，余容犹可隔帘看。

宝钗笑道："不像吟月了，月字底下添一个'色'字倒还使得，你看句句倒是月色。这也罢了，原来诗从胡说来，再迟几天就好了。"

怎么样？那个时候的评价体系和文学批评够原生态，也够犀利吧。

香菱自以为这首妙绝，没想到自己把"月"写成了"月色"。

也就是说，她跑题了。

再次失败，香菱放弃了吗？

她听如此说，自己扫了兴，不肯丢开手，便要思索起来。因见他姊妹们说笑，便自己走至阶前竹下闲步，挖心搜胆，耳不旁听，目不别视。

宝钗道："可真是诗魔了。都是颦儿引的他！"

黛玉道："圣人说诲人不倦，他又来问我，我岂有不说之理。"

各自散后，香菱满心中还是想诗。至晚间对灯出了一回神，至三更以后上床卧下，两眼鳏鳏，直到五更方才朦胧睡去了。一时天亮，宝钗醒了，听了一听，她安稳睡了，心下想："他翻腾了一夜，不知可作成了？这会子乏了，且别叫他。"

正想着，只听香菱从梦中笑道："可是有了，难道这一首还不好？"宝钗听了，又是可叹，又是可笑，连忙唤醒了她，问她："得了什么？你这诚心都通了仙了。学不成诗，还弄出病来呢。"

原来香菱苦志学诗，精血诚聚，日间作不出，忽于梦中得了八句。

心理学家把香菱这种"挖心搜胆，耳不旁听，目不别视"的状态称为非理性状态。中国文字美学里有一个字可以恰当地表述这种状态，那个字就是"痴"。

法国哲学家福柯对非理性状态很有研究。我花了整整一周的时间阅读完他的《疯癫与文明》，也特别认同他 "各种精神失常、各种自恋错觉、各种感情，发展到盲目的地步便是名副其实的疯癫。因为盲目是疯癫的突出特征"的论调。

香菱苦志学诗，感怀明月，目标明确。宝钗担心她会疯魔，其实是多余的。

古希腊文化里，阿波罗与狄奥尼索斯是对立的。阿波罗是太阳神，代表理性的成分；狄奥尼索斯是酒神，代表非理性的状态。

这两种对立的状态其实非常玄妙。

当我大笑着读完俄国作家陀思妥耶夫斯基的"如果让我挑专业的话，我非挑懒虫和酒囊饭袋不可，但不是普普通通的懒虫和酒囊饭袋，而是，比如说，寄情于一切'美与崇高'的懒虫和酒囊饭袋"后，我突然明白这是真的：

人在深度梦境和适度醉酒后，思维似乎会挣脱平日里的一些束缚，进入一种更为空灵、超脱的状态，灵感也仿佛如泉涌般出现。

就像李白斗酒诗百篇，在酒意的催化下，思绪得以尽情驰骋，佳作频出，杜甫在《饮中八仙歌》中对此早有记载。

王羲之在酒后挥毫写下"是日也，天朗气清，惠风和畅，仰观宇宙之大，俯察品类之盛……"这般金句，连他酒醒后都恍惚觉得《兰亭集序》的诞生像是一场不可思议的灵感爆发呢。

现代教育里，学校里，或许是太缺乏那种能让思维打破常规、让灵感自由迸发的氛围和引导了。

当然，不要指望着大醉一场和美梦一个就有了科学发明和文艺创新。毕竟基本功的苦练和厚实的积淀为上。

话说香菱见众人正说笑，她便迎上去笑道："你们看这一首。若使得，我便还学；若还不好，我就死了这作诗的心了。"说着，把诗递与黛玉及众人看时，只见写道：

精华欲掩料应难，影自娟娟魄自寒。
一片砧敲千里白，半轮鸡唱五更残。
绿蓑江上秋闻笛，红袖楼头夜倚栏。
博得嫦娥应借问，缘何不使永团圆。

众人看了笑道："这首不但好，而且新巧有意趣。可知俗语说'天下无难事，只怕有心人'。社里一定请你了。"

看来，挑同学和玩伴，品位何其重要。

香菱听了心下不信，料着是他们瞒哄自己的话，还只管问黛玉和宝钗等。

王羲之不信，香菱也不信。

很多读者觉得《红楼梦》描写的是"繁华的幻灭"，太过沉重。我觉得这样的阅读能力、理解能力和人生价值观太过狭隘。

《红楼梦》告诉我们，无论你处在怎样的生命情境里，都应该活出自我，活出温暖，活出光亮。

小女孩英莲背负着人生最大的苦痛，但从没停止追求和发光。正如她自己创作的诗句"精华欲掩料应难，影自娟娟魄自寒"一样，任何的苦难都遮挡不了披着白色纱衣，娴静、安详、温柔而大方的月亮的光芒。薛蟠哪里懂得什么"影自娟娟魄自寒"，更不可能走进香菱的内心。

当诗歌与生命经历紧密相连，就能直抵人心，动人心魄。

"一片砧敲千里白，半轮鸡唱五更残。绿蓑江上秋闻笛，红袖楼头夜倚栏。"这两行诗歌，就是黛玉强调的，承转之间的对联，"绿蓑江上"对"红袖楼头"，"秋闻笛"对"夜倚栏"。

五岁的英莲被人贩子卖来卖去，无论是在半轮鸡唱、月凉如水的夜晚，还是在绿蓑江上、独倚的楼头，她一定是没有一刻停止过对故乡、对父母的思念。仿佛张若虚的诗句"此时相望不相闻，愿逐月华流照君"描述的那一份对亲人的痛思，血泪斑斑，明月可鉴。

人间温情，只能在梦中回味，我想，香菱早就出离愤怒了。

远望可以当归，悲歌可以当泣，她借着诗歌"博得嫦娥应借问，缘何不使永团圆"向天发问："为什么人间不能永远团圆？嫦娥姐姐，你可以告诉我吗？"

几千年以来，中国的帝王喜欢拿着圆圆的玉璧礼天，封禅。

圆圆的玉璧象征着美好和团圆。他们以天子自居，告诉天上的天父，人间团圆美满，没有遗憾。

但这不过是出于他们对统治的期许，对天下太平的一种祈愿，这世间哪能真的尽是圆满无憾呀，人间的苦痛与遗憾实在有太多太多。

小女孩英莲痛到极处，心中的泪水已滴成长歌。

长歌当哭才能昭示自己不屈的魂魄。

说起《红楼梦》中美丽的场景，大部分人提及的是黛玉葬花、宝钗扑蝶、湘云醉卧芍药裀等主流画面，但作为一个命运波折，却依然能完成自我、绽放光彩的女孩儿，香菱学诗，自当美丽。

她用坚持和热爱，成就了自己做诗人的梦想。

今天，香菱学诗应该是曹雪芹送给当代中国奔走在培优路上的爸爸妈妈们最好的礼物。

汪老师的语文课：秦于斯《咏白海棠》

# 亮出你的禁书可好

　　2018 年 1 月，《武汉晚报》记者郭丽霞向我约稿，想了解"汪应耀老师经典吟唱"工作室布置的特殊寒假作业。我简单地向她介绍了我开发的校本课程——"红楼一梦小诗童"诗文吟唱系列。

　　寒假里，三十三位七八岁的小书友要熟读、背诵、书写、演唱海棠诗社里的《咏白海棠》诗歌系列和经过老师重新解构了的《好了歌》。开学后，再在音乐剧中扮演自己最喜爱的角色，如贾宝玉、林黛玉、薛宝钗等。

　　当天，郭记者还电话采访了准备扮演林黛玉的小书友秦于斯。八岁的小书友秦于斯的父母都是一线教师，秦爸爸的反馈让郭记者惊讶不已：有一天晚上快十点半了，秦爸爸想看看孩子睡下了没有，结果却发现秦于斯正躲在被子里看《红楼梦》。出于对孩子视力的保护，秦爸爸没收了孩子的《红楼梦》。

　　2018 年 1 月 31 日，郭记者以"背诗文，写诗文，七八岁孩子如痴如醉学《红楼梦》"为题，报道了这个特殊的寒假作业。

　　秦于斯同学再也不能熬夜被中观书了，但她却骄傲地亮出了自己的深夜"禁书"——《红楼梦》！

三百多年前的贾宝玉可没这么幸运。

《红楼梦》第二十三回《西厢记妙词通戏语 牡丹亭艳曲警芳心》里，详细地呈现了贾宝玉偷看禁书的经过。

姐姐贾探春回宫后，宝玉和一众人等就搬进了大观园。

"且说宝玉自进花园以来，心满意足，再无别项可生贪求之心。每日只和姊妹丫头们一处，或读书，或写字，或弹琴下棋，作画吟诗，以至描鸾刺凤，斗草簪花，低吟悄唱，拆字猜枚，无所不至，倒也十分快乐。"

所谓"拆字猜枚"，应该就是猜字谜和猜手中有几颗东西的游戏。

宝玉和姐妹们的生活，既有"读书，写字，弹琴下棋，作画吟诗，以至描鸾刺凤，斗草簪花，低吟悄唱"如此高雅、浪漫的日常，还有"拆字猜枚"这般灵动有趣的游戏，按道理来说，足矣。

可宝玉竟玩不下去了。

你看他："静中生烦恼，忽一日不自在起来，这也不好，那也不好，出来进去只是闷闷的。园中那些人多半是女孩儿，正在混沌世界，天真烂漫之时，坐卧不避，嘻笑无心，那里知宝玉此时的心事。那宝玉心内不自在，便懒在园内，只在外头鬼混，却又痴痴的。"

每次读到这里，我都会停下来思考：十三岁的宝玉在外头鬼混什么？他究竟还缺什么？

现代社会里，我们大多数父母或老师觉得，孩子们吃饱、穿暖、玩好就行了。

很少有人能读懂孩子的内心需求。

我们往往还不如一个外人了解自己的孩子。

茗烟是宝玉的书童，他一眼就看穿了宝玉的心思。

"茗烟见他这样，因想与他开心，左思右想，皆是宝玉顽奈烦了的，不能开心，惟有这件，宝玉不曾看见过。想毕，便走去到书坊内，把那古今小说并那飞燕、合德、武则天、杨贵妃的外传与那传奇角本买了许多来，引宝玉看。宝玉何曾见过这些书，一看见了便如得了珍宝。茗烟又嘱咐他不可拿进园去，'若叫人知道了，我就吃不了兜着走呢'。宝玉那里舍得不拿进园去，踟蹰再三，单把那文理细密的拣了几套进去，放在床顶上，无人时自己密看。那粗俗过露的，都藏在外面书房里。"

常常听到很多父母吐槽：现在的孩子太难伺候了！吃得好，穿得好，玩得好，还不满足，不好好学习，究竟想怎样啊？

从宝玉的反应"一看见了便如得了珍宝"中，我们不得不承认：有时候，我们真的不如外人了解自己的孩子！

显然，茗烟给宝玉弄来了很多"禁书"！

就是父亲贾政眼里的"禁书"。

很多父母会忧心忡忡，甚至会满腔怒火："茗烟"真不是个好东西！给我的孩子看禁书！带坏了我的孩子！

其实，大可不必如临深渊。这只不过是他成长路上必须经历的。只要家风不是很差，你的孩子终究会做出正确的选择！

当然，也有对自己孩子信心爆棚的：凭着优良的家风，我的孩子绝对不会看禁书！

我想说，你有贾政的家风好？你孩子的文化修养能与宝玉媲美？

来看看十二三岁时宝玉写的即事诗：

### 春夜即事

霞绡云幄任铺陈，隔巷蟆更听未真。

枕上轻寒窗外雨，眼前春色梦中人。

盈盈烛泪因谁泣，点点花愁为我嗔。

自是小鬟娇懒惯，拥衾不耐笑言频。

这里没有任何看不起或抬杠的成分！

今年我带 6 年级，下课后，和他们一起玩，聊天，知道十二岁的他们课后很喜欢看《哈利·波特》《淘气包马小跳》，也有不少人看过《红楼梦》，当然，抱着漫画书《阿衰》的，亦不在少数。

作为一个十二三岁的孩子，宝玉的文学修养怎样？你觉得呢？

"因这几首诗，一些人见是荣国府十二三岁的公子作的，抄录出来各处称颂，也写在扇头壁上，不时吟哦赏赞。因此竟有人来寻诗觅字，倩画求题的。宝玉亦发得了意，镇日家作这些外务。"

除开拍马屁的，他的诗歌圈粉了很多成年人！

但宝玉就是看了禁书！

当然，你的孩子一定也看了禁书！

你一定不相信，不承认，他（她）也看了！

曾经，打死我我也不相信，我带的小学 6 年级的孩子早就在网络上看了比禁书更可怕的东西。

开放、多元的时代，现在的孩子比宝玉更能"看"！

后来，我渐渐不大惊小怪了！我偷偷地学着他们去看，去了解，偷偷地与他们同步，偷偷地走进他们的内心。

自然，我也总结出很多引导他们的法子。

记得有一次我出差，回来后，几个孩子拉着我的手说："汪老师，你不在的这个星期，我们都想死你了！"

"我也想死你们了！"我万分高兴地回应他们。

但我知道，孩子们跟我关系亲昵才会这样说，其实他们在没有我的这个星期，应该都乐翻天了。

后来，我偷偷找来那个"最想我"的学生，非常真诚地和他进行了愉快的交谈："亲爱的同学，首先送你一颗棒棒糖！告诉我，我不在的这个星期，你们开了几次 party 来庆祝？"

他一点儿都不紧张，只是非常吃惊地睁大了眼睛："老师，你怎么知道我们开了两次庆祝大会啊？"

"不是我知道，因为像你们一样大的时候，我也希望我的班主任老师外出开会啊！"我平静而肯定地说。

话说回来，在某一个时段，他们偶尔也会想老师的。

就因为了解孩子们的天性，才懂得孩子们从童年到少年，到青年，需求的远远不止是吃好、喝好、玩好，他们还需要陪伴，还需要理解，更需要成年人给他们预留足够的孤独空间！

没错，给他们预留足够的孤独空间！

在这个空间里，他们可以自由选择，自由取舍，自由成长！

三百多年过去了，宝玉没变坏！

二十年过去了，我所带的学生早就结婚生子了，他们没变坏！

面对孩子们看"禁书"，我们之所以兀自惶恐，之所以盲目自信，是因为我们早就弄丢了自己的童年！更不记得自己有过童年！

曾经，我天天跟童年在一起，照样弄丢了童年！我不知道怎么和自己的儿子相处，更不知道如何去引导他。

等我找回童年，有了足够的经验和方法与孩子们相处，我的儿子已经成了青年！

这段迷失，成为我不可言说之痛！

但从现在起，我要时时用"童年"武装自己！

"童年"附身，你才有资格守望童年！


回到文本。

面对茗烟提供的书籍，宝玉会做怎样的选择呢？

"宝玉那里舍得不拿进去，踟蹰再三，单把那文理细密的拣了几套进去，放在床顶上，无人时自己密看。那粗俗过露的，都藏在外面书房里。"

没有爸爸贾政教导，宝玉还是把书分成了"文理细密"和"粗俗过露"两种，分别藏在床顶和外面书房。

像不像我们小时候？面上放一本语文书，下面藏一本《西游记》。

长大后，我们没变坏。

一天，宝玉终于开始了行动。

"那一日正当三月中浣，早饭后，宝玉携了一套《会真记》，走到沁芳闸桥边桃花底下一块石上坐着，展开《会真记》，从头细玩。"

说到《会真记》，普通老百姓知之甚少。可说到《西厢记》，即使你不知道也别说出来！为什么？丢人！中国老百姓谁不知道"红娘"啊！

《会真记》也叫《会真诗》，是我国唐代诗坛大咖级神人元稹所著。有一次和朋友聊天，无意中我夸赞元稹是诗坛大咖，友人不以为然，直到我诵出"曾经沧海难为水，除却巫山不是云""不是花中偏爱菊，此花开尽更无花"，他才信服地连连点头。

中华文脉传承，唐诗、宋词、元曲后，明清小说逐渐走向成熟。

元稹用三十首诗歌记录了自己和远房亲戚崔莺莺的一段情感故事，所以，《会真记》也叫《会真诗》《会真三十韵》，还叫《莺莺传》。到了元代，戏剧大家王实甫才以元稹和崔莺莺为原型，创作出闻名中外的文学巨著《西厢记》，并在民间广泛流传，家喻户晓。

不知道王实甫为什么保留了崔莺莺，隐去了元稹，代之以张君瑞。

那张君瑞初见崔莺莺，便惊为天人，在丫鬟红娘的撮合下，有情人终成眷属。崔夫人察觉后，认为是红娘从中作祟，才使得小姐崔莺莺做出有违伦理之事，审问拷打红娘，要她交代小姐与张生交往的细节。这就是后来戏曲和歌曲中唱到的《拷红》。

20 世纪 60 年代初，歌坛巨星周璇一曲《拷红》，爆红天下，圈粉无数。虽然那个时候我还未出生，但完全可以想象！周璇的《天涯歌女》《四季歌》真不是浪得虚名！

流行是一时的经典，但经典，才是永远的流行！

当然，我同样追捧京剧《红娘》。

四大名旦中的荀慧生，把红娘的俏皮可爱、乐于助人、临危不乱、敢于抗争的形象塑造到了登峰造极的地步！

尤其是红娘的唱词，深深地迷住了我！

叫张生隐藏在棋盘之下，
我步步行来你步步爬。
放大胆忍气吞声休害怕，
跟随着小红娘你就能见着她，
可算得是一段风流佳话，
听号令且莫要惊动了她。

荀先生边唱边舞，红娘在俏皮可爱的同时，也下定了乐于助人的决心。

小姐呀你多风采，
君瑞呀你是大雅才，
风流不用千金买，
月移花影玉人来。

这段唱词，让年少的我迷恋了很久！"月移花影玉人来"的画面萦绕在我脑海，久久挥之不去。

我笃定红娘虽身为下贱，却才比天高！

后来我才明白，是元稹、王实甫才比天高。

宝玉读《会真记》是怎样的心境呢？

"早饭后，宝玉携了一套《会真记》，走到沁芳闸桥边桃花底下一块石上坐着，展开《会真记》，从头细玩。"

什么样的书会让一个十二三岁的孩子"从头细玩"？

常常想起自己学校、自己身边的孩子。

从小学开始，就夜以继日、不眠不休地学习，做作业，补课，做作业……最后一个个身心俱疲，大部分孩子的鼻梁上早早地架上一副眼镜，不少孩子已是哈腰驼背，未老先衰！

你还别不承认！

英姿带脱销、眼镜店鳞次栉比就是铁证！

现代的学校，现代的教材，现代的教育，现代的社会，不仅是孩子们不堪重负，爸爸妈妈们也难逃梦魇！

前段时间，一位辅导孩子作业的妈妈发了一个朋友圈，瞬间引来刷屏：

"亲爱的未来亲家，你好！我女儿有房有保险，会游泳，年满十八会配车，过年随便去哪家。可以不要彩礼，结婚嫁妆配好，送车送房，包办酒席，礼金给孩子。唯一的要求：能不能现在就接走，把作业都辅导一下，谁家的媳妇谁养。"

紧接着，爸爸发的，爷爷发的……

这些"未来亲家体"让网友们笑出了眼泪，但背后却是家长们满满的心酸和无奈！有网友总结说："终于明白，给孩子放假是因为老师需要休息，让孩子上学是因为家长需要休息。"

我们的宝玉却抱着书籍"从头细玩"。

"正看到'落红成阵'，只见一阵风过，把树头上桃花吹下一大半来，落得满身满书满地皆是。宝玉要抖将下来，恐怕脚步践踏了，只得兜了那花瓣，来至池边，抖在池内。那花瓣浮在水面，飘飘荡荡，竟流出沁芳闸去了。"

《西厢记》里的"落红成阵"，描写的是"落红成阵，风飘万点正愁人。池塘梦晓，阑槛辞春。蝶粉轻沾飞絮雪，燕泥香惹落花尘"这一段。

面对着春去秋来，夏尽冬归，花落成泥，宝玉是爱之不尽，惜之不完！

一阵风吹过，桃花落在桃树下看书的宝玉四周，只落得满身满书满地皆是。

心旷神怡的画面和身临其境的幸福，岂是一个"陶醉"了得！

有时候我就在想：为什么我们，或是我的学生们，不能偷偷地拿一本"禁书"，一个人，一定是一个人，坐在桃树底下（只要不是粪坑，什么花树都可以），度过一段孤独时光，一直消磨到星光满天？

这样，起码在若干年以后，我们的"禁书"记忆是美好的！

"宝玉要抖将下来，恐怕脚步践踏了，只得兜了那花瓣，来至池边，抖在池内。那花瓣浮在水面，飘飘荡荡，竟流出沁芳闸去了。"

一个十二三岁的孩子，将身上的花抖落下来，又怕脚踩踏了，只好兜着花瓣，抖落在沁芳闸里，随流水而去。

"抖将下来""兜了花瓣""来至池边""抖在池内"，每一个动词都渗透着宝玉的善良和高贵！

《黛玉葬花》一节中，林黛玉"手把花锄出绣帘，忍踏落花来复去"，证明宝黛是同心同德的！绛珠仙子和神瑛侍者，心意相通，天造仙缘。

《西厢记》中，让人着迷的词句也有很多。

比如"碧云天，黄花地，西风紧，北雁南飞。晓来谁染霜林醉？总是离人泪。"

这些描写离愁别恨的句子，总会随着时间的流逝，慢慢让人明白：狠心离去的，怎么样也无法挽回。于是也就放弃挣扎，随之淡忘，遗失。很多我们以为一辈子都不会忘掉的事情，在那些心心念念的日子里，渐渐被我们遗忘。但总会在某一个时刻，突而想起，潸然泪下。

想起我带的一个 6 年级的毕业生。她的作文《一个有爱心的小男孩》结尾写道：小男孩走在满是泥土的春天里，渐渐远去，模糊，仿佛在这青青的世界里化身成一粒种子，落入泥土，长成了满目离离原上草。

读完她的作文，我惊愕不已！

然后久久地呆坐着，久久地享受着石化的滋味。

回过神来，抬笔送了她十个字：

爱读书的孩子自带光芒。

话说那宝玉抖落桃花回来，黛玉也加入了看禁书的行列。

"回来只见地下还有许多。宝玉正踟蹰间，只听背后有人说道：'你在这里作什么？'宝玉一回头，却是林黛玉来了，肩上担着花锄，锄上挂着花囊，手内拿着花帚。宝玉笑道：'好，好，来把这个花扫起来，撂在那水里。我才撂了好些在那里呢。'林黛玉道：'撂在水里不好。你看这里的水干净，只一流出去，有人家的地方脏的臭的混倒，仍旧把花遭蹋了。那畸角上我有一个花冢，如今把他扫了，装在这绢袋里，拿土埋上，日久不过随土化了，岂不干净。'"

这个加入的黛玉，不仅爱花惜花，更是有洁癖之人。她觉得花随水漂流，会流到脏的臭的地方，不如埋在桃树底下随土化掉。"质本洁来还洁去，强于污淖陷渠沟"是她的追求。

那些从事殡葬管理的领导，那些喜欢豪葬的有钱人，应该多读读这一段，多向林黛玉学习！三百多年前，她就知道随土化掉强于污淖陷渠沟。

我在写这篇文章的时候，恰逢美国前总统布什去世。

也不知道这位曾有着颇高影响力的美国前总统读过《红楼梦》没有，假如他读过了，能理解"绛珠仙子"林黛玉的葬化吗？

"宝玉听了喜不自禁，笑道：'待我放下书，帮你来收拾。'黛玉道：'什么书？'宝玉见问，慌的藏之不迭，便说道：'不过是《中庸》《大学》。'黛玉笑道：'你又在我跟前弄鬼。趁早儿给我瞧，好多着呢。'宝玉道：'好妹妹，若论你，我是不怕的。你看了，好歹别告诉别人去。真真这是好书！你要看了，连饭也不想吃呢。'一面说，一面递了过去。"

宝玉还真是不会撒谎，黛玉又怎么会相信他加班看《中庸》《大学》呢？黛玉更想看《中庸》《大学》下面压着的是什么书！

这不看不知道，一看忘不掉。

"林黛玉把花具且都放下，接书来瞧，从头看去，越看越爱看，不到一顿饭工夫，将十六出俱已看完，自觉词藻警人，余香满口。虽看完了书，却只管出神，心内还默默记诵。"

现在，我们家小孩如果能一顿饭工夫将《西厢记》十六出看完，砸锅卖铁我也要供他上个最好的中文系。

黛玉看的禁书可远远不止《西厢记》！

她偷看《牡丹亭》时，宝玉恐怕还在与薛蟠、冯紫英一起唱KTV！

她常常一个人回味"原来姹紫嫣红开遍，似这般都付与断井颓垣"，对着"良辰美景奈何天，赏心乐事谁家院"点头自叹；看到"则为你如花美眷，似水流年……"心动神摇；回忆起词中有"流水落花春去也，天上人间"之句，不觉心痛神痴，眼中落泪。

在当前的教育环境中，我们可以看到教材承担着传授知识、助力学生成长的重要使命，然而，不可忽视的是，部分教材在内容呈现与编排上，或许还未能充分激发起学生内心深处那种强烈的喜爱与共鸣，让他们达到如读到一些经典文学作品中动人情节时"心动神摇"的状态。

而那些曾被视为"禁书"的经典文学，往往有着别样的吸引力，它们以独特的文学魅力跨越时空，感染着一代又一代的读者。这也提醒着我们，在教育教学过程中，应当思考如何汲取这些优秀作品的长处，将之融入教材建设以及日常教学之中，让教材的内容更加丰富多彩、引人入胜。

身为一线的小学语文老师，我想对同学们说，阅读是一场奇妙的旅程，希望大家能以开放的心态去涉猎不同的书籍。如果你们在阅读中对一些有着独特价值却曾被特殊看待的"禁书"有了自己的理解和感悟，并且愿意分享出来，那是非常值得肯定的，这体现了你们对知识的渴望和对文学的热爱，我会为你们的这份热情感到由衷的高兴。

# 潜心走过

　　自从"汪老师读书班"推出"红楼一梦小诗童诗文吟唱系列"课程后，孩子们热情高涨，又背又唱，玩得不亦乐乎。

　　邓悠然和秦于斯都喜爱林黛玉，所以，争着背诵林妹妹的《咏白海棠》，最后，姐姐秦于斯忍痛割爱，改背了贾探春的《咏白海棠》。不过，秦于斯姐姐却收获了两首《咏白海棠》。

　　小正太卞浩宇和顾恒嘉对《好了歌》节选情有独钟。

　　卞浩宇对"世人都晓神仙好，只有金银忘不了"的理解是：金银很好，但不能一天二十四小时都去赚钱吧。我只要一个小时，坐下来吃冰淇淋。

　　最后，他得出了一个结论：冰淇淋比金银好吃。

　　六岁的顾恒嘉喜欢唱"痴心父母古来多，孝顺儿孙不见了"。

　　在他小小的心眼儿里，装了很多很多的温暖！

　　他说："不能只有父母爱孩子，孩子也要爱父母。爱就像电线开关，连通了，灯才会亮。"

　　一天得空，我故意逗他俩："你们说，什么是'好了'？"

　　"嗯……"两双六岁的眼睛迷蒙了。

"不知道没关系，来，跟着我，一起来段绕口令。"我连忙转移他俩的注意力，唱起了绕口令，"好就是了，了就是好。若要好，终须了；只有了，才算好。"

他俩双手击打着节奏，一口气唱了十几遍。

突然，卞浩宇停止了拍打，一双黑眼珠子滴溜溜转，最后，他盯着我说："汪老师，我知道什么是'好了'。"

"说说看！"我年迈的双眼充满了期待。

"比如说做周末作业，首先，你必须要做完，这就是'了'。"他越说越起劲儿，脸泛潮红，"然后呢，你还要把字写工整，写干净，这就是'好'。两样加起来就是'好了'，怎么样？"

"你的理解很有道理！本周末，我请你俩吃冰淇淋！"我郑重其事地许下了承诺。

他俩愉快地唱着"好就是了，了就是好。若要好，终须了；只有了，才算好"走回了教室。

顾恒嘉的爸爸骄傲地跟我反馈：

"顾恒嘉特别喜欢《红楼梦》里的诗句！看着他痴迷的样子，我是又高兴，又担忧。"

"您担忧什么呢？"

"他好像参透了'好了'的意思，不会看破红尘吧？"

"顾爸爸多心了！一路上有我们陪着，他会看清问题，不会看破红尘。"我坚定地看着此刻天真的顾爸爸。

顾爸爸点着头，好像明白了。

《红楼梦》的第五回，把所有人的结局都告诉了读者。每个人的结局是放在抽屉里的一首诗。

宝玉看了每一首诗，但一脸蒙，因为所有的事情都还没有发生，他哪能看得明白？所以，他关上了抽屉。

警幻仙姑叹曰："痴儿竟尚未悟！"意思是，都说得这么明显了，你竟然看不懂，真是愚痴啊！

有多明显呢？

我们来看这段判词：

可叹停机德，堪怜咏絮才。

玉带林中挂，金簪雪里埋。

"玉带林"倒着念就是林黛玉，"金簪"指的就是薛宝钗。"簪"通"钗"，"金簪"指的是宝钗的金锁和簪环，暗喻着那段金玉良缘；"雪"通"薛"。

所以，这段判词预示了林黛玉和薛宝钗的结局。

"玉带林中挂"，"堪怜咏絮才"。那林黛玉满腹才情，最后也只能绝望地舍命离开。

"可叹停机德"，"金簪雪里埋"。更有那薛宝钗，空有一腔驭夫妇德，到头来，也只是机关算尽，在悲痛苦寒中独守空房，郁郁而终。

其实，人的一辈子，不走到最后，谁能明白结局呢？

古今中外，没有哪一部小说像《红楼梦》一样，一开始就告诉你所有人的结局。

对一个读者来说，看小说的全部兴趣，就在于随着情节的推进，做一步步的推测，最后才知道结果。

但一开始就知道了结果，你还有兴趣看下去吗？

可后世读者揣着结果，眼睁睁看着《红楼梦》里的人，一步步走向终了。

也许，《红楼梦》要告诉你，人生根本就没有结局！只有一步步走下去的爱恨纠缠、喜怒哀乐。

朋友、爱人间如此，师生、父子、母子也是如此。

孩子一出世，为人父母者欣喜若狂，早早地就祈愿孩子有一个好的前程。

待到孩子入学了，父母、老师又期盼着他（她）饱读诗书，成龙成凤。

很少有人思考，更少有人愿意，想着怎么慢慢地陪着孩子走过人生的每一步。

这种重结果、轻过程、抛体验的生活，只会给孩子和自己的人生带来迷茫，增加烦恼，徒添苦痛。

有一年带 5 年级，一次周末作业有这样一道题：周末回家背诵周敦颐的《爱莲说》，下周一回校检查。

周一到了，大部分同学回到学校，并且不折不扣地背诵了《爱莲说》。

小张同学告诉我，他没有背出来。

我正准备联系他的父母，想了解一下情况，他妈妈先给我打来了电话："汪老师好！小张同学没有全文背诵《爱莲说》，真的很抱歉！他在房间里非常用功地背诵，我在客厅择菜，陪着他，不时鼓励他，但他就是漏掉了'中通外直，不蔓不枝，香远益清，亭亭净植，可远观而不可亵玩焉'这一部分。请汪老师让他补上。"

"小张妈妈，您能在旁边一直关注着孩子，陪着他度过最困难、最尴尬的时刻，真了不起！谢谢你！"我由衷地佩服有耐心的妈妈，"您放心，我和他一起来背！"

课后，小张同学果然背出了《爱莲说》。

周一第一节课的下课铃声响了，小秦同学和他的妈妈才匆匆忙忙地走进了我的办公室。

一进办公室，秦妈妈就大声哭诉起来："汪老师，您来评评理，周末让他背《爱莲说》，他死活不肯背，我怎么骂他，他都不理我！为他上学，我的心都操碎了！真让人失望啊！"说完，她又号啕大哭。

小秦同学看见妈妈哭，也忍不住大放悲声。

我一边安慰秦妈妈，一边劝说小秦，好不容易让他们平静下来。

接下来，我什么也没做，只是给他们讲了小张同学和他妈妈周末一起背书的故事。

小秦妈妈听完，拉着小秦的手又哭将起来。

这次，我没有劝他们，只让他们安静地交流。

"孩子，妈妈对不起你！"秦妈妈说，"我太急躁了！你慢慢来，把没背出来的文章，再背给汪老师听。"

"对不起，妈妈，我一定会补上的！"小秦不住地答应。

"小秦妈妈，没事的！请你相信小秦，回去歇一歇。"我非常愉快地送走了小秦妈妈。

独处时我常常会想：过程和结局谁更重要？

时代的裹挟，有时候让过程比结局更残酷。

也许，独自走过就够了。

诺贝尔文学奖得主赫曼·赫塞在他的小说《悉达多》（又叫《流浪者之歌》）里讲述了悉达多修行的经过：

尼泊尔迦毗罗卫的悉达多为了获得觉悟，毅然决然地离开家，并和好友乔文达一起成为苦行僧。悉达多开始禁食，放弃了所有个人财产，并且近乎狂热地进行冥想。最终找到了真理的导师乔达摩，悉达多和乔文达都认识到了乔达摩教义中的优雅之处。

乔文达匆忙地加入了乔达摩的教义，悉达多却没有跟从。

也许悉达多觉得，我并没有感受到生活的细腻，就找到了真理，人生又有什么意义呢？他认为个人所寻求的独特的"意义"，是不能被老师传授的，智慧或者真正的悟道并不能通过所谓的教义或者言语来实现。

于是，他开始独自踏上新的征程。

悉达多渡过了一条河，但并没有钱付给摆渡人。摆渡人维苏德瓦却快乐地预测说悉达多以后一定会再次回到这条河来，并会补偿他。

悉达多在美丽的大城市遇见了他此生所见的最美丽的女子伽摩拉，伽摩拉也注意到了悉达多英俊的外貌和禁食的智慧，她告诉他变得更富有的方法。

悉达多成为一名富有的人。他在城市里花天酒地，豪赌逍遥。但他并不快乐。悉达多认识到这种奢华的生活并不是他所追求的，这样的生活只是一种游戏。他内心的声音已然消失。

他回到了那条河，想要投河自尽。摆渡人维苏德瓦出现。悉达多接过船桨，开始了摆渡生涯。

这样的生活低调而卑微，但悉达多决定在这条神圣的河流旁度过余生。

1994 年，享誉国际的台湾编舞家林怀民带着赫曼·赫塞的小说《流浪者之歌》，流浪到印度菩提伽耶。在那里，他创编了享誉世界的舞蹈《流浪者之歌》。

他曾说："有时候我会想，如果只能留下一部作品，我希望就是《流浪者之歌》，希望它在喧嚣的时代里，继续带给观众安慰与宁静，像那穿过菩提叶隙，斜斜照射的阳光。"

我也在想：往后余生，如果只能留下一本书，我希望是《红楼梦》。

过程和结果谁更重要？

谁知道呢。

凌晨四点醒来，发现海棠未眠，这时，你期待谁在身边出现？

如春风吹拂，唤醒。

潜心走过就好。

# 解一解阮籍的胸中块垒

《红楼梦》里列举的"正邪两赋"之人还有阮籍和嵇康。

本期汪老师讲故事，主角是一个十足的段子王。

听说主角是段子王，爱看笑话、爱听相声、狂粉相声演员岳云鹏的大哥哥王君郎，带着读书班的五十多个小书友，早早地等候在功能室。

1960 年，在南京西善桥南朝大墓中，出土了南朝砖画《竹林七贤和荣启期》。

荣启期何许人也？

现在的小年轻知之甚少，好像也没有什么动力让他们想去了解荣启期。但"知足常乐"四个字，只要是能喘气儿的中国人几乎都知道。

有一天，孔子在路上碰到一个衣着破烂的老者，边弹琴还边唱歌。

孔子问他："先生所以乐，何也？"

"天生万物，以人为贵，我是人，我骄傲！纵观当世，男尊女卑，我是男人，我幸运！有人不出褓褓而早夭，我已年过九十，我自豪！"那老者徐徐道来，"有这三乐，我干吗不开心呢？耶！"

孔子知道得遇高人，想邀他为伍，老者不以为意，兀自弹唱。

那老者就是荣启期，"知足常乐"也成了人类追求美好生活的目标。

陶渊明曾欣然赋诗"荣叟老带索，欣然之弹琴"，可见何等崇拜。

而能够与荣启期同入砖画之人，历史地位自是非同寻常！

魏晋时期，有七个人常常聚在一起弹琴、写诗、唱歌而为人们所喜爱，他们是阮籍、嵇康、刘伶、向秀、山涛、王戎和阮咸。

阮籍成名，是因为他是隐逸高士，还是他为我们留下了千古诗文？

我觉得都不是！

公元 210 年，"学二代"兼"官二代"阮籍在河南开封这个地界出生了。"建安七子"我们都很熟悉，那是当时文学界的七个奇葩大神！阮籍的老爸阮瑀便是其中之一。和古代大部分名士才子的家世背景相似，阮籍也是出身于"罢黜百家，独尊儒术"生态环境下的儒学世家。

曹操的《观沧海》冠绝古今！阮瑀是曹操的高级秘书，上至国家级别的军国表章，下至曹操个人名义的书信、文赋，多是出自阮瑀之手。在文学上无比自负的曹操也对阮瑀礼让三分。

只可惜阮瑀大神体弱多病，阮籍三岁那年，父亲去世，曹家格外照顾这对孤儿寡母，阮籍也继承了父亲卓越的文学天赋。

后来，司马氏专政，民族分裂，政局动荡，杀伐四起，投机钻营的小人层出不穷。

这样的时局，让容貌奇美俊伟、志气开阔奔放、个性傲然不羁的阮籍难过万分！

既要保全性命，又不愿同流合污，怎么办？

随后，在阮籍身上发生了很多让人目瞪口呆的事。

# 禽兽不如

青年阮籍常以孔子高徒颜回、闵子骞为人生榜样，饱读诗书，学富五车，喜欢唱歌、跳舞，还容貌俊美，收割了一众迷弟迷妹。

到了司马昭辞让九锡之封的时候，公卿要辅助他登晋公之位，让阮籍起草劝进书，阮籍喝得大醉，忘记了起草。公卿们让人来取，阮籍还在伏案醉眠。来人提醒他交稿，阮籍伏在案头，提笔一挥而就，然后一字未改让人工整地抄写一遍就呈了上去。

清正的言辞，洒脱的行径，就连司马昭也对他宠爱有加。

后来，司马昭推荐他做大将军从事中郎。当地执掌审判的官员报告说有儿子杀母亲的案件，阮籍说："呀，杀父亲还说得过去，怎么会杀母亲呢？"

阮籍的这句话可摊上大事儿了！还是杀头的大事儿！

西晋时期，朝廷推行以孝治国，不孝可判死罪。小鲜肉阮籍竟然说"杀父亲还说得过去"？

文帝的重臣钟会抓住机会，想治阮籍死罪。于是撺掇众人进言，说阮籍忤逆不孝。

晋文帝不好向众臣交代，只得问阮籍：

"杀父亲是罪大恶极的，而你认为说得过去？"

阮籍说："禽兽认识母亲，不认识父亲。杀父亲，和禽兽同类；杀母亲，禽兽不如啊！"

文帝一听，顿时满面含笑，颊带春风，姨母般慈爱地看着阮籍，眼中尽是和善之意。然后马上收起笑容，故意睃巡众臣，众臣子连忙点头哈腰，假装心悦诚服。

钟会虽然心中醋意激荡，气急语塞，却也只能强颜微笑，颔首点赞。

# 穷途而哭

公元 262 年夏天，洛阳东市的刑场异常热闹，一位风度翩翩的男人披枷带锁，被兵士从大狱一路押解到刑场。只见他神情缥缈，如孤松独立，如玉山巍峨，对即将到来的死亡毫无惧色。

这人不是别人，正是阮籍的好友嵇康。

阮籍伤心欲绝，举笔写下：

感物怀殷忧，悄悄令心悲。
多言焉所告，繁辞将诉谁。

——《咏怀·其七》

身逢杀伐乱世，没有什么冤不冤的是非之论，只有当权者的个人意志！孤傲了一辈子的嵇康不仅没有屈从于任何政治集团，还以刚烈的姿态应对已经夺取统治意志的司马氏政权。

嵇康潇洒地走了，阮籍找谁喝酒去？找谁陪他疯？找谁陪他在丧礼上撒泼？找谁倾诉抑郁、哀伤和寂寞？

司马昭曾经想与阮籍结为姻亲，于是派媒人上门，阮籍并不愿意，大醉 60 天，司马昭无可奈何放弃了这个打算。

终于，司马昭对他失去了耐心，撕去了温情的面纱。

阮籍变得不正常起来！

他常常驾车出行，没有目的和方向，任凭车马颠簸，走到无路可走的时候，就跳下车来放声恸哭。

从此，世上有了穷途而哭。

后来，读了王勃的《滕王阁序》，一句"阮籍猖狂，岂效穷途之哭！"让我理解了墙上芦苇，头重脚轻根底浅的实质。

我没有看轻王勃的意思，青葱岁月，只会聚焦灿烂，阴晦不会入眼，更不会去思想。

贵为青年才俊，空有满腹诗情。少不更事的轻狂，终是难以读懂穷途之哭。

李白大不同，当真是洞庭湖的麻雀——见过铳。一双翅膀，早已被风霜锤炼得雨雪无妨，穷途而哭早已不屑，直接回怼：

"安能摧眉折腰事权贵，使我不得开心颜。"

实在把他搞毛了，便警告：

十步杀一人，千里不留行。

事了拂衣去，深藏身与名。

你还别说，真有点儿吓人。

# 吐血三升

据《晋书·阮籍传》记载，一天，阮籍正和友人下棋，忽然有人来报，他母亲去世了。友人神情凝重，请求中止棋局。阮籍不慌不忙，坚持要下完以决胜负。

棋，终于下完了，阮籍痛快地饮酒二斗。

这下可不得了，所有的"媒体人"都赶来看稀奇，准备抓住阮籍不孝的事实大做文章！

录像机、相机、手机齐齐对准，看热闹的人等了好久，阮籍还是一滴眼泪也不流。

所有的人都认为阮籍没心没肺，于是，唾骂声不断！

可《世说新语》记载，宾客散尽，阮籍"哇"的一声，旁若无人，像个孩子一样地号哭起来，随后吐血三升，昏厥过去。

他觉得：悲伤是我心里的悲伤，跟外面的人无关，我不要表演给你们看。

前年，我的母亲仙去，出了殡仪馆，我拒绝参加一切超度仪式。

倒是经常在梦中哭醒，悲痛已不重要，梦里的相聚和相守不能少！夜半醒来，星星未眠，妈妈却乘月归去，得哭上好一会儿，我才会好受点儿。

我想，阮籍这纯粹的一哭，为他挚爱一生的母亲，也为他和母亲一起相守的岁月。

# 青眼有加

课前，我逗彭熙喆等几个胆小的孩子："如果你非常不喜欢的人来找你，你会怎么做？"

彭熙喆笑而不答。

"我会大声对他说：'走开！'"不愧是"女汉子"，王之山珊同学不请自来。

"你们看看阮籍会怎么做。"我话音刚落，所有同学的眼睛齐刷刷地看向了我。

据《世说新语》记载，阮籍有一神技，史书上说他"能为青白眼，见礼俗之士，以白眼对之；对旷达之士，乃见青眼"。

我们把时间推移到他为母丧守灵。

阮籍是名人，追捧者无数。名人的母亲去世，来自俗世的各种虚礼应酬纷纷而至，很多社会高层，也就是所谓的钟鸣鼎食之家，也要借此机会蹭蹭名人流量和热度。阮籍心里烦，就不认人，坐在大门口，还紧闭双眼。

一个叫嵇喜的大官来祭拜，按照当时的礼法，嵇喜恭恭敬敬地上了一炷香，临走时，就想和自己的偶像打个招呼，可还没说上一句话，阮籍冷不丁地抛去一个白眼。

青天白日，众目睽睽，嵇喜那个尴尬，那个不自在，那个窝火！

同学们，啥都不用说，你们求求他的心理阴影面积。

拂袖而去的嵇喜，一回家就破口大骂。嵇喜的弟弟听了不觉一惊，猛然醒悟，备了美酒，挟着名琴，屁颠屁颠地跑到了灵堂。

还是朗朗乾坤，阮籍却站起身来，笑容灿灿，把青褐色的目光投向这位青年。

这位青年就是阮籍一辈子的知音和文学同好，同为竹林七贤的嵇康。

杀伐乱世，生命如草芥，人人自危，人与人之间也有了更多的猜忌与算计，阮籍喟叹人情难测，交友不易，但绝不将就！

爱，就青眼有加；厌，就白眼视之。


人知结交易，交友诚独难。
险路多疑惑，明珠未可干。
彼求飨太牢，我欲并一餐。
损益生怨毒，咄咄复何言。

——阮籍《咏怀·其六十九》


阮籍的神奇技能为后人口口相传，津津乐道，还为后世留下了成语"青眼有加"，也诞生了词语"白眼视之"和"青睐"。

蒋勋老师说，青白眼的技能是嵇康发明的，可我查阅了《阮籍传》和《世说新语》，证明阮籍是首发者，嵇康只不过将阮籍师傅的技能发扬光大了。

阮籍并没有为我们留下绝世诗作，他的八十二首咏怀诗写尽忧愤，但并不为大多数人理解，因为在现实生活中，没有几个人敢做阮籍。

鲁迅先生很欣赏阮籍，他说阮籍的忧愤诗自古以来都认为不可解，其实心情是可解的。

乾隆帝也很喜爱阮籍，他在诗歌《御制七贤咏》中写道：

嵇生放达意真豪，
嗣宗青眼夸神交。

而最喜爱阮籍的，大概要算金朝诗人元好问了。他在《论诗三十首·其五》中高呼：

纵横诗笔见高情，何物能浇块垒平？
老阮不狂谁会得？出门一笑大江横。

世人以为阮籍狂，痴。但元好问深知阮籍"不狂"，他看到了阮籍心中的"块垒"，认识到了阮籍诗中的真性情（"高情"）。元好问觉得写诗须有真性情，老阮不狂，谁又会认识他、熟悉他？

阮籍仰天长啸，大江为其横流，所谓气吞山河，莫过如此！

阮籍一辈子不想与无耻小人同流合污。游历广武山的时候，望着那楚汉争霸的古战场，他无奈而又悲愤地喊出：

"时无英雄，使竖子成名！"

英雄末路实堪伤，魏晋风骨化沉香！

# 跟着黛玉学写作（一）

《红楼梦》第二十七回主要写的就是黛玉葬花。

二十多年来，黛玉葬花这一节，我读了不下几十遍。

我学会了歌曲《葬花吟》，还学会了越剧王派唱段《黛玉葬花》。王文娟老师那么大段的唱腔，我居然能一字不落地唱完。

大概是自己悟性不高，对作者的意图、对文本的解读、对黛玉的心境理解得不够到位，所以，每读一遍《葬花吟》，我都很谨慎，生怕漏掉某一个细小的情节。

但每一次读完，都有不一样的感觉和收获。

当然，也有感觉很一致的地方，那就是每次看完后，都会觉得自己十分幸福和幸运，因为在一部语言文字最美的世界名著中，你还能领略、品味中国美术史和中国文学史上最美的画面——黛玉葬花。

当然，有黛玉出现的地方总是少不了宝玉，如果此时又出现了宝钗的身影，戏份儿就更耐人寻味。

曹雪芹在二十七回的开头，穿插了一个看似普通的画面——宝钗扑蝶。

话说这一天是芒种节，春夏之交，大观园中的小女儿们早早起床，迎着满园落花，忙着送别花神。

宝钗行至滴翠亭，只见一对玉蝶翩跹起舞，一时兴起，从袖中拿出团扇，一路追赶，想捕捉到中意的蝴蝶，哪知扑蝶不易，微胖的宝钗直累得娇喘细细，香汗淋漓。

从作者的行文用词中，我们不难看出豪门贵族家教严格，子女行为得体端庄。薛宝钗即使是香汗淋漓，也没有张开嘴巴，大口喘气，只有内敛大方的娇喘细细，透过细细的娇喘与淋漓的香汗，宝钗丰腴、妩媚的样态跃然眼前。

这段外貌描写，无疑是精彩、成功的：行文流畅，细节生动形象；主旨明晰，人物个性鲜明。

年轻的时候读《红楼梦》总会觉得这个地方很奇怪：写黛玉葬花，为什么会出现宝钗扑蝶呢?

随着年岁的增长，阅读次数的增多，我除了更加喜爱林黛玉这个角色，也增加了对曹雪芹的崇拜。为了突出林黛玉的形象，他在文本结构和故事情节上做了如此隐蔽、巧妙的铺陈和编织。

此时此刻出现的宝钗，无疑是曹雪芹埋下的伏笔，也与文尾的黛玉葬花形成了鲜明的对比。

宝钗和黛玉是两个完全不同的生命存在。台湾地区的红学家蒋勋老师说她们是两个不同的生命审美，起初，我总感觉有些别扭，但细细读来，也觉得说得过去。审美应该是作者和读者的行为，而生命的存在则是文中角色个体形象的特色。

宝钗表面处世圆滑，为人做事谦恭有礼，是儒家的典型代表，她无论走到哪里，都可以行事天衣无缝，处事八面玲珑，贾府中，上至贾母，下至丫头婆子，人人见而喜爱有加。

宝钗扑蝶途中，无意听到两个丫头在说悄悄话。

宝钗在亭外听见说话，便煞住脚往里细听，只听说道："你瞧瞧这手帕子，果然是你丢的那块，你就拿着；要不是，就还芸二爷去。"又有一人说话："可不是我那块！拿来给我罢。"又听道："你拿什么谢我呢？难道白寻了来不成。"又答道："我既许了谢你，自然不哄你。"又听说道："我寻了来给你，自然谢我；但只是拣的人，你就不拿什么谢他？"又回道："你别胡说。他是个爷们家，拣了我的东西，自然该还的。我拿什么谢他呢？"又听说道："你不谢他，我怎么回他呢？况且他再三再四的和我说了，若没谢的，不许我给你呢。"半晌，又听答道："也罢，拿我这个给他，算谢他的罢。——你要告诉别人呢？须说个誓来。"又听说道："我要告诉一个人，就长一个疔，日后不得好死！"又听说道："嗳呀！咱们只顾说话，看有人来悄悄在外头听见。不如把这槅子都推开了，便是有人见咱们在这里，他们只当我们说顽话呢。若走到跟前，咱们也看的见，就别说了。"

无疑，这两个下人的对话，暴露了丫头红玉与贾芸私下交好。如果传到主子那里，丫头红玉是可以被活活打死的！

宝钗怎会让自己落下如此口实？

宝钗在外面听见这话，心中吃惊，想道："怪道从古至今那些奸淫狗盗的人，心机都不错。这一开了，见我在这里，他们岂不臊了。况才说话的语音，大似宝玉房里的红儿的言语。他素昔眼空心大，是个头等刁钻古怪东西。今儿我听了他的短儿，一时人急造反，狗急跳墙，不但生事，而且我还没趣。如今便赶着躲了，料也躲不及，少不得要使个'金蝉脱壳'的法子。"犹未想完，只听"咯吱"一声，宝钗便故意放重了脚步，笑着叫道："颦儿，我看你往那里藏！"一面说，一面故意往前赶。那亭内的红玉坠儿刚一推窗，只听宝钗如此说着往前赶，两个人都唬怔了。宝钗反向他二人笑道："你们把林姑娘藏在那里了？"坠儿道：

"何曾见林姑娘了。"宝钗道:"我才在河那边看着林姑娘在这里蹲着弄水儿的。我要悄悄的唬他一跳,还没有走到跟前,他倒看见我了,朝东一绕就不见了。别是藏在这里头了。"一面说,一面故意进去寻了一寻,抽身就走,口内说道:"一定是又钻在山子洞里去了。遇见蛇,咬一口也罢了。"一面说一面走,心中又好笑:这件事算遮过去了,不知他二人是怎样。

颦儿是黛玉的表字,小名儿。

此刻,可能还坐在家里吟诗作对的林黛玉,硬生生被薛宝钗用意念搬到滴翠亭边,替她消灾挡祸了。

谁知红玉听了宝钗的话,便信以为真,让宝钗去远,便拉坠儿道:"了不得了!林姑娘蹲在这里,一定听了话去了!"坠儿听说,也半日不言语。红玉又道:"这可怎么样呢?"坠儿道:"便是听了,管谁筋疼,各人干各人的就完了。"红玉道:"若是宝姑娘听见,还倒罢了。林姑娘嘴里又爱刻薄人,心里又细,他一听见了,倘或走露了风声,怎么样呢?"二人正说着,只见文官、香菱、司棋、侍书等上亭子来了。二人只得掩住这话,且和他们顽笑。

近在咫尺、听到是非的宝钗,是下人嘴里可以信赖的好人;远在天边、毫不知情的黛玉,成了下人嘴里不被待见的刻薄人。

真是人在家中坐,锅从天上来。

三百多年来,很多人为宝钗辩解,说她在那么短的时间里搬出黛玉,肯定是无意识的,不是故意的!

就是这种下意识的贻害,才让人觉得可怕。

一旦触及自身利益,宝钗马上可以毁人自保。本章中,她一句"颦儿,我看你往那里藏"瞬间就移祸于别处的黛玉，心机之深，让人望而生畏！

古今中外，从来就不缺"心机女孩儿"。

"都道是金玉良姻，俺只念木石前盟。"

宝玉是明白人，自始至终，他只喜爱黛玉一人！

黛玉则不然，她孤独，孤高，孤傲，不谙世故圆滑，喜欢就是喜欢，不喜欢绝不将就，她坚持自己的孤独、孤傲和洁癖，在坚持中完成自己。

宝玉夹在她们二人中间，有时是很难抉择的。

现实生活中，我们身边常常有这样的人：他考试永远第一，晋升晋级的机会总是最先眷顾于他，仿佛一切顺风顺水，人生赢家非他莫属！

然而，从某种角度来看，这样看似一帆风顺的人生轨迹，或许会让人觉得少了些别样的韵味。因为这样的生活状态可能缺乏了一种源自内心深处的真性情的自然流露。年纪轻轻的宝钗就缺少这些情趣，她特别在意生活中那些入世的价值，她的生活如儒家道统里的宫殿建筑，不是笔直就是对称，刻板，呆滞，生活中没有一丝涟漪，自然也缺少了情趣。

一如紫禁城的建筑，其线条布局彰显出森严的等级秩序，给人一种神圣不可侵犯之感，但似乎也使人感到克制和无趣。

可是我们生而为人，又怎能不在乎这些入世的价值呢？

要维持正常的生活，满足基本的生存需求，融入社会并获得相应的发展，往往需要遵循一定的规则和价值体系。要是完全背离这些，那又该如何去应对生活中的种种呢？

真是两难。

《红楼梦》中处处都有这样两难的选择，作者把选择权交给了后世的读者。你读出了书中的两难，引发了对生活的思考，指导了你的处事态度，《红楼梦》的伟大价值就体现出来了。

当然，现实生活中还有另一种神奇的存在：有些人永远不要活在别人的言论中、要求中、准则中。他们遗世独立，为完成自我而活。黛玉就是这样的人，典型的老庄派。

晚年的王维也很老庄，"独坐幽篁里""深林人不知"，够孤独。

黛玉根本不在乎入世的价值，她喜欢宝玉，但她从不劝宝玉读书做官，以至于有一次宝钗和袭人等劝说宝玉好好读书，被宝玉臭骂了一通，他说："林妹妹从来不说这些混账话。"可黛玉却会为宝玉的无心之过而死追不放，她既不申辩，更不吵闹，只是默默地对抗。第二十七回，她之所以孤单单地埋葬落花，就是因为去怡红院探访宝玉，丫鬟晴雯让她吃了闭门羹，但宝玉并不知情，黛玉呢？选择冷寂孤傲到底。

够真性情吧！选择黛玉这样的人做朋友，很轻松，很安全。

但想想看，如果你身边真的有一位这样的"难缠"的朋友，我想也够你喝一壶的！起码她从早哭到晚你就受不了！

这又是一件两难的事。

每次读到黛玉葬花，我就在想：黛玉为什么不选择与宝玉沟通、对话？恶意也好，误会也罢，对话就有了真相啊！相声演员岳云鹏曾演了一个小品，他与他的铁锤妹妹通电话的内容，我笑了好一阵子，大概内容是：铁锤妹妹，怎么了？又要分手哇？别呀。你要钱啊？要钱点痦子呀？……

哈哈哈，这对儿恋人有啥说啥，最后分手了。

我是说，通过对话，很快就有结果。

黛玉就是不选择对话，也不在乎结果。

我想，这应该也是作者的意图。曹雪芹宁愿选择让宝玉和黛玉无休止地纠缠，也绝不让这对冤家分开，在入世和出世的两端，他选择了回避，他一直写，一直写，直到死，也没有写出结果。因为他一样面临两难，所以干脆选择回避结果。至于后四十回出现的结果，那是高鹗和程伟元补写的。

林语堂先生在《平心论高鹗》中说，后四十回最棒，是曹雪芹的本意。而张爱玲却不以为然，她在《红楼梦魇》中说，后四十回简直没办法看下去了。

很明显，宝钗扑蝶只是黛玉葬花的一个比较对象，也就是陪衬，文学上叫作侧面描写，用宝钗眼中只能看到鲜花和蝴蝶，反衬出黛玉的与众不同和遗世独立。

宝钗眼里只有上下翻飞、让人眼花缭乱的彩蝶，追逐的是功名利禄，追求的是功成名就。

黛玉却把名利看得很轻，她要的是真理。看到落花，她想到的是落花的名节，不叫污淖陷渠沟。看到落花，她也看到了生命的本质，落花去了，我也要归去！只是我会怎么归去呢？真让人揪心！

"侬今葬花人笑痴，他年葬侬知是谁？"

黛玉和宝钗的对比，突出了文章的主题。

所以，一篇文章只有主要内容是不够的，一定还要有与之相关联的次要内容，这样，整篇文章就立体了，丰满了，也就有了韵味。

再来看看二十七回的回目，特点就更突出了：《滴翠亭杨妃戏彩蝶　埋香冢飞燕泣残红》。

杨妃是谁？丰腴的大唐绝色杨玉环。

飞燕何人？苗条的汉宫天仙赵飞燕是也。

环肥燕瘦呼之欲出。

短短的一篇"黛玉葬花"，曹雪芹用巧妙的对比、精当的用典、不着痕迹的铺排，呈现出一幅动人心魄的画面。

当我们读到"花谢花飞花满天，红消香断有谁怜"时，一定会被深深地吸引。

下次我们接着看黛玉葬花，继续跟着黛玉学写作。

# 跟着黛玉学写作（二）

《红楼梦》第二十七回为我们呈现了"宝钗扑蝶"和"黛玉葬花"两个画面：一个是风和日丽、轻风拂面中执扇扑蝶；一个是漫天花雨、落英缤纷中倚锄葬花。环肥燕瘦，各美其美。同时，也把两个冲突的生命审美的现象严肃地摆放在我们面前：俗世中八面玲珑、左右逢源的薛宝钗和不屑辞令、孤傲洁癖的林黛玉。

尘俗中，我们很自然地会喜欢宝钗类型的个体，因为你不入世怎么在生活中前行？但很奇怪，某一个时刻，我们又想放弃一切，逃离俗世，选择孤寂，去追求黛玉的那种孤傲和洁癖。

这就是生活的本质！有冲突，有两难，有选择！但并不是简单的冲突、两难和选择。有时候，在生活的两端，我们别无选择！比较成熟的生命状态应该是能很好地掌控这两端的平衡性，在入世和出世，在进和退的分寸拿捏上运作得恰到好处。

回到文本，宝玉在大观园饯花会、送花神的仪式上看不到黛玉，便四处寻找，低头看见凤仙、石榴等各色落花，锦重重地落了一地，叹气道：

"这是他心里生了气，也不收拾这花儿了。"

每每读到这一句，特动容，心里也会生出阵阵温暖。

宝玉一看到落花就会想到黛玉，一看到落花就会想到黛玉葬花。而宝钗则看不到落花，她眼中只有蝴蝶、轻风和丽日这些繁华，她不会看到落花般的凋零。宝玉和黛玉会看到落花，也只有怀着落花情结和落花心事的人眼中才会有落花。

有一次，宝玉和黛玉在桃花树下共读《西厢记》，顺带着掩埋了掉落的桃花，并建了一个花冢。

宝玉想，黛玉一定又到那花冢旁葬花去了。于是，他捡拾起落下的凤仙花和石榴花，登山渡水，过树穿花，一直奔到那日和黛玉葬桃花的去处。

快到花冢处，听见有呜咽之声，还是一边哭，一边吟诵，正是黛玉的《葬花吟》。

有时候真佩服古人，尤其是黛玉，随口一吟就能吟那么长，随口一吟就能吟出世界文学史上最美的诗句！

虽然说黛玉不屑于追逐人世间的功名利禄，是一个反儒家传统和礼教的典型代表，但她的出众，却要归功于封建文化道统环境下，贵族家庭对孩子严格的教养！尤其是文化礼仪方面的教养。林如海在黛玉五岁时，就聘请了优秀的乡儒贾雨村做她的家庭教师，为她打下了扎实的文字功底。

现代的家庭，有的也很讲究家学渊源，注重营造文化氛围。湖北省武昌实验小学每一年都会开展"晒家风""晒书香"的评比活动，希望能坚持下去，形成实验人独有的良好家风和校风。

再说那黛玉一边埋葬落花，一边呜咽吟诵：

花谢花飞花满天，红消香断有谁怜？
游丝软系飘春榭，落絮轻沾扑绣帘。

开句七个字，一上来就呈现出一幅"落英缤纷"的画面，黛玉让"花"

和"飞"两个字重复出现，文字立刻就有了节奏感，"花谢花飞花满天"里"花""飞"的反复，是汉语声韵里特殊的"双声、叠韵"的运用，这种声韵完全相同的文字排列，让行文的节奏变得越来越快，不知不觉中让黛玉感叹：花落不仅无奈，还很无情！颜色消失，香味无踪，游丝落絮扑向我闺阁的门帘，是在向我告别吗？抑或是邀请我一同上路？

黛玉把即将耗尽生命的落花变成通达离情别意的花魂，仅仅用了二十八个字，形神兼备，吸人眼球，引人共鸣！

闺中女儿惜春暮，愁绪满怀无释处。
手把花锄出绣帘，忍踏落花来复去？

闺阁中的女孩谁不慕春、惜春？但春天终将离去，这满怀惆怅向谁诉说呢？黛玉手拿花锄，生怕踩踏到落花，左右闪避，前后徘徊，爱花、惜花的样态在"来复去"三个字中尽显。

柳丝榆荚自芳菲，不管桃飘与李飞。
桃李明年能再发，明年闺中知有谁？
三月香巢已垒成，梁间燕子太无情！
明年花发虽可啄，却不道人去梁空巢也倾。

是啊，柳丝榆荚自有它的芬芳和美丽，桃李飘飞，明年也能再发，但明年潇湘馆的主人又会是谁呢？

黛玉，这位柔弱的女子，随时准备着死亡！不要说梁间燕子无情，人生在世，就应该认真经历，重情义，惜缘分。世上的一切，最后都会是"人去梁空巢也倾"，任谁也带不走半毫分。

来，如夏花般绚烂；去，如秋叶般静美。既然要去了，就要决绝！拖泥带水，毫无意义！

黛玉的这种认知，植根于老庄的文化道统，立意是很高远的。

很多初学写作的孩子也特别追求文章的立意，这是好现象，但完全不用着急，多看、多读、多见识永远是最重要的！有了丰厚的知识积累，有了足够的人生经历，就会水到渠成。

三百多年来，许多读者看不懂《葬花吟》，认为黛玉吟风弄月，伤春悲秋，是贵族大小姐的矫情做作。

这种认知太没格局，因为其认不清生活和生命的本质！

黛玉恰好是最先看清生活本质，看到生命本源的人！你赤裸裸来到人世，走的时候连一根草都不能够带走。所以她对死亡早有准备，是淡然，也是超然。她在潇湘馆焚稿断痴情，毅然决然地与人世间告别就是最好的证明。因为有再多的纠缠与牵连，你还是什么也带不走，倒不如决绝地告别！

新中国成立后，大陆红学研究第一人周汝昌先生很不待见林黛玉，在周先生的笔下，林黛玉是一个任性、自私、无情的人，这让我吃惊不小，但周先生没有错。

一些女性红学研究者认为周汝昌根本不了解女孩子的心理，所以对林黛玉的评价失之偏颇。我觉得可能是时代不同，价值取向在不断革新，对人，尤其是对女性认知观念的转变，才导致认知结果的大相径庭。

还有更重要的一点可能被多数人忽视了：黛玉非人乃仙，她来自西方灵河岸边，三生石畔，绛珠仙草是也。

欠泪的，泪已尽。好一似食尽鸟投林，落了片白茫茫大地真干净！

黛玉真的没什么留恋了！

她对生命本源的认知早已通透。任性、自私、无情的标签，于黛玉来讲，自是不着边际，也无处依附。

不过，百花齐放、百家争鸣终是好事，否则，文化也不会进步和繁荣。

# 跟着黛玉学写作（三）

 

三百多年来，"黛玉葬花"以各种方式在官方、民间流传，绘画、电影、电视剧、戏曲、音乐、曲艺等都会传诵，有时你行走在乡间，一个捏面人儿的老爷爷都会随手捏出个"黛玉葬花"来，让你爱不释手，高兴一整天。

我个人特别钟情王立平老师作曲的歌曲版《黛玉葬花》和越剧名家王文娟老师演唱的越剧名段《黛玉葬花》，时不时地，我会和学生一起亮那么一嗓子，又好玩又享受。

很多人喜爱《葬花吟》是因为落花而伤怀，认为"流水落花春去也"让人伤感。如果你觉得"黛玉葬花"只是伤感，那就太局限了，也未免太小看了"黛玉葬花"！

我觉得"黛玉葬花"更应该是一种超然和领悟。

一年三百六十日，风刀霜剑严相逼。
明媚鲜妍能几时？一朝飘泊难寻觅。

你看，我们的成长很不容易，不仅有朗日艳阳、清风明月，更有凄风冷雨、冰刀霜剑。明媚鲜妍不长久，不长久的是什么？分明是宝贵的青春！青春已去难再续，不如庄严、肃穆地告别青春！所以，黛玉首先是向自己的青春致敬，埋葬了青春再来埋葬生命。这份领悟真的很难得！

宝钗就不能领悟青春，更不会埋葬青春！她要的东西太多，可能她更想要的是抓住青春。

2013 年，赵薇导演了电影《致我们终将逝去的青春》，王菲演唱了主题曲《致青春》。一时间，身边的朋友纷纷晒出了自己最美的青春照，算是向自己的青春告别。那种纷繁复杂的心绪纠缠交织，剪不断，理还乱！青春易逝，与其苦苦挽留，不如潇洒作别！

现在回想起来，甚是欣慰！五年前，友人们晒照作别青春，是不是领悟了黛玉葬花的心事？是不是暗合了黛玉葬花的情结？

也许，较为成熟的生命，应该是眼中既能看到繁华，心中更能容得下凋零，从容接纳幻灭。

黛玉常说，用绢袋把落花装上，埋在土里，随土化了，岂不干净？看来，她对"尘归尘，土归土，尘埃落定终归土"早就了然于胸。

花开易见落难寻，阶前闷死葬花人。
独倚花锄泪暗洒，洒上空枝见血痕。
杜鹃无语正黄昏，荷锄归去掩重门。

"花开易见落难寻"显然说的是宝钗。她眼中永远只会看到繁华，只有黛玉才会看到落花的凋零。

"杜鹃无语正黄昏"，"洒上空枝见血痕"。"杜鹃啼血猿哀鸣"讲的是四川的望帝在春天不停地呼唤、提醒，口中喷出的鲜血染红了漫山的杜鹃花。李商隐的"望帝春心托杜鹃"讲的也是这段故事。

黛玉就是这样，不惜、不惧以血的代价表达对青春、对生命的珍重和警醒！如果我们对即将逝去的青春和生命没有思考，没有感受，没有慎重埋葬的那份珍重，没有提请后世的那份警醒，那我们活着的生命又有什么意义呢？所以，她也像望帝啼血般呼唤和提醒世人，真的是"阶前闷死葬花人"。

青灯照壁人初睡，冷雨敲窗被未温。
怪奴底事倍伤神？半为怜春半恼春。
怜春忽至恼忽去，至又无言去不闻。

这几句就是黛玉现实生活的写照：寂寞，寒冷，孤独。春柳春花毫不顾及别人的感受，倏忽来，飘忽去，让人懊恼，让人怜惜。这也像极了白居易的"花非花，雾非雾"，"来如春梦几多时，去似朝云无觅处"。一言难尽的爱恨交织、纷扰纠缠，真的让人无所适从！

花开，花谢，葬花，不由得让人回想起亲人的去世。在殡仪馆，亲人的身体被冲刷，翻动，焚烧，消散，我们只能看着，心，除了颤动，别无所向。

还记得岳母去世的日子，殡仪馆里，孩子妈心痛到无法呼吸，孩子姨妈的痛更是无以言表，当岳母的遗体移动到焚化炉的时刻，她们跌滚在地，口里只是反复地喃喃："怎么会是这个样子？怎么会是这个样子？怎么会是这个样子？……"

"怎么会是这个样子？怎么会是这个样子？怎么会是这个样子……"

妈，你看着我来到人世，我们在一起；你走了，我到哪里再能见你？

这种痛，只有亲人最懂！

去年的一节语文分享课，我静静地倾听着孩子们的分享，陈睿达同学站起来说："汪老师，我读一段龙应台的（文字）给您听。"

"好的。"我十分期待。

"我慢慢地、慢慢地了解到,所谓父女母子一场,只不过意味着,你和他的缘分就是今生今世不断地在目送他的背影渐行渐远。你站在小路的这一端,看着他逐渐消失在小路转弯的地方,而且,他用背影默默告诉你:不必追。"

陈睿达读得十分投入。

我听得早已泪雨滂沱!想要打断他的分享,已是不及!

或许,是我故意不想打断他!

2014年寒假,我的母亲溘然长逝!而我却远在韩国,赶回来时,她早已归入尘土!

无尽的哀痛,使我再也不愿触碰龙应台的《目送》。

原以为我读懂了大乘经典《金刚经》里的"无我相,无人相,无众生相,无寿者相",其实,我根本就不及黛玉分毫!

生命的来去,由大自然主宰,我们应该为母亲静默,祈祷。

台湾地区的红学家蒋勋老师说,每年的四月,你去到日本东京的新宿御苑,眼看着1500株樱花飘落,死在你的眼前,你大概瞬间就明白了黛玉葬花的心境和生命逝去的无奈。

其实,身为武汉人,我哪用去往东京!

且不说闻名全国的武汉大学樱花节,单是东湖磨山樱花园的近万株樱花,就够我怀念的。

武汉东湖磨山樱园,占地260亩,与日本东京青森县弘前樱花园、美国华盛顿州樱花园并称为世界三大樱花园。

去年四月初,我独自一人来到磨山樱园,轻风拂过,数不胜数的花瓣飘落于脚下,我好像真的明白了蒋老师的话。

花,有繁华就有凋零!人的生命何尝不是如此!处在繁华,就要阅尽!

为心爱的人，为喜爱的事！过尽千帆后，就可以从容迎接凋零。不要问"人之初是善还是恶"，有谁落地笑呵呵？既然不能选择，哪怕是在号啕中离去，也要像黛玉般优雅地执着！如果似黛玉般领悟了生命的本质，凋零再也不会让我失落、悲伤，那漫天花雨残章反而是一种妙不可言的壮观！

难道前仆后继不是壮观吗？

正当我在胡思乱想之际，身旁的一位大妈抬腿狠命一脚，踢向一棵较粗的樱花树，花瓣如急雨般坠落，她大笑着伸出了剪刀手留影。

我也被惊醒过来。

很想借那大妈的一点勇气，学着黛玉的样子，在樱园的一角埋葬落花，但还是害怕被别人讥骂为神经病，不敢行动。

为什么在现实生活中你不敢大胆实践？因为现实总是让人妥协。

> 昨宵庭外悲歌发，知是花魂与鸟魂？
> 花魂鸟魂总难留，鸟自无言花自羞。
> 愿奴胁下生双翼，随花飞到天尽头。
> 天尽头，何处有香丘？
> 未若锦囊收艳骨，一抔净土掩风流！
> 质本洁来还洁去，强于污淖陷渠沟。

黛玉可不管那么多，葬了花还许下个心愿：花仙子，鸟仙子，送我一双翅膀，让我飞到天涯海角，寻找到属于自己的香坟。

"质本洁来还洁去，强于污淖陷渠沟。"我干干净净地来，也要干干净净地去。黛玉在孤独中成全了自己的洁癖。

> 尔今死去侬收葬，未卜侬身何日丧？
> 侬今葬花人笑痴，他年葬侬知是谁？

试看春残花渐落，便是红颜老死时。

一朝春尽红颜老，花落人亡两不知！

——以上皆据甲戌本

黛玉义无反顾地掩埋落花，并不在乎今后谁会埋葬自己。青春年少时，黛玉认认真真地对待每一个人和每一件事，菊花赋诗夺魁，咏柳絮，咏白海棠精彩，如果你们笑我葬花痴傻，来年你知道有谁会去埋葬你呢？既然"春尽红颜老"，那就"花落人亡两不知"。

宝玉听完，心碎痴倒。

我想，每个人听完都会心碎痴倒。

阅尽繁华，静待凋零。

黛玉就是这样决绝。

很长时间，我不敢把《葬花吟》介绍给我们班的同学们。我不知道该怎么跟他们解释"一朝春尽红颜老，花落人亡两不知！"

于是，我给他们介绍了绘本《好好照顾我的花》。罗兰和莫亚的故事，让孩子们明白，在自然的花开花谢中，爱，会助力我们一同长成巨人。

后来，我们花了一节课，学会了歌曲《葬花吟》。

当孩子们明白生死、来去是自然现象后，对失去也看淡了。

渐渐地，他们懂得了林妹妹的葬花情结。

以前，我们班的调皮鬼黄梦含看到树上掉落、摔死的小鸟，会大笑着跑过去，捡起一块砖头，重重地砸下去，在一众小女孩的惊呼声中，得意地离去。

今年六月的一天，他告诉我一个小秘密："汪老师，我们小区樟树上掉下一只小麻雀，摔死了！我悄悄地把它装在一个小布袋中，埋在了樟树底下。"

我特别叮嘱他，一定要好好感谢林妹妹。

刘芷嫣和张思婕说，她俩也要感谢林妹妹，因为她俩为家里"逝去"的小仓鼠和小白兔找到了最干净和最安静的安葬地。

小男孩李厚泽只是看着我，并不作声，还一个劲儿地抹眼泪。

我把他带到办公室，问明了原因。

"汪老师，我养的一只黑鹦鹉死了！"他说，"我实在是舍不得，但我还是像林妹妹一样，给它选了一个干净的小花坛，把它埋了。"

我特别慎重地为他开了个表彰会，并给他颁发了"珍爱生命"奖状，奖品是湖北非常有名的小吃：黄石港饼。

全班同学特别羡慕，都想得到"珍爱生命"奖。

# 第二章

# 守望校园，慈悲为怀

# ～**"赖"在童年的救赎**～

自主课程"红楼一梦小诗童"推出后，很多一线教师有困惑，某些专家有质疑：

《红楼梦》适合小学生读吗？

有质疑很正常，也在情理之中。

答案其实也很简单：

1.《红楼梦》适不适合小学生看，我们说了不算，小朋友说了才算。

2.《红楼梦》适不适合小学生看，还要看老师有没有开发课程的能力。如果你开发出了儿童喜爱的课程，"适合不适合"就是个浪费资源的伪问题。

一名合格的教师，应该具有感知时代气息的敏锐和洞察孩子需求的直觉。有了这个前提，你才可以去开发课程。

课程开发有它应该遵循的规律和标准。

首先，研发课程必须依循文本。《红楼梦》是一本小说，读者要读懂、读好它，依循文本尤其重要！

西方的很多学者早就强调过回到文本的重要性。但我们不少读者在阅读《红楼梦》时偏离了方向，漫天飞舞的所谓"红学"或"红学考证"功不可没！在这里，我倒不是说"红学"不好，如果我们没有重视《红楼梦》的文本而对"红学""红学考证"如痴如狂，抛开《红楼梦》谈"红学"，很容易误导我们下一代的《红楼梦》读者跑偏，并陷入迷雾之中。

曾经就有"红学考证"的学者说，《红楼梦》写的是董小宛和顺治皇帝的故事，写的是反清复明的故事……而且每个人都能讲得头头是道，最后还能自圆其说。

这显然偏离了文本和作者的初衷！

回到文本，我们不难发现，文中的主人公贾宝玉和林黛玉一众人等，年龄大多为八到十七岁。

林黛玉出场时五岁，贾雨村成了她的家教。

林黛玉大约八岁进贾府，贾宝玉比她大一岁，他俩同住在贾母的暖阁里，这一对儿小学生还睡在同一张床上。

除李纨外，年龄最大的就数王熙凤，十七岁，是不是我们现在中学生的年龄？但我们很多的读者，甚至是导演，都把王熙凤解读成三四十岁的中青年妇女，看看电影、电视剧就可以证明。

回到文本，就年龄而言，《红楼梦》是一本描写青少年情感的小说！

台湾地区的红学家蒋勋老师也特别重视《红楼梦》的年龄问题，一再强调《红楼梦》是描写青少年的文学，我特别佩服蒋老师忠实于文本的认知。

《红楼梦》也是中国古代唯一以青少年为主角的文学著作！

既然《红楼梦》是青少年文学，我就能选择它作为少年儿童的校本课程。

其次，课程研发必须依循少年儿童的年龄特征、认知能力和国家课程标准制定的年段目标。

我的课程"红楼一梦小诗童"诗文吟唱系列，恰好依循了国家课程标准制定的年段目标，把学习的目标定位在对古诗词的朗诵和吟唱上，让孩子们感受古诗词节奏和韵律的美，引领孩子们认知客观世界的神奇和温暖。

真就是真，假就是假，
真真假假你要干啥？
假（贾）不假，
白玉为堂金作马。
阿房宫，三百里，
住不下金陵一个史。
东海缺少白玉床，
龙王来请金陵王。
丰年好大雪（薛），
珍珠如土金如铁。
假就是假，真就是真，
假假真真我不——明——分。

当孩子们在吟唱、玩赏黛玉的《葬花吟》时，我把《葬花吟》与童话、绘本结合在一起，让孩子们感受花开的热烈、神奇、唯美，体味花谢时的不同方式，打开生命的多重维度，用孩童的视角审视生命。最后，让孩子们选择自己喜爱的方式埋葬落花。这是很好的一种生命教育的模式，这些实践活动，让孩子们进一步认识自己，认识世界，不迷古，不复古。

最后，课程的研发和推出，老师一定要有精准的研读能力，并且有能力对课程进行解构、重建和整合。

"红楼一梦小诗童"诗文吟唱系列，对《好了歌》《童谣·护官符》《咏白海棠》《螃蟹咏》进行了多重解构，留下了适合孩子们吟唱，还能读懂，又特别喜爱的部分，孩子们也玩得不亦乐乎。

一天，八岁的王君郎一本正经地朗诵起了"开辟鸿蒙，试遣愚衷，趁着这奈何天，伤怀日，寂寥时，演出这怀金悼玉的《红楼梦》"一段。

他享受的模样，一下子把我带进了《红楼梦》的二十一回《贤袭人娇

嗔篆宝玉　俏平儿软语救贾琏》。

林黛玉和史湘云因争论而拌嘴，贾宝玉和薛宝钗赶来劝和，正当四人嬉闹成一团，"有人来请吃饭，方往前边来。那天早又掌灯时分，王夫人、李纨、凤姐、迎、探、惜等都往贾母这边来，大家闲话了一回，各自归寝。湘云仍往黛玉房中安歇。"

宝玉和黛玉从小就睡在一起，突然一下他不能和黛玉在一起睡了，他开始不适应、不舒服了。

"宝玉送他二人到房，那天已二更多时，袭人来催了几次，方回自己房中来睡。次日天明时，便披衣靸鞋往黛玉房中来。"

宝玉先是赖在黛玉房中不走，被袭人催回去睡觉后，第二天一早就起床跑回黛玉房中。

很多人读到这里，会诟病宝玉，觉得他动机不纯，即使是宝玉的父亲贾政，也会觉得他行为不端。还记得宝玉一岁抓周的事情吧，当宝玉抓起那些脂粉钗环时，贾政就觉得宝玉将来定会是淫魔色鬼了。

又有谁能读懂宝玉呢？

其实，宝玉就是一个不想长大、逃避长大、拒绝长大的小男孩。你看他跑回黛玉房中看到了什么，又做了什么。

只见他姊妹两个尚卧在衾内。那林黛玉严严密密裹着一幅杏子红绫被，安稳合目而睡。那史湘云却一把青丝拖于枕畔，被只齐胸，一弯雪白的膀子撂于被外，又带着两个金镯子。宝玉见了，叹道："睡觉还是不老实！回来风吹了，又嚷肩窝疼了。"一面说，一面轻轻的替他盖上。林黛玉早已醒了，觉得有人，就猜着定是宝玉，因翻身一看，果中其料。因说道："这早晚就跑过来作什么？"宝玉笑道："这天还早呢！你起来瞧瞧。"黛玉道："你先出去，让我们起来。"宝玉听了，转身出至外边。

宝玉看到湘云的一把青丝、一弯雪白的膀子，只是轻叹："睡觉还是不老实！回来风吹了，又嚷肩窝疼了。"动作也极简：轻轻地替她盖上。黛玉醒来看见宝玉的神态和动作，毫无违和地说："这早晚就跑过来作什么？"没有吃惊，也没有高喊"出去"。

黛玉不仅懂宝玉，更信宝玉。儿时的玩伴，早已是左右手般自然共存，谁也离不开谁。

"郎骑竹马来，绕床弄青梅。同居长干里，两小无嫌猜。"

大诗人李白似乎更懂小男孩贾宝玉，早在盛唐时期就写出来这样的诗！

我们现代的成年人反而看不懂如今的孩子们：他们在课堂上下总有说不完的悄悄话；放学了，还要一路说回去；到家了，再打一通电话或视频一阵才肯罢休。

看不懂他们，说明我们已经老了。

湘云洗了面，翠缕便拿残水要泼，宝玉道："站着，我趁势洗了就完了，省得又过去费事。"说着便走过来，弯腰洗了两把。紫鹃递过香皂去，宝玉道："这盆里的就不少，不用搓了。"再洗了两把，便要手巾。翠缕道："还是这个毛病儿，多早晚才改。"宝玉也不理，忙忙的要过青盐擦了牙，漱了口，完毕。湘云洗完脸，她的丫鬟翠缕正要把洗脸水往外倒，宝玉叫别把水倒了，留着给他洗。

你可不要以为宝玉是舍不得水，更不要推测他是节水模范。

湘云也是和宝玉一起长大的。留在那盆里的，是湘云的味道，是儿时玩伴的味道，是童年的味道。

留下这盆水洗脸，既可以感知儿时的温度，更可以回味儿时的甜蜜。

宝玉洗完脸并不算完，还缠着湘云给他梳头。

宝玉见湘云已梳完了头，便走过来笑道："好妹妹，替我梳上头罢。"湘云道："这可不能了。"宝玉笑道："好妹妹，你先时怎么替我梳了呢？"湘云道："如今我忘了，怎么梳呢？"宝玉道："横竖我不出门，又不带冠子勒子，不过打几根散辫子就完了。"说着，又千妹妹万妹妹地央告。湘云只得扶过他的头来，一一梳篦。

小时候，我们的身体常常是小伙伴的玩具。小孩子可以把同伴的头发拿在手中玩弄一整天，也会把自己的手指送到对方的口中。

大人们看到了会迅速阻止，觉得非常危险。

很多时候我都不以为意，觉得孩子们挺无聊的。

直到有一天我看到了一幅画：两个三岁左右，裸体相对的小男孩儿，一个拿着小剪刀剪向另一个的小鸡鸡。可能是觉得太好玩，我当时就笑出了眼泪，随后也惊出了一身冷汗。

但不管你怎么看，怎么想，小朋友的身体仍然是小伙伴最好的玩具。

从宝玉和湘云的对话中很容易看出，湘云从前一直是帮宝玉梳头的，可能现在都十二三岁了，女孩子开始有点儿不好意思，但终究是拗不过宝玉的纠缠，湘云开始为他梳头。梳着编着，湘云发现宝玉头上的四颗珍珠成色不一样，连忙问宝玉。

湘云一面编着，一面说道："这珠子只三颗了，这一颗不是的。我记得是一样的，怎么少了一颗？"宝玉道："丢了一颗。"湘云道："必定是外头去掉下来，不防被人拣了去，倒便宜他。"

"丢了一颗"，丢的到底是什么？

这些不起眼的细节，大多被后世读者忽略，成年人也不愿意、不屑思考。

所以他们觉得贾宝玉的行为不可理喻，甚至是污秽的。

一个处在青春发育期小男孩的那种不愿长大、拒绝长大的心有多恐慌，有多无助，有多孤独！

当年，我在读法国作家埃克苏佩里的《小王子》时，只是被小王子的纯洁本真所吸引，并没有意识到自己已经快遗忘了童年。但这种被吸引还是唤醒了我，我很快找回了属于我内心的美好。

小王子和他的朋友们始终坚守着未被利欲熏染的"本真"世界，那是被隐匿于现代文明与功利思想背后的，珍贵的、纯朴净美的精神世界，是几乎被成人遗忘的心灵家园。

回想起小王子，瞬间我就懂了贾宝玉。

弗洛伊德在他的精神分析法和心理分析法里一再提到恋母情结，认为俄狄浦斯情结是人类普遍的心理情结。我想，他一定没有读过《红楼梦》，更不可能读到《红楼梦》中隐含的这么多的心理现象。

如果他读懂了贾宝玉，肯定会分析出恋母情结并不简单。

母亲分娩，脐带被剪断，婴孩落地。

失去了营养输送，失去了母亲呵护，告别了那么安全、美好的地方，婴儿降生时的嗷嗷大哭仿佛是一种宣泄。

这是人生脐带的第一次被剪断。

小小少年渐渐长大，进入青春发育期，但他们大多是抗拒长大的。尤其是男孩子的抗拒情绪更浓。

这种矛盾和痛苦，我觉得是人生脐带的第二次被剪断。

一旦剪断，你将彻底告别童年，那些童年的美好也将不复存在。

尘世的人情世故、俗世的功名利禄会迅速麻痹我们的神经，觉得你应该这样做，不能那么做，你应该迅速成熟起来。

于是，你忘了你曾经是一个小孩，你忘了你曾经拥有的那么多的童年美好，你开始用成人的标准要求自己的孩子要这样，不要那样。

在欧洲，普鲁斯特的小说《追忆逝水年华》常常被拿来与《红楼梦》比较，它们的情节那么相似，让人追忆，让人只想住在美好里，不愿有片刻的离开。

《追忆逝水年华》比《红楼梦》晚出了两百多年。

19 世纪 80 年代，俄国的瓦西里耶夫曾说，《红楼梦》写得如此美妙，如此有趣，以致非得产生模仿者不可！

贾宝玉是不是普鲁斯特笔下的马塞尔就不得而知了。

2017 年 6 月 1 日，我为学校策划了一个儿童节，主题是：花开七彩，住在童年。

孩子们一波波地走来，与这大幅主题海报合影留念，还有很多的老师也加入进来。

在当天的朋友圈，我很多进入初中、高中、大学的学生也纷纷发来图文，给自己过起了儿童节，并祝我儿童节快乐。

晚上，一大批爸爸妈妈、爷爷奶奶们也过起了儿童节。

不知道他们是否读懂了贾宝玉。

我觉得只有人生的脐带第三次被剪断，人们才可能真正读懂宝玉。

母亲不在了，人生只剩归途，让所有人明白，自己孩子的身份到头了！

这第三次脐带的剪断，连心理上偶尔想豪情壮志一把，觉得自己永远年轻的勇气，也被击碎！剩下的，常常只是夜半枕畔的泪如雨下！

母亲慈爱的身体，恋母情结最后的客观存在，烟消云散了。你还有什么理由住在童年？

但宝玉好像永远都有理由。

高鹗、程伟元续写的《红楼梦》结尾，宝玉披着大红猩猩毡的斗篷，跪在雪地里给父亲磕了三个头。

他在祈求，祈求父亲的原谅，原谅总也长不大的他。

他要住在童年，实在不行，就赖在童年。

如果《红楼梦》就是曹雪芹写的，如果贾宝玉就是曹雪芹，那么，曹雪芹应该是在守望。

曹雪芹经历了短暂的繁华，十四岁时被抄家。

回想起自己家族四代锦衣玉食，回想起身边那么多杰出的女性受家族连累，命运多舛，他痛心疾首。好像唯有坚守才能报答。

守住往日的温暖，守住童年的美好。

实在不行，赖在童年就是最后的救赎。

20世纪初，苏格兰小说家詹姆斯·巴利的小说《彼得·潘》横空出世，会飞的淘气小男孩儿彼得·潘在空中飞来飞去，吸引了无数小朋友，这些被吸引的小朋友都学会了飞翔，彼得·潘带领他们飞向了奇异的梦幻岛。

后来，小女孩儿温蒂·达令带领想妈妈的孩子飞回了家，但他们永远也不能忘怀的就是梦幻岛。

只有彼得·潘永不长大，也永不回家，他老在外面飞来飞去，把一代又一代的孩子带离家庭，让他们到梦幻岛上享受自由自在的童年欢乐。

我不能肯定，两百年后的詹姆斯·巴利是不是读过东方的一部小说《红楼梦》，他是不是读懂了贾宝玉，贾宝玉是不是彼得·潘。

我记得《彼得·潘》里有一句：只要孩子们是欢乐的、天真的、无忧无虑的，他们就可以飞向梦幻岛去。

"开辟鸿蒙，试遣愚衷，趁着这奈何天，伤怀日，寂寥时，演出这怀金悼玉的《红楼梦》。"

王君郎同学的声音唤回了我，我该去上课了。

# 莫道师者仁心，贾母香远益清

2018年9月10日，秋季开学第二周的星期一，"汪老师读书班"的孩子们迎来了本学期的第一节校本课程——"汪老师的语文课"。

他们还兴高采烈地交来了特殊的暑假作业。

贾探春诗词的朗读者秦于斯同学交来了书法作品《咏白海棠》，贾惜春诗词的朗读者刘芷嫣同学交来了书法作品《大观园题咏》……一个暑假不见，孩子们的书法水平提升不少，老师很是开心。

也有例外。

七岁的小帅哥向博文什么也没有交给我。

我也不会问他要。本来这个暑假作业就是选做的。

之后，只要是见到我，他早早就掉转"车头"，逃之夭夭。

后来，他妈妈告诉我，向博文没完成暑假作业，特别害怕见到我。

怎么会这样呢？是我平时的教态不够温和吗？

几天过去，我慢慢地便忘了这事儿。

一天临睡前，我拿起了床头书《红楼梦》，温习起第二十九回《享福人福深还祷福　痴情女情重愈斟情》。

人生天地间，莫过福和情。

情，是人客观的需求；福，则是人主观的愿望。

人对情感都是有需求的，窃以为，你付出的情感有了回应，就能收获对应的感情，付出和收获平衡了，福泽自然就会降临，这是最好、最理想的现象。而现实生活中，客观的需求和主观的愿望往往很难对等，福，也就不可能常常如约而至了。

红学家蒋勋老师曾说过，福，是个很空洞的概念。我倒是觉得，福的内涵很广泛，它是个集大成的美好概念。"五福"这个名词，源出于《尚书》和《洪范》。《尚书》上所记载的五福是：一曰寿，二曰富，三曰康宁，四曰攸好德，五曰考终命。五福的第一福是"长寿"，第二福是"富贵"，第三福是"康宁"，第四福是"好德"，第五福是"善终"。

"五福"求的是心平气和、宽厚仁和、富贵如意、福寿绵长。

现世里，每个人对福的理解也是不同的，有的人认为多子嗣是福，有的人认为多金钱是福，有的人认为一家人能相守是福，有的人认为平平安安是福……

所以，中国人祈求的"四季平安，五福临门"该是多大的福报！但人永远也不会满足！所谓"享福人福深还祷福"，告诉我们的事实是：越是享福的人，越觉得福气不够多，因此，还会去祈求更多的福分。

二十九回里的享福人，我想，应该指的是贾母。贾母是史侯之女，嫁到贾家，是一品诰命夫人，至少相当于现代的部长夫人吧。她一生都生活在富贵之中。我们不禁要问：有需求才会去祈祷。贾母的福分已经够多了，她为什么还来祷福？贾母有钱有势，儿孙满堂，她究竟缺什么？

回到文本。

贾母让人传下话去，五月初一要率一众人等前往清虚观打醮。

所谓打醮，就是拜神祈福。

　　这个话一传开了，别人都还可已，只是那些丫头们天天不得出门槛子，听了这话，谁不要去。便是各人的主子懒怠去，他也百般撺掇了去，因此李宫裁等都说去。贾母越发心中喜欢，早已吩咐人去打扫安置，都不必细说。单表到了初一这一日，荣国府门前车辆纷纷，人马簇簇。那底下凡执事人等，闻得是贵妃作好事，贾母亲去拈香，正是初一日乃月之首日，况是端阳节间，因此凡动用的什物，一色都是齐全的，不同往日。少时，贾母等出来。贾母坐一乘八人大轿，李氏、凤姐儿、薛姨妈每人一乘四人轿，宝钗、黛玉二人共坐一辆翠盖珠缨八宝车，迎春、探春、惜春三人共坐一辆朱轮华盖车。然后贾母的丫头鸳鸯、鹦鹉、琥珀、珍珠，林黛玉的丫头紫鹃、雪雁、春纤，宝钗的丫头莺儿、文杏，迎春的丫头司棋、绣桔，探春的丫头待书、翠墨，惜春的丫头入画、彩屏，薛姨妈的丫头同喜、同贵，外带着香菱、香菱的丫头臻儿，李氏的丫头素云、碧月，凤姐儿的丫头平儿、丰儿、小红，并王夫人两个丫头也要跟了凤姐儿去的金钏、彩云，巧姐儿另在一车，还有两个丫头，一共又连上各房的老嬷嬷、奶娘并跟出门的家人媳妇子，乌压压的占了一街的车。贾母等已经坐轿去了多远，这门前尚未坐完。

　　为什么要引用这么长一段？读完了，你不觉得贾府几乎是倾巢出动，动静之大，不敢想象吗？你看那"荣国府门前车辆纷纷，人马簇簇。乌压压的占了一街的车"，这阵势，堪比现代很多国家的总统出行了！
　　走在前面的贾母已经进了清虚观，后面的部队才刚刚出发。
　　凤姐儿见了，连忙赶上前来搀扶。
　　此时，意外的事情发生了。

　　一个十二三岁的小道士儿，拿着剪筒，照管剪各处蜡花，正欲得便且藏出去，不想一头撞在凤姐儿怀里，凤姐便一扬手，照脸一下，把那小孩子打了一个筋斗，骂道："野牛×的，胡朝那里跑！"

怎么样？凤姐儿够剽悍吧！打一个小学生不遗余力！

前面书中交代过，为了迎接元妃娘娘省亲，贾家去江南买了十二个小和尚和十二个小道士，后来就打发他们去往了贾家的家庙和道观中。这个小道士就是其中之一。他哪曾见过总统出行这么大的阵仗？慌不择路，撞到了枪口上，没被当恐怖分子当场击毙已经是很幸运了！

那小道士也不顾拾烛剪，爬起来往外还要跑。正值宝钗等下车，众婆娘媳妇正围随得风雨不透，但见一个小道士滚了出来，都喝声叫道："拿，拿，拿！打，打，打！"

本来这小道士在观中本本分分剪灯花，谁知道泼天大祸降下来！这下更不得了了！

古代公侯家的小姐和媳妇是不能随便被人看见的！这小道士胡乱冲撞，完全可以当场被乱棍打死！

一边是"车辆纷纷，人马簇簇，乌压压的占了一街"，一边是"人单影只，惊慌失措"，眼看着他是在劫难逃了！

在"拿，拿，拿！打，打，打！"的山呼海啸中，又有谁在乎这个少年内心的感受呢？

此时，情在哪里？福又在哪里？

贾母听了忙问："是怎么了？"贾珍忙出来问。凤姐上去搀住贾母，就回说："一个小道士儿，剪灯花的，没躲出去，这会子混钻呢。"贾母听说，忙道："快带了那孩子来，别唬着他。小门小户的孩子，都是娇生惯养的，那里见得这个势派。倘或唬着他，倒怪可怜见的，他老子娘岂不疼得慌？"说着，便叫贾珍去好生带了来。贾珍只得去拉了那孩子来。那孩子还一手拿着蜡剪，跪在地下乱战。贾母命贾珍拉起来，叫他别怕。问他几岁了。那孩子通说不出话来。贾母还说"可怜见的"，又向贾珍道："珍哥儿，带他去罢。给他些钱买果子吃，别叫人难为了他。"

在贾家，贾母和她的丈夫荣国公是第一代的创业人，到贾兰这一代，应该是第四代了。创业不易，守业倍艰！所以，贾母知道惜福和分享！

福，只有珍惜了，才会长久！古人说，富不过三代，贾家已经到了第四代还享受着荣华富贵，实属不易！

福，只有分享了，才会倍增！也就是我们常说的，你把一份幸福分享出去，就变成了无数份幸福。

贾母是深谙其中的道理的！

面对着一个买来的、被欺负的孩子，她会着急地说"快带了那孩子来，别唬着他"。

这说明贾母是宽容的，心中是有别人的，是有"平等"观念的！

面对着一个买来的、被欺负的孩子，她会善意地教训凤姐儿："小门小户的孩子，都是娇生惯养的，那里见得这个势派。倘或唬着他，倒怪可怜见的，他老子娘岂不疼得慌？"

这说明贾母会站在别人的角度考虑问题，所谓"人同此心，心同此理"大概就是如此吧。

面对着一个买来的、被欺负的孩子，贾母命贾珍拉他起来，叫他别怕，问他几岁了。

我们可以想象，贾母说这些话的时候，脸上的笑容一定十分慈祥！

这说明贾母是很疼爱少年儿童的，也是善于与儿童沟通的！放到现在，贾母一定是一位合格的人民教师！

面对着一个买来的、被欺负的孩子，贾母说："可怜见的，珍哥儿，带他去罢。给他些钱买果子吃，别叫人难为了他。"

这说明贾母菩萨心肠，慈悲为怀！

说到这里，"贾母有钱有势，儿孙满堂，她究竟缺什么？为什么还来祷福？"这个问题应该有了答案吧！

贾母大概是感觉到贾家后来的子孙如贾赦、贾敬、贾珍、贾琏等都不行了，贾家很快就会败落，所以她才会前往清虚观打醮祈福！

后来，贾母去世，贾家被抄家，败落，树倒猢狲散，充分说明了这一点。

湖北省武昌实验小学的新自然教育理念提出：新时代的实验人，面对孩子，脸上要有笑容，心间要有宽容，心内更要有慈悲。

我们的领头人张基广校长做到了！

但我没想到的是，三百年前的贾母早就做到了！

莫道师者仁心，贾母香远益清！

活该这位史侯家的贵族小姐能坐享四世同堂的美好人生！

同样，现代的教育人，如果拥有了笑容、宽容和慈悲，我们的孩子们一定也会拥有美好的未来！

写完这篇文章的第二天，七岁的向博文同学补交了暑假作业。

他终于不再躲着我了！

我激动得与他和他的作业合影留念！一共照了六张照片才罢休！他的妈妈是摄影师。

照片里，我笑得很开心，向博文笑得更开心。

汪应耀唱给你听的《红豆曲》

# 土豪有多土，贵族就多贵

2017年11月，"汪应耀老师经典吟唱工作室"里，六到八岁的一二年级小同学，都会唱着童谣，背诵《红楼梦》里有关四大家族的顺口溜了。

"假不假，白玉为堂金作马。阿房宫，三百里，住不下金陵一个史。东海缺少白玉床，龙王来请金陵王。丰年好大雪，珍珠如土金如铁。"孩子们并不知道他们吟唱的这首童谣叫作《护官符》，我也不会刻意告诉他们。

孩子们是天生的学习者！这样的歌谣，在他们嘴里一通"乱炖"，某一个瞬间，他们自会懂的。

下课了，潇湘妃子林黛玉的扮演者、六岁的邓悠然扯着我的衣角说：

"汪老师，贾家真有钱！他们家的马都是金子做的！"

怡红公子贾宝玉的扮演者、八岁的王君郎不知道想要表达什么，高声叫了起来：

"薛家最有钱好不好！他们家珍珠如土金如铁！薛家是土豪！"

"哼，明明是贾家最有钱！对吧，汪老师？"

邓悠然的声音里明显有了怯意。她可能觉得，贾家和薛家，金子都多，但王君郎哥哥在薛家的后面加了个词语"土豪"，贾家就输了，所以，她在寻求我的帮助。

"邓悠然说得对，贾家最有钱！"我连忙表态声援邓悠然。

"怎么样？哼！"邓悠然蹦跳着离开了教室。

王君郎哥哥满脸的不服，嘟囔着跟了出去。

脑中回放着两个孩子争论的场景，看着他们渐渐远去的身影，我不禁感慨万分：教育有时候真的是要顺应天性，顺势而导，顺意而为。课堂上过多地讲解，生活里烦琐地说教，往往事与愿违。

此刻，我想认真地对小悠然说："你真的说对了！贾家最有钱！"

我还想安慰王君郎哥哥："你说得也很有道理，薛家是土豪，薛蟠是真土豪。"

贾家自荣国公始，至贾宝玉这一辈儿，已历四代，家风传承严谨，文风仍盛！所以，贾家不仅有金钱，更有一份贵气！是如假包换的贵族！

反观薛家，一介皇商，并无实业，充其量是皇家的买办。加之唯一的男丁薛蟠不学无术，整日流连在花街柳巷，挥金如土，十足的土豪无疑。

现在，我是断然不会跟学生讲解什么是"贵族"和"土豪"的，也不会讨论，那么，今后我该怎么对我的学生解释"贵族"和"土豪"呢？

很多年前，我看过一部英国电视连续剧《唐顿庄园》，剧中的女主角Mary 与心怀鬼胎的求婚者有过这样一段对话：

追求者说：我家里以后要购置很多画。

Mary 说：我们家从来不买画。

追求者不解，问：那你家的画都是从哪里来的？

Mary 说：继承。

简短的对话，让人叹为观止：谈吐文雅，举止有礼，进退有道。那一种低调，一份淡然，一份从容，一种随性，一份自由，可能就是贵族范儿。

《红楼梦》第二十八回《蒋玉函情赠茜香罗 薛宝钗羞笼红麝串》

片段：

话说这一天，宝玉正在黛玉房中和一众女孩打嘴巴官司，小厮焙茗来报："冯大爷家请。"宝玉急忙到了冯家。当座的有一等神武将军之子冯紫英、唱反串的戏曲演员蒋玉函、锦香院的歌手云儿，更有那薛家大公子薛蟠。

原来，他们早就约好了：到歌厅喝酒，唱歌。

这样的团队组合，与我们现在很多去 KTV 唱歌的组合很相似，有时候，小说里记录的真实历史，正史里还真看不到。

那薛蟠一见到云儿就说："你把那体己新样儿的曲子唱个我听，我吃一坛如何？"

宝玉见薛蟠要胡来，连忙阻止：

"如此滥饮，易醉而无味。我先喝一大海，发一新令，有不遵者，连罚十大海，逐出席外与人斟酒。"

宝玉说的，现在的很多小年轻可能听不懂。

还真不像我们现在看抖音那么简单，直接。

此时的宝玉年方十五岁左右，薛蟠略大，其余的都与宝玉年龄相仿，应该是现在的中学生吧。

宝玉的意思是，我们来唱歌，唱输了，就罚酒十大杯！

这一新令，就是要吟出诗歌：

女儿悲，……
女儿愁，……
女儿喜，……
女儿乐，……

紧接着，要高歌一曲。获得齐声赞美的，就算赢。

与其说他们是出来唱歌的，不如说他们是出来游戏的。

来看看宝二爷、宝哥哥的表现。

只见宝玉高声吟道：

女儿悲，青春已大守空闺。
女儿愁，悔教夫婿觅封侯。
女儿喜，对镜晨妆颜色美。
女儿乐，秋千架上春衫薄。

宝玉在这段吟诵里，非常巧妙地引用了唐代大诗人王昌龄《闺怨》里的诗句：

闺中少妇不知愁，春日凝妆上翠楼。
忽见陌头杨柳色，悔教夫婿觅封侯。

怎么样？咱们十几岁的宝哥哥的文学积累还算丰厚吧！他并不是父亲眼中不爱读书的不孝子，他只不过是讨厌八股文般的教科书，更不喜欢官场里的虚伪和做作！

每一次读到这里，我总是按捺不住要为宝玉鼓掌。

宝玉够勇敢，他是儒家道统的叛逆者。

《红楼梦》这本书当然也是一本叛逆的书。曹雪芹更是封建儒家道统的叛逆者。

我为他们喝彩！

别看宝玉讨厌封建伦理里的官场八股，但这孩子在喜爱、积累文学的路上，从来不乏努力！加上宝玉天生灵秀，注定了这孩子不平凡的人生！

在学校里，在班级里，我们当老师的，一定不能忽视、轻视了千千万万个可爱的"宝玉"，尽管他们不是我们眼中循规蹈矩的乖宝宝。

歌场众人听了，齐声叫好，唯独薛蟠扬着脸，摇头说：

"不好，该罚！"

众人问："如何该罚？"

薛蟠道："他说的我都不懂，怎么不该罚？"

云儿狠狠给了他一巴掌："你悄悄地想你的罢。回头说不出，罚死你。"

那薛蟠并不服啊！他也要吟：

"女儿悲，……"

众人催他，悲什么啊？快说！

薛蟠急得满脸通红，来了句：

"女儿悲，嫁了个男人是乌龟。"

这……有嫁乌龟的吗？

众人大笑起来，催着他说下一句。

薛蟠说：

"女儿愁，绣房蹿出个大马猴。"

众人哈哈大笑道："该罚，该罚！先还可恕，这句更不通。"

还是宝玉仁厚，笑道："算了，只要押韵就行。"

大马猴是什么鬼？薛大哥真是敢想。

薛蟠被嘲笑，很是来气，大声回应：

"你们当真以为我不会？"

众人回他："快来呀，往下，往下。"

薛蟠道："我也有好的，听了：女儿喜，洞房花烛朝慵起。"

众人听了，都诧异道："这一句简直不要太有韵味了！"

是啊，这么有意境的诗句出自薛蟠之口，是鬼也惊呆！

难不成他曾经也是个文艺小青年？

正当众人要对他刮目相看之时，薛蟠冷不丁地就接了下一句：

"女儿乐，一根 ×××××。"

虽不是老古板，但我实在没勇气写出来，去读原著吧。

众人听了，都扭着脸说道："该死，该死！"

还是宝玉灵光，连忙打圆场："我来唱完新样儿的曲子吧。"

宝玉坐下来，用筷子敲了一下碗沿，开口流韵：

滴不尽相思血泪抛红豆，开不完春柳春花满画楼，睡不稳纱窗风雨黄昏后，忘不了新愁与旧愁，咽不下玉粒金莼噎满喉，照不见菱花镜里形容瘦。展不开的眉头，捱不明的更漏。呀！恰便似遮不住的青山隐隐，流不断的绿水悠悠。

实在不敢相信，身处喧闹炎嚣的歌舞场，宝玉愣生生为林妹妹献上了相思的《红豆曲》。

他仿佛静静地对林妹妹说："在大观园里，你睡不稳，吃不好，我怎么放心得下？此刻，你该不是草草地吃了两口，然后就躺下了？待会儿我回去，给你带些吃的，都是清淡的，你爱吃的。"

宝玉唱完，云儿催薛蟠赶紧唱完时新的曲子，否则，罚酒十杯。薛蟠学着宝玉的样子，敲了一下碗沿，唱道：

"一个蚊子哼哼哼。"

众人都怔了，说："这是个什么曲儿？"

薛蟠不管不顾，继续唱道：

"两个苍蝇嗡嗡嗡。"

众人都道："罢，罢，罢！"

薛蟠白眼一翻："爱听不听！这是新鲜曲儿，叫作哼哼韵。你们要懒待听，连酒底都免了，我就不唱。"

众人都道："免了罢，免了罢，倒别耽误了别人家。"

历史总是惊人的相似。

在英国，贵族作为一个特殊的社会阶层，有着优越的社会地位和相应的权力，但这并非意味着你可以为所欲为。

以"精英摇篮""绅士文化"闻名世界的英国伊顿公学是英国最著名的贵族中学，但这里也素以军事化的严格管理著称，"独立、个性、友爱、忠诚、尊严、勇敢、传统、绅士、幽默、优越"是他们的校训。这里曾造就过二十位英国首相和许许多多各个领域的精英。

我们可以看一组数字：在国家或民族危难之际，贵族们常能挺身而出承担责任，他们甚至会贡献自己的财产乃至生命，用以抵抗外来侵略。在第一次和第二次世界大战中，英国军人的伤亡率为百分之十三，而贵族子弟的伤亡率是百分之四十五，就因为他们是贵族，是绅士，所以每次打仗，冲锋总是在最前，撤退总是在最后。

也许从泰坦尼克号沉没事件更能看出端倪。

泰坦尼克号沉没时，"让妇女儿童先上船"的声音响彻在船的上空。泰坦尼克号上大多是英国人，在获救的人中只有很少一部分英国人，而英国男性更是少之又少。他们宁可和船一起沉入海底，也不愿意像一个懦夫一样去抢占妇女和儿童的位置。

时至今日，绅士教育已成为英国的一种国民自觉性。良好的教育和强烈的责任感是对"贵族"最基本的定义。

事实上，中国古代贵族的出现，较欧洲久远，他们的行为准则更为讲究。

中国古代封爵制度，传统看法认为起源于夏代，到战国时代，才有公、侯、伯、子、男五等爵。爵位是表示贵族或功臣身份、地位的称号，分为不同的等级，有些爵位可以世袭。虽然有些名门望族和地主士绅没有封号，但也可以归纳到贵族行列。他们以五常八德修身，齐家，治国，平天下，时至今日，意义非凡。

林黛玉祖上世袭侯爵，林父更以科第（探花）出身，历任"兰台寺大夫""巡盐御史"等职。

宝玉家世更是了得，身为开国元勋荣公、宁公之后，当朝八公，贾家独占其二，天下推为名门望族。

近代曾国藩家族，家训颇受人推崇，在教育子女一事上，以"勤"字为人生之理论：一曰身勤，二曰眼勤，三曰手勤，四曰口勤，五曰心勤。自己身体力行，教育子女也养成勤劳作风。曾国藩五兄弟的后人已经绵延至第八代，有突出成就的有二百四十多人。最主要的是，没出现过一个坏人。

近几年，"土豪"成了热词，商家围绕土豪制造卖点。土豪们以土豪身份为荣，准土豪、非土豪都希望并入土豪行列。许多人对土豪刮目相看，并将土豪与贵族画上等号，殊不知两者并无精神交集。

土豪怀揣金银，不要最好，只求最贵，张扬而炫富者，比比皆是，除了钱财打底，既无主见，又无审美。

当年某些煤老板逛北京商场时，服务员巴不得借土豪之力，行销最贵而最不好卖的东西，煤老板财大气粗豪购，将奢侈品"武装到牙齿"，终是差了些许底蕴。

中国历史上有一座古城与"土豪"一词甚有渊源，它叫扬州。

"腰缠十万贯，骑鹤下扬州。"

多读两遍，怎么样？十万贯啊！在古代，够土豪吧。

但我觉得，能够骑鹤下扬州的，不一定是土豪。

有人为证！杜牧知道吗？杜牧，字牧之，号樊川居士，是宰相杜佑之孙，杜从郁之子。

典型的世袭贵族。

还有诗为证！

杜牧是晚唐杰出诗人，他擅长文赋。学中文的人都知道风流才子司马相如和他的名篇《子虚赋》，但对杜牧的《阿房宫赋》印象应该更深吧，尤其是杜牧写扬州的七言诗，更是千古绝响。

公元833年，三十一岁的杜牧受淮南节度使牛僧孺之邀，骑鹤直下扬州，从此便是"陌上人如玉，公子世无双"。

前些年，冯唐的"春水初生，春林初盛，春风十里，不如你"一出，迅速红遍各大媒体、网络，因为它实在太浪漫。

可这句诗最初则源自杜牧的《赠别》：

娉娉袅袅十三余，豆蔻梢头二月初。
春风十里扬州路，卷上珠帘总不如。

杜牧出生的年代正值唐朝没落之时，政局混乱，牛李党争，又逢家道中落。他出身官宦，深受儒家思想熏陶，万丈雄心无处安放，可怜一代俊美才子，满腔抱负尽赋予扬州的小桥流水。

《寄扬州韩绰判官》一诗，看起来是怀念友人，倒不如说是对在扬州的那一段狂放不羁生活的留念。

青山隐隐水迢迢，秋尽江南草未凋。
二十四桥明月夜，玉人何处教吹箫。

杜牧绝对不会想到，千百年后，他留给后人的深刻印象竟然是"十年一觉扬州梦，赢得青楼薄幸名"。

不过那又如何？当年"腰缠十万贯，骑鹤下扬州"的杜牧仍可以秒杀当代的一切土豪。

　　"小李杜"不是一般人，堪为小诗仙。诗仙配仙鹤，没毛病。

　　同学们，你觉得薛蟠可以"骑鹤下扬州"吗?

　　汪老师觉得爱读书的你们和宝玉哥哥都可以。

　　不着急，汪老师会唱着《红豆曲》为你们送行。出发!

# 卡夫卡，不许你和林妹妹交朋友

《红楼梦》前八十回里，罕有描写林黛玉衣着和外貌的笔墨。

她的美，如月光，完全不着痕迹；又如白居易《花非花》里描述的"夜半来，天明去。来如春梦几多时？去似朝云无觅处"般神秘。

是不是还有点儿《格林童话》里灰姑娘的影子？

黛玉仿佛从天而降的仙子，陪大家玩了一场，悄然离去。待你要去寻她时，眼前只有衣袂飘飘，却早已记不起她的模样。

其实，黛玉就是绛珠仙子临世。

不管她有多神秘，读者还是从宝玉的眼中看到了她的模样：

"两弯似蹙非蹙罥烟眉，一双似泣非泣含露目。态生两靥之愁，娇袭一身之病。泪光点点，娇喘微微。闲静时如姣花照水，行动处似弱柳扶风。"

黛玉这"心较比干多一窍，病如西子胜三分"的样态，让人心疼。

每一年，西方很多喜爱《红楼梦》的大学文学系和社会文化研究机构都喜欢玩一个游戏：从十二钗中选一个最喜欢的女孩。

他们大部分会选择王熙凤。

可能他们觉得，一个成天哭哭啼啼的表妹，真是不胜其烦。

东西方的文化差异，要让他们懂得"欠命的，命已还；欠泪的，泪已尽"实非易事！

但有一点，他们特别能理解，还能久久与之共鸣，那就是：

林黛玉焚稿断痴情！

话说黛玉听闻宝玉将娶宝钗，顿失生存意志，"唯求速死，以完此债"，健康情况急遽恶化。

那边厢双宝举行结婚大典，这里头黛玉又咳又喘，吐血连连，身子骨虚弱下尚要示意丫头紫鹃和雪雁开箱取物，挪移火盆。

她先要求丫头拿来题诗的旧帕，"狠命的撕那绢子，却是只有打战的分儿，那里撕得动"。继之授意丫头将火盆放上炕，她苦撑起身，将旧帕撂在火上烧了。然后，"回手又把那诗稿拿起来，瞧了瞧又撂下了。紫鹃怕她也要烧，连忙将身倚住黛玉，腾出手来拿时，黛玉又早拾起，撂在火上……那纸沾火就着……雪雁也顾不得烧手，从火里抓出来撂在地下乱踩，却已烧得所余无几了"。

咽气前，这可怜的痴心少女直声叫道："宝玉！宝玉！你好……"

作者巧妙地隐去了"好"字后面的形容词，留给读者无限的想象。

如果让我补，我会加上"宝玉！宝玉！你好绝"。

既然今日你迎娶宝钗，那一晚，又何必叫晴雯送来手帕呢？

一个"绝"字，暗合了黛玉"行事决绝，毫不拖泥带水"的风格。

宝玉因轻薄之举，惹出金钏跳井风波，又被扯入伶人蒋玉函出走一事，遭父亲棒打成创。疗伤期间惦记黛玉，差遣晴雯去看黛玉。晴雯觉得这番探视于理不合，难免落人口实。宝玉因此给了两条半新不旧的绢子着她带去，黛玉乍看一头雾水，旋即理解了宝玉的心意。

"想到宝玉能领会我这一番苦意，又令我可喜；我这番苦意，不知将来可能如意不能，又令我可悲；要不是这个意思，忽然好好地送两块帕子来，竟又令我可笑了；再想到私相传递，又觉可惧；他既如此，我却每每烦恼伤心，反觉可愧。如此左思右想，一时五内沸然，由不得余意缠绵，便命掌灯，也想不起嫌疑避讳等事，研墨沾笔，便向那两块旧帕上写道……"

此段一共用了可喜、可悲、可笑、可惧、可愧五个"可"字形容黛玉五味交集的感怀。就在她题了三首诗于手帕上后，感觉身体严重不适而起身照镜，"只见腮上通红，真合压倒桃花，却不知病由此起"。意指两颊通红乃是由于罹患无药可救的痨病，将不久于人世。

焚稿断痴情时刻的黛玉显然亦有五可：原先的可喜被可恨取代，余下的三可则有不同早前的诠释：可悲（痴心一片换得见弃别娶）、可笑（自己太天真幼稚才会编织不切实际的鸳梦）、可愧（女孩儿家一再对宝玉表明心迹，如今看来徒留笑柄）。

唯一不变的是可惧。

多年来大量抒情寄意的诗稿，断断不能于身后落入那些不懂"世间情为何物"的庸俗之辈手中！她必须将诗稿付之一炬。

如朱颜辞镜花辞树般决绝，方得以"质本洁来还洁去"的清白离开浊世。

林妹妹虽然离开了，但这丝毫不影响我对她的喜爱！

"两弯似蹙非蹙罥烟眉，一双似泣非泣含露目"莫名让人着迷！

真正让我"五迷三道"，死心塌地迷恋的，则是林妹妹"菊花赋诗夺魁首，海棠起社斗清新。怡红院中行新令，潇湘馆内论旧文"的才情。


菊　梦
篱畔秋酣一觉清，和云伴月不分明。
登仙非慕庄生蝶，忆旧还寻陶令盟。


林妹妹秋菊篱畔入梦，和云伴月，并非"庄生晓梦迷蝴蝶"，只不过想与彭泽县令陶渊明结盟为伍罢了。

### 咏白海棠

半卷湘帘半掩门，碾冰为土玉为盆，
偷来梨蕊三分白，借得梅花一缕魂。

这首诗歌是汪老师读书班里的小书友最喜爱朗诵的。

小书友们觉得黛玉姐姐胆子很大！

最主要的是，黛玉姐姐很有爱心！

你看她又是"偷"，又是"借"，硬是把白海棠打扮得洁白如雪，还让白海棠拥有了梅花的勇气和傲气！

六岁的小书友罗心妍有些不同的看法："汪老师，虽然是助人为乐，黛玉姐姐又偷又借，这不好吧！"

"确实不好，"我安慰她说，"这样吧，让黛玉姐姐将功补过，罚她做你的老师，教你写文章，怎么样？"

罗心妍高兴得直鼓掌。

三百多年前的黛玉喜欢焚稿，敏感多愁，洁癖自闭，这与她童年缺少陪伴和关爱大有关系。

五岁时，黛玉的母亲贾敏辞世，父亲林如海是巡盐御史，公务繁忙，很少陪在黛玉身边。

可怜的林妹妹，八岁时就寄养到了外祖母贾母身边。

没妈的孩子像根草。多少个夜晚，缺少父母疼爱的黛玉，只有诗书为伴可稍作安慰。

"夜阑珊，读无眠，听尽春言"，"揽尽风雨苦亦甜"。

但孤独，永远是孩子不能承受之痛！

现在，大部分的孩子早就没有这些凄苦了！

但我们真的不应忘记：在农村，还有很多留守儿童，他们的孤独亦如黛玉，需要人抚慰！

长期以来，黛玉的消逝让我耿耿于怀。

她无法选择父母，但她可以选择朋友啊！

可是，又有谁有资格与她为伍呢？

作家木心曾经说过：应该把林黛玉介绍给卡夫卡。

我非常认真而又仔细地读了木心先生的建议，但读着读着就惊出了一身冷汗！

我对林妹妹的爱，说得庸俗一点儿，就是始于颜值，陷于才华，忠于人品，久于善良，安于陪伴！

木心先生要让卡夫卡给林妹妹当男朋友！

我不同意！

太不同意了！

1883年7月3日，弗兰兹·卡夫卡出生于一个犹太商人家庭，生活于奥匈帝国（奥地利帝国和匈牙利组成的政合国）统治下的捷克，是一名举世瞩目的德语小说家，本职为保险业职员。

卡夫卡与法国作家马塞尔·普鲁斯特、爱尔兰作家詹姆斯·乔伊斯并称为西方现代主义文学的先驱和大师。

20世纪初，中国唯一能与卡夫卡的小说媲美的，恐怕只有《红楼梦》了。

我曾经狂热地追捧普鲁斯特的《追忆逝水年华》，但接触到《变形记》，哪怕是读完他的一句话，比如"生命之所以有意义是因为它会停止"后，我彻底臣服于卡夫卡！也真正明白"陷于才华"的含义！

《变形记》中，主人公格里高尔·萨姆沙在一家公司任旅行推销员，长年奔波在外，辛苦支撑着整个家庭的花销。当格里高尔还能以微薄的薪金供养他那薄情寡义的家人时，他是家中受到尊敬的长子，父母夸奖他，妹妹爱戴他。

突然有一天，他变成了甲虫，丧失了劳动力，对这个家再也没有物质贡献时，家人一反之前对他的尊敬态度，逐渐显现出冷漠、嫌弃、憎恶的面孔。父亲恶狠狠地用苹果打他，母亲吓得晕倒，妹妹厌弃他。渐渐地，格里高尔远离了社会，最后孤独痛苦地在饥饿中默默地死去。

《变形记》中，格里高尔的遭遇即是在那个物质极其丰裕、人情却淡薄如纱的时代里处于底层的小人物命运的象征。小说以主人公变为甲虫这一荒诞故事反映了世人唯利是图、对金钱顶礼膜拜、对真情人性不屑一顾，最终被社会挤压变形的现实。

第二次工业革命后，西方世界的文明程度大大提高，怎么会有这么离奇的家庭生态环境出现呢？

卡夫卡算是一个非典型富二代。像很多富二代一样，小时候的他缺少父母的陪伴，长大后的他因为职业被父亲讨厌。与典型的富二代不一样的是，他想买什么，父亲就不给他买什么。在卡夫卡家里，父亲掌握绝对权威，父亲说什么全家人就必须照着做。

父亲看不上卡夫卡在保险协会的工作，认为那只是个能不饿肚子的事。对于卡夫卡写的东西，他不是看不上，而是一点儿都不关心。

然而，卡夫卡一生中的大部分时间里是和父亲住在一起的。在朋友面前时不时就皮一下的卡夫卡，回到家里就成了个"隐形人"。他也曾努力与父母亲近。父母喜欢打扑克，他坐在他们身旁，当记分员。但或许是因为童年留下的阴影太重，类似的努力没有给他任何回报。

有一天夜里，他呜呜咽咽，吵着要喝水，当然并非真的口渴，多半是为了怄气。父亲却声色俱厉，几番呵斥未能奏效之后，将他从被窝里拽出来，挟到阳台上，关了门让他一个人穿着背心在那儿站了很久。

父亲视他如草芥。在那以后好几年，他的内心承受着无法纾解的折磨。

在家，卡夫卡拥有的只有"丧"和抒发"丧"的笔。

卡夫卡一生三次订婚，三次悔婚，离四十一岁还有一个月的时候，因肺病引起喉咙疼痛，无法吞咽食物而饿死。

他笔下的主角总是孤零零的，要么一觉醒来变成了被家人嫌弃的甲虫（《变形记》），要么刚起床就被逮捕（《审判》），要么莫名其妙成了全村的敌人（《城堡》）……

他的人生经历和他的作品相互交叉，人们似乎认定了，卡夫卡就是那个为了文学而保持单身的孤独王子。但其实，卡夫卡的孤独是隐形的。

按照"隐形抑郁人口"的定义"喜欢社交，喜欢放肆大笑，与人为善，不争不抢，'一切都很好'的背后是无数个夜晚的垂头丧气、挠墙焦虑与默默哭泣"，卡夫卡是这类人的典型代表。

如果卡夫卡生活在今天，他拿起手机，看到"隐形抑郁人口"这六个字，肯定会会心一笑。

和朋友在一起，他特别喜欢讲笑话，而且总爱在大家刚讨论完严肃话题时搞突然袭击。他的"好基友"马克斯·布洛德说，卡夫卡是他见过的最有趣的人之一。他那一群朋友总是凑在一起办小型朗诵会，每次在朗诵会上搞事的人总是他。卡夫卡喜欢朗诵，也是个感情充沛的好朗诵者。在他心里，朗诵比音乐更美。

在保险协会的办公室里，他人缘也很好。上司欣赏他的认真负责，同事们喜欢他的老实没心机。卡夫卡的朋友、哲学家韦尔奇笔下的他几乎没有缺点：

他身材修长，性情温柔，仪态高雅，举止平和，深暗的眼睛坚定而温和，笑容可掬，面部表情丰富。对一切人都友好、认真，对一切朋友忠实、可靠……没有一个人他不倾注热情；他在所有的同事中受到爱戴，他在所有他所认识的德语、捷克语文学家中受到尊敬。

但是，一回到家中，他就变成了一只不受父亲待见的甲虫。

很难想象，更难理解，相貌英俊、身高 1.82 米、伟岸的卡夫卡，竟然是一个母亲漠视、父亲强权压制下的隐形抑郁症患者！

他的英年早逝，如同林妹妹决绝地离去一般！

缺少父母疼爱的孩子，总是让人痛彻心扉！

卡夫卡曾对布洛德写下了最著名的文学死亡愿望："亲爱的马克斯，我最后的要求就是，一切我留下的日记、手稿、信件、草图等等，读了的、未读的，务必完全烧毁……"

他的遗愿亦可视为"焚稿断痴情"——断的是对写作终生不渝，而知音却寥若晨星的痴情！

幸好布洛德深知卡夫卡的作品必将名垂青史，而违逆其焚稿遗愿。这些逃过火焰的书写，日后果真让后世视为深入探索卡夫卡灵魂的瑰宝，卡夫卡地下有知，当会感谢好友惜才之恩。

原来，卡夫卡和林妹妹有一个共同的爱好：焚稿断痴情。

当然，他们还共同拥有貌美和肺痨。

浓眉大眼、身高一米八二的卡夫卡与"两弯似蹙非蹙罥烟眉，一双似泣非泣含露目"的林姑娘还真是一对璧人。

我是永远的卡夫卡迷！

我爱君之貌，慕君之才，念君之德。

但我绝不同意卡夫卡做林妹妹的男朋友！

一个肺痨够可怕，一个抑郁够可悲！

合在一起呢？

还有，如果一言不合，两个人相对来一曲"焚稿断痴情"，岂不是"黄连煮苦胆——苦不堪言"！

不能往下推测了!

不能伤害林妹妹!

互相伤害更不行!

"汪老师,卡夫卡一米八二,保护林妹妹绰绰有余,可以做她的哥哥兼保镖啊!"

七岁的小书友王语辰献上了妙策。

"嗯嗯,这个可以有!"

童言无忌且善解人意,孺子可教!我兴奋地为他鼓掌。

## 我家有女怎长成

"人心仅一寸，日夜风波起。"

"人心不足蛇吞象"是最好的证明。

如今，党的政策好，放开了二胎，我想生个姑娘。

尤其是几个明星女儿奴，不顾普通百姓的感受，成天撒狗粮，几次差点儿让我念想成真。

飞轮海的大帅哥吴尊，成天女儿不离手，驮着，抱着，一脸宠溺地笑看着，甜死人不偿命。

大卫·贝克汉姆更过分！左手牵小七，右手牵小七，左脸挨小七，右脸挨小七，又牵又挨还不够，干脆上嘴儿吻小七。

小贝这一波猫粮狗粮撒的！全世界的粉丝都看不下去了！直接开怼：亲爹爱女儿，这样不好吧！

但，有女儿就是好！女儿是小棉袄，女儿是鸡汤罐，有了女儿，还可以满世界卖酸葡萄。

念想终归是念想，成真不易。

想想生活的艰难，教育的繁累，心力的交瘁，唉，烟屁股烫手，连吸三口；念及经济困难，再吸三口。

算了，人类繁衍的重任还是交给别人吧，我先干点儿正事儿。

但有什么事儿比人类的繁衍更重大呢？

想女儿，脑子混乱不够用。

有一个学期的最后一节语文课，为了让孩子们玩得开心点儿，并且在玩儿中学会说话，我以贾宝玉语录为话题，让孩子们展开了一场辩论。

宝玉说：女儿是水做的骨肉，男人是泥做的骨肉。我见了女儿，我便清爽；见了男子，便觉浊臭逼人。

我问同学们："你们同意贾宝玉的说法吗？"

这下可好，教室里顿时分成两大阵营，水做的骨肉和泥做的骨肉恨不能马上分个胜负。

眼见局势难控，我适时出击："小嘴巴不说话！水做的，请起立！"

全体小女孩儿刷刷地站得笔直！

让人讶异的一幕同时出现：吴思睿、李唯、于泽西、姚子昂、娄柏睿五位泥做的，也直挺挺地站着，鼓着腮帮子，一直没有坐下去的意思！直到全班同学发出哄堂大笑，他们才极不情愿地坐了下来。

我连忙将目光投向全体女孩儿："水做的们，吸吸你们的小鼻子，臭吗？"

小女孩儿们很实在，高声回应："不臭——"

"好！边坐下，边用掌声安慰一下泥做的们。"我抓住时机指挥着。

教室里响起了掌声。

"同学们，有话咱们应该好好说，慢慢说，清清说，"我故意放慢了语速，"清清，是清清楚楚的清清啊！谁来说？"

李唯噌的一下站起来："汪老师，贾宝玉凭什么说我们男孩儿臭？我哪儿臭了？"

我正要回应他，与李唯同桌的小美女王之山珊站起来，不紧不慢地来了一句："汪老师，他嘴臭。"

这倒霉孩子，真不会说话！小宝贝李唯该气爆了！

并没有！

只见李唯闪电般用右手捂住嘴，打蔫儿般地瘫坐下来。

"潇湘妃子"邓悠然站起来看向了李唯。

"完了！"我心想，"这小林妹妹不会在李唯的伤口上撒盐吧？"

并没有！

"李唯，你别生气，我反对贾宝玉的话，我们班男孩子一点儿也不臭，他们还时时帮我们打水呢！"邓悠然不紧不慢，侃侃而谈，"再说了，宝玉自己也是男孩子，说这样的话，奇怪。"

顿时，泥做的们掌声雷动。

秦于斯等七八个女孩子竟然点头认同，也跟着鼓起掌来。

这第三阵营的突现，大大出乎我的意料。

我很害怕李唯会怀恨在心，从此不理王之山珊。

并没有！

我瞅见李唯谄媚般地为王之山珊拿书包。

事后，王之山珊跟我说："汪老师，李唯早晨没刷牙。"

记得，那天放学后我多吃了两碗饭。

感谢宝玉激活了这群小可爱。

其实，我们更应该感谢的是曹雪芹。

在《红楼梦》里，他说自己活下来的目的，就是要记录、夸赞、彪炳那群女性！在女子无才便是德、男尊女卑的"文以载道"的儒家道统里，这是多么离经叛道、辱没斯文、没有出息的举动！

但不管怎么机辩，金陵十二钗在中国文学史和中国美术史上，早就活成了一道道诗意和远方的风景线。

林黛玉，巡盐御史林如海的宝贝女儿。

林如海之祖，世袭过列侯，今到如海，业经五世。所以，林如海之家是典型的钟鸣鼎食之家。按道理说，林如海有吃老本的资格，可他偏偏喜爱读书，科举考试，探花及第，成为远近闻名的书香人家。

古时候，钟鸣鼎食之家常常看不起书香人家，书香人家又常常看不起钟鸣鼎食之家。如今，林如海家族具备了上述两种好处，羡煞世人。

绛珠仙子不会随便投胎，认准了林家。

这林如海是个十足的女儿奴，他娇宠黛玉，但并没有放松女儿的文化学习，他为女儿请来了当时最好的家庭教师贾雨村，为黛玉打下了坚实的文化基础。

后来，黛玉留下了《葬花吟》，也留下了"黛玉葬花"的唯美画面。这位小姐姐，有颜，有才，还有仙。

后世的很多读者既聪明，又正直。他们一下子看透了黛玉的本质：漂亮，有才，但心胸狭窄，成天哀哀怨怨，珠泪涟涟。

更聪明的读者在后边。他们看不到黛玉的偏激和狭隘，看到的都是优雅和高冷。黛玉本非凡夫，绛珠仙草入尘，九天仙子临世，人家是为还泪而来，她的世界只有洪荒，哪来的心胸？

"侬今葬花人笑痴，他年葬侬知是谁？一朝春尽红颜老，花落人亡两不知！"

黛玉可不管后人聪不聪明！看清了生命的本质，认清了自己的使命，她走得"胁下生双翼，飞落天尽头"般决绝。

去年，一位远走美国读书的学生给我发来了一封电邮，她是宝钗迷，她说："汪老师，你那么赏识林黛玉，最后嫁给宝玉的还不是薛宝钗，谁赢了？难不成你同情弱者成瘾？"

好家伙！我喜欢较真的学生！

但什么是真？什么是假？

宝钗嫁给了宝玉不假，"都只说金玉良缘，俺只念木石前盟"不假，"空对着山中高士晶莹雪，终不忘世外仙姝寂寞林"也不假。

也许这个世界本没有真假。一路上，人们执着于辨别真假，其实，我更喜欢辨真假路上沿途的风景。

薛宝钗祖上为紫薇舍人，乃天子近臣、皇帝心腹。薛父才华横溢却做了皇商，掌管皇宫买办，用现在的标准衡量，皇商之职位，乃中央银行总裁。所以，薛家既是书香门第，又是富贵之家，是当之无愧的世宦名家。

只可惜宝钗运道不好，少年丧父，兄长薛蟠不好诗书，斗鸡走狗，不学无术。好在薛姨妈并没有信奉"女子无才便是德"的世训，而是把全部心思用在督促女儿的文化学习上，那宝钗不仅学富五车，还有颜，有谋，称得上是位奇女子。

来读读她的《临江仙·柳絮词》：

白玉堂前春解舞，东风卷得均匀。蜂团蝶阵乱纷纷。几曾随逝水，岂必委芳尘。

万缕千丝终不改，任他随聚随分。韶华休笑本无根，好风频借力，送我上青云！

中国有句古话叫诗言志。宝钗的"白玉堂前春解舞""蜂团蝶阵乱纷纷"，即柳絮欢快地在白玉堂前舞动着，成群蜂蝶围着纷纷起舞，暗示她对未来充满信心。"乱云飞渡仍从容"，其深知王夫人、袭人甚至元春等，都愿意其为宝二奶奶，她只需伺机而动，静待东风！

一句"好风频借力，送我上青云！"成为后世无数幻想着升官发财、鸡犬升天须眉们的座右铭。

关于权谋和机锋,薛宝钗成了多少人的祖师爷!

我说很多伟人床头摆放着《红楼梦》,你信不?

蒋委员长床头没放《红楼梦》,我信。

我不想知道别人怎么看林黛玉和薛宝钗,我想知道,在"芦雪亭争联即景诗"中,这俩水做的怎么就能联出那么动感、俏皮的句子。

王熙凤首出一句:一夜北风紧。

宝钗道:皑皑轻趁步。

黛玉接:翦翦舞随腰。

想不到平时老成持重的薛宝钗,会在北风飘飞的雪花中轻快地行走;更让人目瞪口呆的是,平日里孤僻冷傲的林黛玉,会扭动着腰肢,随风摇摆。

2020年跨年,我为学校制作了巨幅迎新年海报,主题是:寒风皑皑轻趁步,暖树翦翦舞随腰。

全校师生在凛冽的寒风中载歌载舞,辞旧迎新。

谢谢老师们和同学们为黛玉和宝钗献礼。

贾探春,宝玉的妹妹,虽是庶出,但性格坚强,大胆好学,习得满腹文章,又喜欢改革创新。今天,我说她是中国联产承包责任制的先驱,毫不为过。

宝玉和黛玉有一段这样的对话:

宝玉道:"你不知道呢。你病着时,他干了好几件事。这园子也分了人管,如今多掐一草也不能了。又蠲了几件事,单拿我和凤姐姐作筏子禁别人。最是心里有算计的人,岂只乖而已。"

黛玉道:"要这样才好,咱们家里也太花费了。我虽不管事,心里每常闲了,替你们一算计,出的多进的少,如今若不省俭,必致后手不接。"

黛玉和宝玉所评论的乃是《红楼梦》第五十六回《敏探春兴利除宿弊贤宝钗小惠全大体》的内容。

因王熙凤生病,于是王夫人托探春、李纨和宝钗三位代为理家。其中的主角便落在了知书达理的探春和宝钗身上。

宝钗是老好人，哪里拉得下脸面，王熙凤虽然早就洞悉到贾府坐吃山空的危局，也明白力图改革的迫切性，然而她并不愿意做妨碍自身利益的事情。

反观探春，她不仅怀有深切的忧患意识，而且主动从自身阶层改革起。

首先她免掉了向来重复支出的款项，包括少爷们上学的点心、纸笔月钱，以及姑娘们的头油脂粉费。接着，探春又继续大刀阔斧地改革，率先研究出开源方法来，她提议，把大观园里的各种各样珍贵的花草树木，一一承包给仆人、妇女们专门料理，所获得收益与其按一定比例分成。于是，大观园里的花草树木不仅比往日繁茂，仆人、妇女们的收入更是比往日增加不少。

探春开源节流、兴利除弊和务实经济的绝佳表现，是不是让你想起了20 世纪 80 年代的安徽凤阳小岗村？

司马迁喜欢记录真性情的人，女孩子也不例外。《史记》中记录了卓文君的故事，卓文君也成为中国追求自由的女孩子们的偶像。

《红楼梦》中不仅记录了卓文君，还记录了薛涛。

关于薛涛的生平，互联网上能搜索到的，我就不赘述了，但关于她的原生家庭和她与父亲的故事，值得咀嚼。

薛涛的幼年无疑是丰盈和安逸的，也就是说，她有一个非常幸福的童年。

她的父亲薛郧学识渊博，在长安为官，对唯一的女儿薛涛疼爱有加，视为掌上明珠，薛涛自小便随着父亲研习诗文，虽年纪尚浅，已然满腹经纶。后人将薛涛与鱼玄机、李冶、刘采春并称唐代四大女诗人，与卓文君、花蕊夫人、黄娥并称蜀中四大才女。

薛涛不仅才情高企，还特别有科技创新能力，她发明了一种纸笺，制作工艺特别环保，她将桃花中的天然色素分离出来，制作出了粉红色的纸笺，后人称作"薛涛笺"。我想，用这种纸笺给喜欢或崇拜的人写书信，效率应该特别高。

一天，爸爸薛郧正于庭院的梧桐树下乘凉，忽有所悟，诗兴大发，吟道："庭除一古桐，耸干入云中。"不料，年幼的薛涛在一旁随口附道："枝迎南北鸟，叶送往来风。"

薛郧一听，大喜过望，忽又起忧，进而生怒，后又悲从中来。

按理说，"枝迎""叶送"两个主谓结构对仗工整，用词准确，小女孩儿天真活泼的形象呼之欲出，薛爸爸应该为自己的孩子鼓掌赞扬啊，怎么生出那么奇怪的系列反应？

原来，薛爸爸不是不高兴，只是他觉得，一则，薛涛终归是女子，才华过于横溢，不知将来会惹来多少不必要的麻烦；二来，他认为"枝迎""叶送"有风尘之嫌，故而忧心忡忡了。

世事难料，后来薛家家道中落，薛涛真的沦为乐妓，难道是薛爸爸一语成谶，又或是薛涛难逃诗谶魔咒？

毕竟是书香世家，薛涛献艺不献身，与她交往的也都是白居易、刘禹锡、王建、杜牧、张籍等著名诗人，薛涛终身未嫁，做了一辈子的"单身贵族"。

2019年，美国网球公开赛开打了，我特别喜欢的两个后起之秀在女单第三轮相遇，由当时排名世界第一的卫冕冠军日本选手大阪直美对阵美国本土的十五岁新秀可可·高芙，最终大阪直美以6：3、6：0直落两盘轻松取胜，晋级女单十六强。

赛后现场，黑人选手可可·高芙失声痛哭，观众席上的妈妈也泪流满面。

拥有黑人血统的选手大阪直美要接受胜利后的记者采访，奇怪的一幕出现了：

大阪直美一样满面泪痕，她没有接受采访，而是走向了可可·高芙，她拥抱着可可·高芙，反复说着一句话："你可以和我一起接受采访吗？"

最终，可可·高芙和大阪直美相拥着接受了记者的采访。

看台上的两位妈妈喜极而泣。

大阪直美的妈妈来自日本，她的爸爸是海地人。

大阪直美贵为世界一姐，可可·高芙是美国的未来之星，当年美网冠军奖金高达 385 万美元。

在泪水和拥抱中，这一切都不重要了。

想起宝玉说的一句话：

女孩儿未出嫁，是颗无价之宝珠；出了嫁，不知怎么就变出许多的不好的毛病来，虽是颗珠子，却没有光彩宝色，是颗死珠了；再老了，更变得不是珠子，竟是鱼眼睛了。

仍然想生个女儿，可又极其害怕长大的她陷入生活的卑微，变成"鱼眼睛"。

还是算了。

# 性别划分里的慈悲与救赎

"汪老师，王忠妈妈和刘怀妈妈在校门口吵起来了。"

早上八点，露露同学高喊着跑来我的办公室。

我让她稍微平静会儿就回教室。随即，我赶到校门口，将两位激动的妈妈请进了学校会客室。

"汪老师，您给评评理，"王妈妈泣不成声，"刘怀妈妈让刘怀不跟王忠玩儿，说我们家王忠是娘娘腔，可怜我的孩子心里多难受啊。"

"我只是说说怎么了？至于又哭又闹吗？"刘怀妈妈满心委屈。

"两位妈妈好，您俩的孩子心地善良，学业优秀，彼此友爱，相信两位妈妈冷静后，会像爱自己孩子一样爱对方的孩子。"我满怀期待地看向刘怀妈妈。

刘妈妈如梦初醒，意识到自己在伤害一个无辜的孩子，她嗫嚅着："王忠妈妈，对不起，我太糊涂了！"紧接着，她看向我，"汪老师，您一定要原谅我，我马上去向王忠道歉。"

我一边安慰王妈妈，一边真诚地感谢刘妈妈。

很快，两位妈妈携手走出了办公室。

看着两位妈妈的背影，我其实是非常内疚的。

在没有读懂贾宝玉和林黛玉之前，我也觉得王忠小朋友有些异样。

《喜出望外平儿理妆》一节里，平儿被王熙凤抽耳光后，宝玉将平儿接到了大观园。

宝玉忙劝道："好姐姐，别伤心，我替他两个赔不是罢。"

平儿笑道："与你什么相干？"宝玉笑道："我们弟兄姊妹都一样。他们得罪了人，我替他赔个不是也是应该的。"

嫂嫂王熙凤错打了人，宝玉代为赔罪看起来没毛病，说明他善良。

宝玉又道："可惜这新衣裳也沾了，这里有你花妹妹的衣裳，何不换了下来，拿些烧酒喷了熨一熨。把头也另梳一梳，洗洗脸。"一面说，一面便吩咐了小丫头子们舀洗脸水、烧熨斗来。

平儿素习只闻人说宝玉专能和女孩儿们接交；宝玉素日因平儿是贾琏的爱妾，又是凤姐儿的心腹，故不肯和他厮近，因不能尽心，也常为恨事。

宝玉和女孩儿接触，是不是很有分寸和底线？

平儿今见他这般，心中也暗暗的战敠（diān duō）：果然话不虚传，色色想的周到。又见袭人特特的开了箱子，拿出两件不大穿的衣裳来与他换，便赶忙的脱下自己的衣服，忙去洗了脸。宝玉一旁笑劝道："姐姐还该擦上些脂粉，不然倒像是和凤姐姐赌气了似的。况且又是他的好日子，而且老太太又打发了人来安慰你。"平儿听了有理，便去找粉，只不见粉。宝玉忙走至妆台前，将一个宣窑瓷盒揭开，里面盛着一排十根玉簪花棒，拈了一根递与平儿。又笑向他道："这不是铅粉，这是紫茉莉花种，研碎了兑上香料制的。"平儿倒在掌上看时，果见轻白红香，四样俱美，摊在面上也容易匀净，且能润泽肌肤，不似别的粉青重涩滞。然后看见胭脂也不是成张的，却是一个小小的白玉盒子，里面盛着一盒，如玫瑰膏子一样。宝玉笑道："那市卖的胭脂都不干净，颜色也薄。这是上好的胭脂拧出汁子来，淘澄净了渣滓，配了花露蒸叠成的。只用细簪子挑一点儿抹在手心里，用一点水化开抹在唇上，手心里就够打颊腮了。"平儿依言妆饰，果见鲜艳异常，且又甜香满颊。宝玉又将盆内的一枝并蒂秋蕙用竹剪刀撷了下来，与他簪在鬓上。

接下来宝玉说的话、做的事不仅仅是善良，更多的是"贤惠"。

他不仅把袭人的衣服给平儿穿，还帮平儿涂脂抹粉，更为平儿簪花插柳。

平儿是王熙凤的陪嫁丫头，是贾家的下人，不要说主人可以打你，主人就是杀了你，于情于理于法，都不为过的。

没错，贤惠是描写女人良品的，可此刻，我好像找不到更好的词语来形容宝玉。

宝玉的这份贤惠，也正是他爸爸最忌恨的痛点。

好好的男孩儿不认真读书，考取功名，光宗耀祖，成天与丫头下人、姐姐妹妹们混在一起，实在是不成体统，有辱家门。

三百多年来，许多的读者也认为宝玉乃纨绔酒色之徒，但他们并没有看清、读懂文本。

大观园里的宝玉，十三四岁的年龄，小学毕业不久；而且，这个孩子从未主动轻薄过任何一个女孩儿。

被宝玉称为好姐姐的平儿，一个十五六岁的陪嫁丫鬟，一辈子被主人吆来喝去，主人不开心了，随时可以打几个耳光，甚至是卖掉或处死。

如今的宝玉"反者道之动"，把她当主人一般来伺候，一个青春美少女的内心该是多么的欣慰。

宝玉一个小小的举动，温暖了一个少女整个不幸的曾经。

阅读《红楼梦》三十年，我突然发现，宝玉爱大观园，时时刻刻为姐姐妹妹们保驾护航，他才是大观园这片麦田的守望者，他才是美好青春的保护神。

宝玉也是菩萨，他从大荒山无稽崖青埂峰降临，是对豪门贵族贾家最大的救赎。

从现代心理学的角度来分析，宝玉男性身体里的那份温暖和缠绵，就是阿尼玛因子使然。

现代心理学认为，阿尼玛因子是男性身上的女性因素，这种因素会让男人在潜意识里像女人一样去思考问题，展开行动。

所以，我们从生理角度简单地将人类分成男性和女性，对于男女任何一方来说，都是一种限制，也是不公平的。

再说了，宝玉那么出色地为平儿理妆，在现代社会里，他很有可能成为一个杰出而又独特的化妆师。

成为独立、优秀的创业者、行业翘楚，这又有什么不好呢?

读者误解的不只有宝玉，还有黛玉。

我曾经邀访过一百多位进入大学的昔日的学生，让他们谈谈林黛玉，他们的观点几乎是不约而同：林黛玉孤僻，高冷，耍小性。

还记得与就读于美国新泽西普林斯顿大学的学生开过的玩笑：林黛玉耍小性好智慧，宝玉天天围着她团团转。作为一个女孩子，你一定要学会耍小性！小性耍得好，朋友留得住。

那个学生若有所思，继而放声大笑。

可林黛玉岂止是个只会耍性子的小女子！

看看她写的《五美吟·虞姬》：

肠断乌骓夜啸风，虞兮幽恨对重瞳。
黥彭甘受他年醢，饮剑何如楚帐中。

霸王别姬是我们都熟悉的文化符号，在那个清冷绝望的夜晚，虞姬为成全项羽饮剑而亡。在江山社稷、家国大义面前，黛玉觉得虞姬做得好。

黥布和彭越是项羽旧将，楚汉之争中转投了刘邦，最后被刘邦处以醢刑，砍去手脚，屈辱而死。

黛玉对黥布和彭越毫不留情，认为他俩临阵变节，受尽羞辱，真不如当初高傲地饮剑尽忠。他俩那样不堪，还不如一个女人虞姬。

坚毅，硬扛，这才是很多人读不懂的黛玉。

在中国文学史和中国美术史上最美的画面"黛玉葬花"里，人们从"花谢花飞花满天，红消香断有谁怜"中只看到生命消逝的凄凉和悲哀，可我觉得这太小看了黛玉的刚烈和格局。

当千万朵漫天飞舞的落花无怨无悔地坠入尘埃，"零落成泥碾作尘"，展现的正是生命的壮观，昭示了黛玉面对生命消逝的淡定和决绝。

文艺复兴时期，德国的大师丢勒创作了《沉思中的圣哲罗姆》。圣哲罗姆是早期基督教中知识最渊博的，是西方文化里智者的化身。在画家笔下，他手持骷髅，用极具穿透力的眼神审视观者。

"质本洁来还洁去，强于污淖陷渠沟。尔今死去侬收葬，未卜侬身何日丧？"毫无畏惧地直面死亡，拷问死亡，黛玉是不是三百多年前的圣哲罗姆？

林妹妹身上不仅有圣哲罗姆的影子，更有附身的陶五柳。

菊花赋诗，林潇湘魁夺菊花诗，冠亚季军一人独占。尤其是《咏菊》

中的"毫端蕴秀临霜写，口齿噙香对月吟。一从陶令评章后，千古高风说到今"，唱尽陶渊明的高洁。

弱柳扶风般的林黛玉，为什么会有如此汉子的做派呢？

现代心理学给出的解释是，阿尼姆斯因子使然。

阿尼姆斯因子是女性身上的男性因素，这种因素会让女人在潜意识里像男人一样去思考问题，展开行动。

谁说女子不能刚毅、强大？谁又规定了男子的性格里不能有温暖和柔软？

王忠妈妈泣不成声、痛彻心扉的眼泪不足以警醒世人吗？

天性善良、温柔的王忠，就是一个出色的男孩儿。

很多有良知的教育人对人性的认知，具有了相当的高度！

守望每一个孩子，是时候大声疾呼：

保护天性，尊重个性，发展社会性。

就在写这篇文章的时候，我接到一位家长的电话："汪老师你好，有件事情你要管管了！王妮妮同学把班上的男孩儿揍了个遍！这个女汉子打别人的儿子我管不了，但我绝不能放任她欺负我们家陈刚！"

有了宝玉的慈悲和救赎，我想，这位家长的怒火很好平息。

# 第三章

## 触碰底线就很痛

# 晴雯，好孩子败给规则的痛

一年前就想着要写这篇文章，但拖了一年多，还是没写出来。

别人是江郎才尽，真真羞愧难当，我就不是个郎。

像是个没完成作业的小学生，我惴惴了十二个多月。

去年，小明在美术课上多次拉扯小花的头发，小花泪汪汪地看向当值美术王老师，王老师急眼，拍了小明一巴掌。

第二天，小明的爷爷冲进学校，猛扇王老师一巴掌，并义正词严要举报王老师体罚。

于是，学校给了王老师留校察看的处分。

深谙教育制度的小明爷爷这才悻悻然离开。

和谐声里风平浪静。

终究有人不肯消停，小花爸爸气愤不平，在校外逮住机会，先是教训了小明一通，最后与小明爸爸大打出手，自认为出了口恶气。

没人关注尊严扫地，斯文扫地。

这样的故事在一片骂声中当然也是能蹿红的。

2020 年 9 月 23 日，教育部第三次部务会议审议通过《中小学教育惩戒规则（试行）》，自 2021 年 3 月 1 日起施行。

一时间，很多教师争相转发，一部分年轻教师跃跃欲试。

一部分关注教育的家长拭目以待。

那些跃跃欲试的年轻教师中，很多人眼睛只盯着"惩戒"，急于要把这么多年来的憋屈一吐为快。他们甚至没看到惩戒规则中的很多红线，就要在课堂上与学生"相爱相杀"了。

于是一个坑接着一个坑，每个坑里都有"相爱相杀"的身影。

2021 年 6 月 9 日下午，全国的高考结束。

国家主流媒体消减了对高考的报道，但众多自媒体不甘寂寞，全方位、立体轰炸式地争相呈现高考后的喜怒哀乐：

喜极而泣的，顿足捶胸的，无语凝噎的，欣喜若狂连来三个后空翻的，当然也包括离家出走的……

较之当年范进中举那疯活儿的单一，今儿个精彩多了。

我还是比较欣赏那欣喜若狂连来三个后空翻的孩子，他这是"幸甚至哉，恍如腾云直上"！起码，他身板儿扎实。

高考，难道不就是一次平常的科学数据的考量吗？

大家考完后，就不能够恬淡地归家对月品茗？如果你觉得酸，那就随性地坐在小马扎上啃个苹果吧。

为什么会全民齐上阵，硬生生把一个考试吵吵成千万百姓牵肠挂肚的愁和痛呢？

孩子闹课堂产生家校矛盾，与高考众生相看起来风马牛不相及。

世间的万事万物，何时孤单失联过？

一个国家、民族的振兴是从小学课堂上开始的。

小学课堂上，有多少花样百出疯闹的积累，高考后的众生相就有多陆离闪亮。

我的思维绝没有神经兮兮地跳跃。

"霁月难逢，彩云易散。心比天高，身为下贱。风流灵巧招人怨。寿夭多因诽谤生，多情公子空牵念。"

雨后或雪后转晴为霁，彩云乃雯也。

晴雯两字赫然而出。

上面就是《红楼梦》又副册中丫鬟晴雯的判词。

性格决定命运，这句话放在晴雯身上再恰当不过。

晴雯美丽灵巧，还有宝玉娇宠，虽然心比天高，奈何身为丫鬟，最后被王夫人赶出贾府，寄人篱下而亡。

她究竟做了些什么呢？

一是言语毒舌，行为暴戾，入了校园欺凌的坑。

晴雯和宝玉吵架，袭人来解劝，不小心用"我们"来形容自己和宝玉的关系。

在封建家庭伦理里，下人和主子吵架，也只有晴雯敢。

晴雯冷笑说："我倒不知道你们是谁，别教我替你们害臊了。便是你们鬼鬼祟祟干的那事儿，也瞒不过我去。那里就称起'我们'来了？明公正道，连个姑娘还没挣上去呢，也不过和我似的，那里就称上'我们'了！"

宝玉是和丫头们嬉闹玩耍惯了的。一日，宝玉给麝月梳头。晴雯撞见了，冷笑着说："哦！交杯盏还没吃，倒上头了。""你们那瞒神弄鬼的，我都知道。"

现场被正面打脸，袭人、麝月心里能不装下仇恨吗？

晴雯的脾气，平儿形容得很到位："是块爆炭"。一点就爆，一爆就要伤人。

平儿对麝月说，宝玉的小丫头坠儿偷了金镯子，要麝月和袭人商量着怎么平和处理，别闹得人人皆知。宝玉偷听见了这话，又偷告诉了晴雯，还劝晴雯不要爆发。晴雯当时听了宝玉的，不过还是感叹了一句："只是这口气如何忍得？"

晴雯到底是没忍住，她抓住坠儿，拿起细长簪子，往坠儿的手上乱戳，把个坠儿疼得乱哭乱喊。

最为可怕的是，晴雯假传"圣旨"，把宝玉的权威、袭人的职权剥夺得干干净净，任凭自己的脾气和意志将坠儿撵出了大观园。

都是丫头，都是女孩儿，相煎何太急！

二是撕扇子作千金一笑，入了行为放纵的坑。

说到千金一笑，就要说说褒姒其人。

褒姒是西周周幽王的宠妃，因为其美貌出众，使周幽王神魂颠倒。褒姒生性忧郁，不苟言笑，她不屑于后宫的你争我夺，她也不会为了获得君王的宠幸，明争暗斗。

褒姒的天性使然，满足了周幽王对美人的一切想象。为了博得褒姒一笑，周幽王倾其所能。

一日，褒姒听到绸缎撕裂的声音，忍不住笑了。周幽王连忙命人在殿堂内撕毁帛锦，时间一长，褒姒厌了也就不笑了。

又一日，褒姒听到瓷器碎裂的声音笑了，周幽王忙命人在褒姒身边摔最好的瓷器，时间一长，褒姒不笑了。

周幽王猴急坏了。

有史书记载，他为博美人一笑，听信小人之言，在烽火台上点起烽火，戏弄诸侯。点燃的烽火引来诸侯军队，当得知城中安然无恙，诸侯便率领军队返回。这来来回回的阵势壮观宏大，逗乐了褒姒。

但从此以后，周幽王失去了诸侯的信任。后来申侯勾结犬戎攻打镐京，周幽王再次燃起烽火，可是诸侯再也不相信周幽王，没有前来救驾，镐京被攻破，周幽王被杀，褒姒在镐京被攻破后自杀身亡了。

读完这个故事后，我郁闷了很久。

褒姒何罪之有？

有时候我甚至会莫名比较：国家、社稷和美人一笑谁更宝贵？

一笑倾人城，再笑倾人国。倾城与倾国，佳人难再得。

天下乃天下人的天下，能者得之。

佳人若不笑，谁也得不到。

站在美的角度，千金一笑有时候更宝贵。

哎呀，离题万里，原谅我片刻神经错乱。

《红楼梦》第三十一回的回目是《撕扇子作千金一笑　因麒麟伏白首双星》。

晴雯不小心把扇子弄折了，宝玉刚批评了她几句，她夹枪带棒，连珠炮似的抢白宝玉和袭人，气得宝玉浑身发抖，脸色蜡黄。

亏得宝玉菩萨心肠，并不记恨于她，消气后，还请她吃果子。


晴雯笑道："我慌张得很，连扇子还跌折了，那里还配打发吃果子。倘或再打破了盘子，还更了不得呢。"

宝玉笑道："你爱打就打，这些东西原不过是借人所用，你爱这样，我爱那样，各自性情不同。比如那扇子原是扇的，你要撕着玩也可以使得，只是不可生气时拿他出气。就如杯盘，原是盛东西的，你喜听那一声响，就故意的碎了也可以使得，只是别在生气时拿他出气。这就是爱物了。"

晴雯听了，笑道："既这么说，你就拿了扇子来我撕。我最喜欢撕的。"


大观园里，其他的丫鬟在主子面前说话、喘气儿都不敢大声，晴雯却大笑着说最喜欢撕扇子。

宝玉听了，便笑着递与他。晴雯果然接过来，嗤的一声，撕了两半，接着嗤嗤又听几声。宝玉在旁笑着说："响的好，再撕响些！"

正说着，只见麝月走过来，笑道："少作些孽罢。"

宝玉赶上来，一把将他手里的扇子也夺了递与晴雯。晴雯接了，也撕了几半子，二人都大笑。

麝月道："这是怎么说，拿我的东西开心儿？"

宝玉笑道："打开扇子匣子你拣去，什么好东西！"麝月道："既这么说，就把匣子搬了出来，让他尽力的撕，岂不好？"宝玉笑道："你就搬去。"麝月道："我可不造这孽，他也没折了手，叫他自己搬去。"

撕完主子的，再撕伙伴的，求麝月心理阴影的面积。

晴雯笑着，倚在床上说道："我也乏了，明儿再撕罢。"

贵为宠妃，褒姒都不敢说今儿乏了，明儿再烧吧。

何况，宝玉也不是周幽王。

三是行事高调，标新立异，入了目无尊长的坑。

红楼梦中，晴雯算是丫鬟中的美人。

长得漂亮的女孩子，身上的故事自然就多，但晴雯把这些故事硬生生演绎成了事故。

书中特意写了晴雯的"美手"，有一次晴雯生病了，大夫为晴雯看病：

有三四个老嬷嬷放下暖阁上的大红绣幔，晴雯从幔中单伸出手去。大夫见这只手上有两根指甲，足有二三寸长，尚有金凤花染的通红的痕迹，便忙回过头来。有一个老嬷嬷忙拿了一块手帕掩了。那大夫方诊了一回脉，起身到外间，向嬷嬷们说道："小姐的症是外感内滞，近日时气不好，竟算是个小伤寒。幸亏是小姐素日饮食有限，风寒也不大，不过是血气原弱，偶然沾带了些，吃两剂药疏散疏散就好了。"

一个下人，留着慈禧太后般的长指甲，晴雯被大夫误认成小姐。

王善保家的曾以刻薄的语气，说她仗着她生的模样儿比别人标致些，天天打扮得像个西施的样子。

一日，王夫人巡查，发现晴雯：

水蛇腰，削肩膀，钗髻松，衫垂带褪，有春睡捧心之遗风，不觉勾起方才的火来。王夫人原是天真烂漫之人，喜怒出于心臆，不比那些饰词掩意之人，今既真怒攻心，又勾起往事，便冷笑道："好个美人！真像个病西施了，你天天作这轻狂样儿给谁看？你干的事，打量我不知道呢！我且放着你，自然明儿揭你的皮！"

写这篇文章期间，读到了一篇来自英国的报道：

十四岁男孩杰森·柯克布赖德在理发店剪了一个比平时更短的发型，违反了学校"发长不得短于0.5cm"的校规，他被停学隔离，直至发长符合学校要求方可复学。

说实话，这样的校规着实让我感到震惊，同时也让我更加意识到规则在校园中的严格性。

晴雯亡故，宝玉特意为她写了一篇长长的悼词《芙蓉女儿诔》，以抒发自己内心的哀痛和愤慨。这一切于事无补。

封建伦理里，守分就是守规则。

晴雯恰恰是因为不守规则，付出了生命的代价。

德国哲学家伊曼纽尔·康德在《论教育》中说："人人应该自幼起便习以为常，服从理性的命令，因为倘若听任某人年纪轻轻就随心所欲，不加反对，他终身便摆脱不了几分无法无天的秉性。那么爱子女则为之长远计，一时的娇惯和溺爱，其实就是对孩子一生的伤害。如果孩子还小，不懂是非观，犯了错误，作为家长应该用引导的方法，告诉孩子什么是对的，什么是错的，而不是一味地答应孩子的要求，或是通过打骂的方式来纠正孩子的错误。"这也启示我们，在教育过程中，引导孩子遵守规则、明辨是非是多么重要。

拖了一年多没完成这篇文章，实在是顾虑太多。

那么多的教育人做着诸如"陪学生跳舞""陪学生吃饭""陪学生看病"等护生、爱生的好事，这本是值得称赞的。但我认为，在关注这些的同时，同样不能忽视维护课堂的平静、温暖和诗意，或许有人觉得这样有些不合时宜，可不管怎样，在一片看似和气的教育环境中，总得有人站出来，为打造这样安静诗意的课堂发声。

互联网时代，已无法外之地，这也与建设法治中国的道路是同步的。

课堂神圣，当然也不是规则之外的乐园，需要有相应的秩序和规范。

我们也要思考，在教育中怎样才能避免一些不良现象的发生，让教育真正发挥其应有的作用。

一千多年前，杜樊川的呼吁犹在耳畔：

"秦人不暇自哀，而后人哀之；后人哀之而不鉴之，亦使后人而复哀后人也。"

历史不是用来遗忘的，我们应当以史为鉴。

如今面对那些闹课堂成性的孩子们，我们真的不敢想象他们的未来。那么，我们的老师、家长以及社会舆论又该为此做些什么呢？

课堂是学生和老师的主阵地，只有当课堂里充满了平静、温暖和诗意，创新和创造的火苗才能燎原，高考时的众生相才会多些从容和淡定。

《中小学教育惩戒规则》强调实施教育惩戒应当遵循教育性、合法性、适当性的原则，作为教师，我们要正确、全面地理解规则，合理运用规则，才能让规则真正助力营造良好的课堂环境，使其能在教育过程中发挥积极且恰当的作用。

# 孩子，你绕树三匝，何枝可依？

2018年12月7日，电影《狗十三》在中国大陆上映。随后，迎来了大批观众的吐槽和伤怀。

有吐槽重男轻女的，有吐槽离婚重组的，更多的观影者感怀了原生家庭带给孩子的不适或伤害。

什么是原生家庭？

我可以按自己的理解给出一个最单纯的定义：父母和孩子都是"原装零件"组成的家庭，就是原生家庭。

所以，《狗十三》里李玩的家庭并不是严格意义上的原生，应该叫它新生家庭更准确。

很多人将这部电影背后的故事解读为："来自家庭的'爱暴力'，才是影响我们这代人敏感、胆怯、自卑、多疑等大多数负面性格的重要因素……"

还有另一种声音也引起了大家的关注——"原生家庭理论"根本就不是正统心理学概念，父母对孩子人格的影响来自遗传基因，家庭环境对于孩子的成长几乎没有影响。

这样一来，不就是告诉人们：家庭教育对于孩子的成长是没有作用的。于是，很多老师陷入迷茫：部分学生学习不好，都是我的错咯……

很多家庭错愕不已：我投入那么多的钱，进行早教、培优，敢情是石沉大海，连泡泡都没冒一个？

因此，"原生家庭论"成了孩子成长中绕不开的教育观。

《红楼梦》中，贾政的家庭就是那个时代很有代表性的原生家庭：母亲——贾母（一品诰命夫人），妻子——王夫人，小妾——赵姨娘，大儿子——贾珠（早亡），二儿子——贾宝玉（王夫人生），三儿子——贾环（赵姨娘生），大女儿——贾元春（王夫人生，进宫封贤德妃），二女儿——贾探春（赵姨娘生）。

不难看出，这个家庭是原生家庭中的名门望族。

贾环和贾探春是嫡亲姐弟关系，但姐弟二人的成长并不一样。

彼时正月内，学房中放年学，闺阁中忌针黹，却都是闲时。贾环也过来顽，正遇见宝钗、香菱、莺儿三个赶围棋作耍，贾环见了也要顽。宝钗素昔看他亦如宝玉，并没他意。今儿听他要顽，让他上来坐了一处。一磊十个钱。头一回自己赢了，心中十分欢喜。后来接连输了几盘，便有些着急。赶着这盘正该自己掷骰子，若掷个七点便赢；若掷个六点，下该莺儿掷三点就赢了。因拿起骰子来，狠命一掷，一个作定了五，那一个乱转，莺儿拍着手只叫"幺"。贾环便瞪着眼，六七八混叫。那骰子偏生转出幺来。贾环急了，伸手便抓起骰子来，然后就拿钱，说是个六点。莺儿便说："分明是个幺。"宝钗见贾环急了，便瞅莺儿说道："越大越没规矩，难道爷们还赖你？还不放下钱来呢！"

这不就是宝钗、香菱、莺儿、贾环四个小孩儿玩赌钱游戏吗？贾环是主人，愿赌却不服输，竟公然作弊，混一个下人莺儿的钱，实在是尴尬了主人和男人的身份！

莺儿虽是个下人，但也没把主子贾环放在眼里，一顿数落：

莺儿满心委屈，见宝钗说，不敢则声，只得放下钱来，口内嘟囔说："一个作爷的，还赖我们这几个钱。连我也不在眼里。前儿和宝玉玩，他输了那些也没着急，下剩的钱还是几个小丫头子们一抢，他一笑就罢了。"宝钗不等说完，连忙断喝。

没有比较就没有伤害！宝钗想拦，已是不及。

贾环道："我拿什么比宝玉呢！你们怕他，都和他好，都欺负我不是太太养的。"说着，便哭了。宝钗忙劝他："好兄弟，快别说这话，人家笑话你。"又骂莺儿。

是同父异母的哥哥宝玉欺负他吗？

宝玉看到他哭，这样劝解于他："大正月里，哭什么！这里不好，你别处顽去。你天天念书，倒念糊涂了。比如这件东西不好，横竖那一件好，就弃了这件取那个。难道你守着这个东西哭一会子，就好了不成！你原是取乐顽的，既不能取乐，就往别处去再寻乐，顽一会子。难道这算取乐顽了不成！倒招自己烦恼，不如快去为是。"

面对矛盾和兄弟，这个哥哥做得有格局，有态度。

贾环和亲妈赵姨娘却是这样的对话：

贾环听了，只得回来。赵姨娘见他这般，因问："又是在那里垫了踹窝来了？"一问不答，再问时，贾环便说："同宝姐姐顽的。莺儿欺负我，赖我的钱。宝玉哥哥撵我来了。"赵姨娘啐道："谁叫你上高台盘去了！下流没脸的东西。那里顽不得？谁叫你跑了去讨没意思。"

　　很难想象，身在钟鸣鼎食之家的赵姨娘是这样破口大骂着"下流没脸的东西。那里顽不得？谁叫你跑了去讨没意思"来说服教育和安抚儿子的。

　　有了这样的母亲，看起来唯唯诺诺、实则猥琐下作的贾环，干出"蜡油泼脸""向父诬告"，差点儿让哥哥宝玉瞎眼、丢命的事情，也不会太让人惊讶了。

　　后来，贾家被抄家，不学无术、心胸狭窄的贾环哪有自救能力！下场可想而知。

　　往往伤害孩子最深的，恰好是自己的父母！而且他们还不自知！

　　2006年5月29日，电影《被嫌弃的松子的一生》在日本上映，松子的出现，刺痛了全世界每一个观影者的心！

　　松子出生在缺少父爱的原生家庭，美丽而敏感，内心极度渴望被爱。她妹妹因为疾病，得到了父亲的全部关注，而松子却连一个笑容都得不到。当她意外发现，自己做鬼脸时父亲竟然笑了之后，她便开始时常做鬼脸逗乐父亲。

　　当她被虐待、欺骗、殴打、羞辱等一次次伤害时，松子还是时常会做出那个鬼脸，依旧认为这样会换来对方的一个笑容。

　　宁愿被殴打，被鄙夷，被欺骗，被辱骂，也不要一分一秒的寂寞！

　　她一生都在渴望被爱，但生活并没有告诉她什么是爱！

　　于是，她在"自以为爱"的路上越走越远。

　　松子的一生，如同一棵小树苗，成长时没有得到好好的滋养，一辈子都是营养不良。

　　最后，她只是留下"生而为人，我很抱歉"的感慨离开。

　　看完这部电影的当夜，我抱着儿子亲了一晚上。这样的举动，不知可不可以补偿已住进我心里的松子。

如果我说"你的身上，写着孩子未来的样子"，你会相信吗？

还没有得到答案，美国电视动画片《马男波杰克》就带给我无尽的沮丧！

无情的父亲和自私的母亲一直打压着男孩波杰克。

成年后，他害怕孤独，却总是陷入孤独。他母亲不停地诅咒他："你生来就支离破碎，这是你天生的。我知道你想幸福，但不会的……"

直到母亲生命的最后，波杰克都无法原谅自己的妈妈。

或许，我们都欠波杰克一个安慰：

孩子，你太累了，你得睡个愤怒觉。

原生家庭对松子和波杰克的伤害，好似无法破解。

不过，不要慌着下结论。

同处一个家庭，姐姐贾探春会复制贾环的命运吗？

黛玉初进贾府，三春跟着出场，说到探春时，原文是这么描述的："第二个削肩细腰，长挑身材，鸭蛋脸面，俊眼修眉，顾盼神飞，文彩精华，见之忘俗。"

曹公笔下描述的探春，赫赫然与众不同。

可伤害这个出众孩子最深的，不是别人，正是她的母亲。

至今我还清楚地记得曾经读过的希腊悲剧《美狄亚》里的内容：

美狄亚公主邂逅了寻找金羊毛的邻国王子伊阿宋，两人一见钟情，回到伊阿宋的王国，开始了幸福的生活，并生下了一对可爱的小宝宝。

后来，伊阿宋与另一位公主相爱，美狄亚怒不可遏，设计了一套有毒的婚纱，害死了那位公主，并且，她还亲手杀死了自己的两个宝宝，愤然离去。伊阿宋也因此抑郁而亡。

可是，我就是不明白，美狄亚为了复仇，为什么要伤害自己最亲的人？

赵姨娘以爱之名，祸害了自己的亲儿子贾环，还要继续加害亲女儿贾探春。

因为宝玉特别疼爱妹妹探春，所以，探春就亲自动手给哥哥做了一双时髦的鞋子，宝玉穿上后，特别拉风。

赵姨娘知道了，不仅不为自己女儿的能干骄傲，还开始了刻薄的抱怨和纠缠："正经兄弟，鞋搭拉袜搭拉的没人看得见，且作这些东西！"

不仅如此，在探春帮凤姐打理贾家事务，获众人交口称赞时，她屡屡不顾女儿脸面，跑到大观园哭诉，数落，让探春这个总经理在一众丫头婆子面前颜面尽失。

贾探春并没有因此沉沦，她还就是不信邪！

她可以对着闹事的亲妈和下人说出狠话："我但凡是个男子，可以出得去，我必早走了，立一番事业，那时自有我一番道理。"

抄检大观园时，面对着杀气腾腾的大嫂王熙凤，探春干净利落地给了王善保家的一记响亮的耳光！

这分明是宣誓：我探春体贴下人，有担当，且神圣不可侵犯！

探春道："我的东西倒许你们搜阅，要想搜我的丫头，这却不能。我原比众人歹毒，凡丫头所有的东西我都知道，都在我这里间收着，一针一线他们也没的收藏，要搜所以只来搜我。"

探春爽利大方，体贴下人，像这种侮辱人的事情，她自然不允许别人动她的人，而是自己顶上，着实可敬。

探春冷笑道："我但凡有气性，早一头碰死了！不然岂许奴才来我身上翻贼赃了。明儿一早，我先回过老太太、太太，然后过去给大娘赔礼，该怎么，我就领。"

贾府的下人，关系层层叠叠，都不简单，听闻探春如此说，做出如此动作，这一巴掌下去，众人明白了探春的不容侵犯！十足的架势，表明日后当王妃想必是能胜任的。

难怪贾母和王夫人看重探春，就连王熙凤，也对这位虽为庶出，却才貌双全、品学兼优的小姑子敬让三分。以王熙凤的话说："这要是将来被哪位不挑嫡庶的捡了去，那真是他的造化了。"

《红楼梦曲·分骨肉》里写到了探春的结局：

"一帆风雨路三千，把骨肉家园齐来抛闪。"

看到行将就木的四大家族，贾探春毫不犹豫地选择远嫁藩王。

金陵十二钗中，能得善终的，恐怕只有贾探春。

现在想想，能够嫁给藩王有什么不好呢？做个正经八百的王妃，不仅能饱览异域风情，还可以时不时地坐着"飞机"荣归故里。

贾环、贾探春可是亲姐弟呀。

如此看来，"真是不堪"这口锅，原生家庭不能背。

毕竟，也有不少孩子，在原生家庭的生活是幸福的！

去年，一款名为"旅行青蛙"的游戏刷爆朋友圈，年轻的玩家们一夜之间变成了"父母"，游戏中"高冷"的小青蛙则成了他们时刻挂念的孩子。

游戏"旅行青蛙"中处处折射着学生与父母的日常关系：当"蛙儿子"宅在家里的时候，父母就会催促它出去看看外面的世界；当娃儿子带回礼物时，父母又比对着别人家的"娃儿子"提出了更高的期待……不少业内人士认为，这款游戏让学生站在原生家庭之外的视角，体验了一把父母养育的不易。

家庭教育的艺术在于掌握一个"度"。孩子个体性格养成和行为是外因与内因、先天和后天共同作用的结果，对于个人来说，很难判断哪一方面因素更重要。在家庭教育中，父母好比是孩子的"学步车"，要给孩子一定的自由，又不能无限地放纵。

原生家庭的影响在某些语境中，似乎也被过度强调了。

童年的阴影无法完全抹除，童年的创伤常常在成年后隐隐作痛，想要治愈自己，唯有自己在心中种下一颗太阳。

孩子，不要停留在过去，不要回忆从前！时间会咬人，你不走，会满身伤痕！

复旦大学社会发展与公共政策学院副教授陈侃也坦言，虽然原生家庭很重要，但不是唯一影响人生的因素，也不是不可逆的命运。

原生家庭的苦痛，既在代际传递，又在代际不断化解，最终会凝练为这个家庭最个性化的精神财富。

如果原生家庭给了你黑暗，你就要亲手点上一盏灯，驱走黑暗。

电影《风雨哈佛路》中的女主角莉丝演绎的就是一个通过自己后天努力，颠覆原生家庭负面影响的故事。

莉丝原本拥有"地狱般"的原生家庭——父母吸毒并患有艾滋病，父亲酗酒，母亲精神分裂，全家人居无定所、食不果腹，成为众人歧视和嘲笑的对象。

母亲的去世让莉丝下定决心改变自我。通过努力读书，莉丝最终考上哈佛大学，拥有了辉煌、灿烂的人生，逆转了悲惨的命运。这个由真实故事改编的影视作品鼓舞了许多人，现实生活中的"莉丝"还因此获得"白宫计划榜样奖"。

2018年底，湖南连发两起少年杀父弑母的惨案，震惊世界！

相对于大千世界、芸芸众生，这毕竟还是个案！

但被原生家庭伤害的小孩成了施害的主体，这种角色的转换，不能不引起我们的警觉！

我常常在思考，原生家庭是社会的细胞，我们的学校，我们的国家，也是某种意义上的原生家庭。

如果我们学校的老师能够及时发现这些留守儿童的问题，并且，我们的行政主管部门能高度重视和关注，及早介入、干预，这种惨绝人寰、杀父弑母的人间悲剧是不是就可以避免呢？

一个孩子、一个家庭的发展脉络是无比复杂的，我们不能让原生家庭背锅到底。

否则，"你以为你身上的缺点是你的？不，它有可能是你爷爷的"就会成为一切懒惰和错误的借口！

原生家庭对孩子的性格塑造和行为养成究竟有没有影响？

对此，心理学界和教育界都给出了一致肯定的答复：诸多的研究成果表明，童年家庭环境对个体成长有重要影响。

可怜的松子和波杰克那么努力，虽绕着爱的大树苦苦飞翔了无数个"三匝"，却还是没有找到可以依靠的枝丫！

作为成年人，作为父母，不能为他们伸出栖息的枝丫，我深深致歉！

但是孩子，为了取悦父母而放弃自己，也是人生最大的悲哀！

你绕树三匝，一定有枝可依！

十四岁贾探春姐姐的发愤图强，就是最美、最坚固的枝丫！

愿天下的孩子远离恶意，都能被自己的原生家庭温柔以待！

同时，我们也不应过分夸大原生家庭的作用，因为由此产生的影响可以通过后天行为进行调整和改变。

父母、老师要做的，是忠实于本职角色，给孩子一个充满爱的家。

很欣喜地看到，很多学校开设了儿童心理健康课程，成立了儿童心理健康咨询室。

原生家庭只是起点，后天努力才能决定未来。

原生家庭是个问题，会不会爱，才是打开这把"问题"之锁的钥匙。

# 巨婴，才是家庭的天雷滚滚

一直不想触碰"巨婴"这个话题，哪怕这俩字在我脑海里一闪而过，便觉浑身不适。

你想啊，剥开巨婴的外衣，惊悚遍地，斯文、尊严荡然无存，何以立？

无数的巨婴还将"天雷滚滚"这个主谓结构演绎成了一个可怕的名词：灾难。

薛蟠就是个巨婴的代表。

"这薛公子学名薛蟠，表字文起，五岁上就性情奢侈，言语傲慢。虽也上过学，不过略识几字，终日唯有斗鸡走马、游山玩水而已。"人送外号"呆霸王"。

因他幼年丧父，寡母薛姨妈又怜他是个独根孤种，未免溺爱纵容，百依百顺，遂至老大无成。

《红楼梦》中，薛蟠第一次露面就惊天地，泣鬼神。

甄英莲十二三岁，容貌生得齐整漂亮，可是命运多舛，五岁时被人贩子拐走，养了七八年后，卖给了一个乡绅冯公子冯渊，眼看着就要过上平安幸福的日子，偏偏那拐子贪婪成性，又将她卖给了薛公子薛蟠。

拐子意欲卷了两家的银子，再逃往他省。谁知又不曾走脱，被两家拿住，打了个臭死，都不肯收银，只要领人。

那薛家公子岂是让人的，便喝着手下人一打，将冯公子打了个稀烂，抬回家去三日便死了。

薄命女英莲偏逢薄命郎冯渊，薛蟠就这样裁夺了英莲的命运：

"自从两地生孤木，致使香魂返故乡。"

这是后话。

呆霸王的理由很简单：我看中的女孩必须归我，否则，打死你。

《红楼梦》第九回发生了一件大事，贾府学堂内部由于闲言碎语，引发了一场群殴事件。

薛蟠自来王夫人处住后，便知有一家学，学中广有青年子弟，不免偶动了龙阳之兴，因此也假来上学读书，不过是三日打鱼，两日晒网，白送些束脩礼物与贾代儒，却不曾有一些儿进益，只图结交些契弟。谁想这学内就有好几个小学生，图了薛蟠的银钱吃穿，被他哄上手的，也不消多记。更又有两个多情的小学生，亦不知是那一房的亲眷，亦未考真名姓，只因生得妖媚风流，满学中都送了他两个外号，一号"香怜"，一号"玉爱"。

偏那薛蟠本是浮萍心性，今日爱东，明日爱西，近来又有了新朋友，把香、玉二人又丢开一边。就连金荣亦是当日的好朋友，自有了香、玉二人，便弃了金荣。近日连香、玉亦已见弃。

呆霸王不傻，他先用钱财贿赂了班主任贾代儒，后用小恩小惠绑架了助教贾瑞，将小弟金荣哄上手，看上香怜、玉爱后，迅速抛弃了金荣。

后来秦钟和香怜相好，金荣的争风吃醋升级成为学堂武斗，祸首就是薛蟠。

学堂是贾府学术氛围最浓厚的场所，可这里却成了薛蟠包养契弟的乐园，金荣、香怜、玉爱等都与薛蟠有染，各种污言秽语盛行，这样的环境，能学到什么？

教育败，百业衰。

贾家的衰亡自是逃不出这样的法则。

当今时代，很多学校开始注重校园文化建设，这无疑是好的趋向。

坊间曾流行这样的理论：三流学校靠校长，二流学校靠制度，一流学校靠文化，超一流学校靠故事。

我觉得这种理论在某阶段是有其代表性和先进性的。校园里的每一个故事都会静静地呈现它的人文风貌，悄悄地讲述它的文化属性。

薛蟠这道风景，典型的校园霸凌。

所以，看似不合理的家长择校风潮，挺让人理解和同情。

营造和建设校园文化十分重要，可文化要以怎样的样态去呈现，以怎样的手段去落实，成为好学校和一般学校的分界线。

把经典古诗词用浮雕的形式，镌刻到校园的每一面墙壁，甚至是洗手间的墙壁，这不叫建设校园文化。

最美的文化呈现应该是人。孩子们才是校园最美的文化风景。

如何让孩子与校园和谐统一，是锻造先进校园文化的关键。

首先，孩子是家庭人，然后他才是校园人、社会人和自然人。关注人性是不变的主题。特别同意张基广校长的观点：

保护天性，尊重个性，培养社会性。

贾府的学堂里，宝玉、秦钟等大都是七八岁至十一二岁的小学生，学习知识和技能固然重要，但孩子们的生长发育、不同的个性特点是不是更应该引起重视呢？

秦钟和香怜互生爱慕，当然是自然而然发生的，他们彼此温暖、关爱，这既是天性，也是个性，需要老师的保护、尊重和引导。

曾经，我去到北京、浙江、江苏和港澳台地区，以及德国、英国等教育发达国家学习和观摩，受益匪浅。

但也听到了不一样的声音。记得国内某名校一位校长的忠告：

"汪老师，教知识，教技能，你教得越好，领导越高兴，家长越喜欢。但记住，性别教育、性教育，在国家课程没出台前，是校园禁区，不要触碰，搞不好会身败名裂。"

当时，我特别感谢这位校长的提醒。

现在的学校有没有宝玉、香怜、秦钟？不仅有，还很多。这些十一二岁的孩子，学习知识和技能是不太费力的，但他们正处在生理和心理发育的关键时期，很多认知仍是模糊的，哪怕是对自身性别的认知都是浅显的。

人性的复杂和多样可见一斑。

此时，我们应该怎么做？

家长应该怎么做？像薛姨妈般溺爱纵容，百依百顺？

作为教师，我有自信能做好。因为"保护天性，尊重个性，培养社会性"这一理念时时在提醒我，指引我。

家校共建是非常好的路径，但我们不应该满足，这不够，后期更应该有社会力量的介入，和走进自然去体验，去感悟。

年轻的家长们都知道，儿童时期，玩具是孩子们最好的伙伴，所以，他们会给孩子买很多的玩具。

这是育儿文明的巨大进步。

无论是通过观察现实还是分析儿童心理，我们不难发现，与玩具相处，有的儿童会爱护、保护玩具，有的儿童则会宣泄情绪，破坏，甚至是毁坏玩具。

这些，都是正常现象。关键看成人如何引导。

但在儿童生长期，一味地骄纵和百依百顺，可怕的局面会出现：孩子小时候喜欢恶意毁坏玩具，孩子长大了，同学、伙伴会成为他们肆意赏弄的"玩具"。

我们把这些成年后，仍沉浸在儿童角色里，以自我为中心，为所欲为的个体，称为巨婴。

这些巨婴有一个共同特点，他们首先都是家庭的妈宝、爸宝。

薛蟠，就是一个攻击性十足的妈宝男。

甄英莲、金荣、香怜、玉爱等都沦为他的"玩具"。

但有的"玩具"并不好掌控，因为反噬性强。

《红楼梦》四十七回里的冷二郎柳湘莲就是个不好玩儿的主。

柳湘莲面容俊美，身形挺拔伟岸，是《红楼梦》里的第一酷哥。他肩驮猎鹰，胯下骏马，萍踪浪迹。不禁让我想起王维诗句里的形象：

相逢意气为君饮，系马高楼垂柳边。
偏坐金鞍调白羽，纷纷射杀五单于。

薛蟠几曾见过如此帅哥，哈喇子早流了一地。酒席上一刻不见柳湘莲，就乱嚷乱叫起来：

"谁放了小柳儿走了！"

湘莲见他如此不堪，恨不得一拳打死，心中又恨又愧，早生一计，便拉他到避人之处，笑道：

"你真心和我好，假心和我好呢？"薛蟠听这话，喜得心痒难挠，乜斜着眼，忙笑道："好兄弟，你怎么问起我这话来！我要是假心，立刻死在眼前。"湘莲道："既如此，这里不便。等坐一坐，我先走，你随后出来，跟我到下处，咱们替另喝一夜酒……"

湘莲把薛蟠骗到人迹稀少之处，便趁他不注意在他颈后敲了一记闷锤，薛蟠只觉得一阵黑，满眼金星乱迸，身不由己，便倒下来。

湘莲走上来瞧瞧，知道他是个笨家，不惯捱打，只使了三分气力向他脸上拍了几下，登时便开了果子铺。薛蟠先还要挣扎起来，又被湘莲用脚尖点了两点，仍旧跌倒，口内说道："原是两家情愿。你不依，只好说，为什么哄出我来打我？"一面说，一面乱骂。湘莲道："我把你瞎了眼的！你认认柳大爷是谁。你不说哀求，你还伤我！我打死你也无益，只给你个利害罢。"说着，便取了马鞭子过来，从背至胫，打了三四十下。薛蟠酒已醒了大半，觉得疼痛难禁，不禁有嗳哟之声。湘莲冷笑道："也只如此！我只当你是不怕打的。"一面说，一面又把薛蟠的左腿拉起来，朝苇中汀泥处拉了几步，滚的满身泥水，又问道："你可认得我了？"薛蟠不应，只伏着哼哼。湘莲又掷下鞭子，用拳头向他身上擂了几下。薛蟠便乱滚乱叫，说："肋条折了。我知道你是正经人，因为我错听了旁人的话了。"湘莲道："不用拉旁人，你只说现在的。"薛蟠道："现在没什么说的。不过你是个正经人，我错了。"

薛蟠认错了，是不是很惊讶？

他自省了？应该说被迫认输更准确。他的巨婴症没有得到根治。

去年，我第二次拜读了美国著名悬疑恐怖小说家斯蒂芬·金的小说《绿里奇迹》。生与死的选择，中间隔着一条绿色地板的走廊。在这条通往善与恶的道路上，有着人性的光辉和丑恶。而这，也正是读者能深入去思考、去扪心自问的地方。

弗兰克·德拉邦特继导演了《肖申克的救赎》后，1999 年，他又将《绿里奇迹》搬上银幕，并请来了奥斯卡影帝汤姆·汉克斯主演狱监保罗，引发了人们对人性撕裂的极大关注和思考。

佩西是一名狱警，同时也是一名地道的"妈宝男"。他有着强硬的后台，是州长的侄子。也正是因为这个，佩西常拿自己的身份来欺压监狱中的囚犯。

虚荣、张狂、麻木、自私将佩西的基本人性吞噬，佩西生性仇视一切美好的事物，他喜欢喧哗，喜欢看犯人出丑。

他经常对犯人施虐。比如，他可以毫无顾忌地将扶着监狱铁栅栏的死刑犯德拉克的手指打断。

当狱监保罗要按制度惩罚他时，他竟然威胁保罗：我上边有人。

约翰·科菲是监狱里的天使，他因被冤枉杀害儿童入狱。在监狱里，他凭着自身的特异功能，拯救了保罗和小老鼠金格先生。

他也用特异功能让佩西患上了精神病。

或许这正是神性的惩罚和救赎。

古今中外的巨婴有着惊人的相似之处：永远也长不大，自私，自我。当遭遇人生困苦，他们就手足无措，甚至不惜用侵害来自救或自保，给无数家庭带来灾难，当然，也包括自己的家庭。

薛蟠、佩西是巨婴没错，但不会学习，不会反思，不会教育的薛姨妈、和佩西的家人们何尝不是没长大的巨婴呢？

写到这儿，我的脑海里不禁浮现出曾发生在学校里的真实画面：

画面一：孩子在校内操场上体育课，校外拿着毛巾的家长不顾保安和老师的提醒，强行冲进学校，给孩子擦汗。

那绝对孤立的画面，让老师和保安一脸惊恐，给自己的孩子，给现场其他孩子又留下了什么呢？

　　画面二：孩子上音乐课闹课堂，被女音乐老师点名批评了。放学后，听完孩子的哭诉，家长冲进学校，畅快地给手无缚鸡之力的女音乐老师几巴掌，说是为孩子讨回了公道，挽回了自尊。

　　……

　　孩子，你以为你身上的缺点是你的?

　　不，它有可能是你爷爷的。

# ❧ 少年，经典可以的 ❧

常常问问自己：多久没有躲在无人的一隅，独自品读一本自己钟爱的小书了？

喜欢看动漫连续剧《画江湖之不良人》，我想知道后梁最后一位皇帝朱友贞的结局。

朱友贞幼年时，父王朱温常常欺压他，后来还逼死了他的母亲。朱友贞的性情变得极其孤傲，性格难以琢磨。他其实非常不喜欢做皇帝。登基后，他将其母亲的尸体制成干尸，时刻伴随驾前。

这种古怪的行为，是极度的恋母情结，西方心理学派把它叫作俄狄浦斯情结。现在，我们把有这种情结的男人叫作妈宝男。

朱友贞还嗜赌成性，经常拿手下人的性命做赌注。后来，他的贴身侍卫钟小葵和他非常喜欢的石瑶都背叛了他，孤傲的朱友贞痛苦至极，选择了自杀。

动漫《画江湖》被改成了网游，很多小孩儿喜欢玩儿。我的学生也不例外，王君郎就很喜欢玩儿。得知朱友贞自杀后，王君郎跑来告诉我，朱友贞不顾别人死活，死得活该。

其实，我想告诉王君郎：朱友贞虽然贵为皇帝，但没你幸福，他在用一生疗愈童年。

我终于没有说出口。不是担心孩子们不懂，而是因为胸口沉闷的痛。

耿耿于怀地还想起一件怪事儿。

为什么我到十三岁才有机会阅读《海的女儿》？闭塞还是贫穷？

不管是什么原因，我手抄了《海的女儿》全文，因为书是借的。

三十多年来，说不出在脑袋的哪个地方，反正总给我爱的小人鱼留了一块地儿，还会如数家珍地说出结尾：

夜深了，所有的人都进入了梦乡，小人鱼在甲板上等待太阳升起。这时，她的姐姐们出现在海面上，她们长长的头发已经没有了，她们用自己的头发和巫婆换了一把刀子，只要在天亮之前用这把刀刺进王子的心里，让他的血流到小人鱼的腿上，小人鱼就可以重新变成人鱼，回到海底享受她的三百年寿命。

朝霞渐渐地变得越来越亮了，小人鱼揭开了帐篷上紫色的帘子，她弯下腰去，在王子漂亮的脸庞上吻了吻，然后把刀子抛向大海，自己也纵身跳入海里——她感到，她的身躯正逐渐化为泡沫。

"不要，不要，你可以不化为泡沫的……"第一次读完《海的女儿》的那个夜晚，我在心里千万遍地呼喊，然后不由自主地泪如雨下。当然是躲在被子里。

现在想想，好感谢被子。

十三岁梨花带雨的男躯，该是多尴尬。

从那以后，我就下定决心：勇敢地活着，找到巫婆，告诉王子真相，不让小人鱼化为泡沫。

后来，带学生参观海洋馆，看见美人鱼游过来，我眼睛就溜圆，只要她有化为泡沫的迹象，我就会冲上去阻止。

没有一条美人鱼给过我机会。

我知道，应该是安徒生带着忧郁的微笑，把一些旖旎的伤感不绝如缕地绕在了我的心上。

在以儒家文化为主导的中国社会，老百姓很少讨论死亡，也忌讳谈论死亡。

中国人"重生安死"，这也导致了传统思想里人们对死亡问题的逃避。

但不管我们是否接受，死亡总会来到。

所以，什么时候死，以怎样的方式死，成了一个无法回避的问题。

中国古人云：死或重于泰山，或轻于鸿毛。

我们老百姓不祈求多么壮烈、光荣地死去，只希望可以在生的时候明白死亡的价值。思考死亡，真正的目的可能就是想让自己以理性的态度来认识和面对死亡，不再逃避死亡问题。

时间进入 21 世纪，很多中国青少年不再逃避死亡问题。你别误会，他们不是在生的时候明白了死的价值，他们是在什么都没有弄明白的情况下，准备或已经选择各种极端的方式，来结束自己幼小或年轻的生命。

根据国家卫生健康委统计信息中心发布的《2022 中国卫生健康统计年鉴》以及国家统计局发布的《中国统计年鉴 2022》数据可以算出，2021 年，25 岁以下人群中自杀死亡人数约为 6730 人。

不只是中国，青少年抑郁或自杀已成为一个世界性问题。

孩子们到底怎么了？

我再一次翻出了法国漫画家让·特磊的畅销小说《自杀专卖店》。

当快乐和欢笑离所有人远去，"生存还是死亡"已经不是一个问题，因为所有人都会不约而同去选择后者。

法国的一座小城沉浸在一片阴郁、绝望的气氛当中，充满了死亡的恶趣味。

而一家有口皆碑的老店生意却格外兴隆。原来这家祖传老店以代卖自杀产品著称。什么剖腹刀、上吊绳、毒药水等应有尽有。

可讽刺的是，在这座小城，公开自杀不仅属于违法行为，还会被警察开罚单。所以呢，这家自杀专卖店就成了自杀者的"避风港"。

而且……亲，自杀失败，包赔包退。

经营此店的老板三岛先生了无生气，老板娘卢卡丽斯更是日日愁眉苦脸。长期贩卖自杀用品，他们早就丧失了对生活的热情，同时也濒临崩溃的边缘。

小儿子阿伦诞生后，自杀专卖店的生意一落千丈，法国小城人的生活格局也被彻底打破。

阿伦喜欢笑，只要有人来他就笑。进入自杀专卖店的顾客听见他的笑声，看到他的笑脸，就忘记了自己是来干吗的，还微笑着离开了。

三岛和卢卡丽斯非常生气，拼命把阿伦微笑上扬的嘴角往下拉，可一松手，阿伦的嘴角又上扬了。

阿伦上学后，联合同学们，用巨大的音乐声波破坏掉所有的自杀用品，这让爸爸三岛怒不可遏，拿着军刀要杀了阿伦。

神奇的阿伦在同学们的帮助下，成功地上演了一出苦肉计，还把爸爸逗笑了。

最后，阿伦在姐姐和姐夫的帮助下，成功地让自杀专卖店转型，卖起了可丽饼，可丽饼店成为全城老百姓欢聚休闲的好地方。

这一次，我可能真懂了让·特磊的法国式幽默。

我也更加坚定地捍卫尤三姐的倔强和高洁。

住在宁国府，二八年华的尤三姐，心中早就爱上了一个叫柳湘莲的年轻人。此人和宝玉十分要好，前几年因为打了呆霸王薛蟠，远避他乡。三姐暗中发誓，非湘莲不嫁。

贾琏出外办事，在路上正好遇见柳湘莲。贾琏便向湘莲提亲，为尤三姐做媒。湘莲一口应允，并解下家传的"鸳鸯剑"做信物。

尤三姐格外欢喜，把剑挂在绣房的床前，她自喜终身有了依靠，真是满满的幸福感。

这也是尤三姐度过的最温馨、最浪漫的一段时光。

应该说，尤三姐并非完人。她也曾洒脱成性，放荡不羁。但是当尤三姐表明心迹后，真个从此就成了"非礼不动，非礼不言"的闺秀。吃斋念佛，侍奉母亲，静待心上人归来。

谁知几个月后，湘莲进京，和宝玉谈起此事。当湘莲听说三姐竟然在宁国府中，心中一惊，跌足道："这事不好了，断乎做不得了！你们东府里除了那两个石头狮子干净，只怕连猫儿狗儿都不干净。我不做这剩王八。"一席话说得宝玉满脸通红，湘莲自知失言，连忙道歉，两人不欢而散。

曾子曰："十手所指，十目所视，其严乎。"

那柳湘莲虽然是《红楼梦》中第一帅哥和酷哥，毕竟是萍踪浪迹的江湖人士，读书甚少，虽是堂堂硬汉，怎奈耳根绵软，哪知道听途说的危害，更不知指指点点、唾沫横飞也会夺人性命。

五四运动前夕，鲁迅先生指出的礼教吃人大概就是如此。

金钏、晴雯的命运早就注定，尤三姐又岂能逃脱。

柳湘莲和宝玉分手以后，赶忙找到贾琏和尤家，借口说道："我姑姑已经给我订下亲事，没有办法，只得请奉还宝剑。"贾琏一听着了急，叫道："这婚姻大事，岂能当作儿戏？既然已经定好，那就不能随意反悔！"

湘莲说："我宁愿受罚，可这门亲事实在不敢从命。"

尤三姐在房内听得一清二楚，知道湘莲一定是听了关于宁府什么闲话，把自己也当作了下流人物。她从床头摘下鸳鸯剑，将一股雌锋隐在肘内，施施然走出来，说道："你们不必出去再议，还你的定礼。"

一面泪如雨下，左手将剑并鞘送于湘莲，右手回肘只往项上一横。顿时，可怜：

揉碎桃花红满地，玉山倾倒再难扶。

众人急来抢救，可惜已经晚了。贾琏揪住了湘莲就要送官，倒是尤二姐止泪劝阻，并放他回去。湘莲反而不动，泣道："我并不知是这等刚烈贤妻，可敬，可敬。"反伏尸大哭一场。等买了棺木，湘莲眼看着入殓，又抚棺大哭了一场，这才告辞而去。

我不杀伯仁，伯仁却因我而死。三姐如此贞烈，柳湘莲始料未及，伏尸恸哭，也算是幡然醒悟，只不过悔之晚矣。

白居易在《长恨歌》里感慨杨玉环"芙蓉如面柳如眉，对此如何不泪垂"，较之尤三姐的刚烈和磊落，杨贵妃是万万不及的。

曹雪芹虽然没有描写尤三姐自刎时血流满地的惨景，却用"揉碎桃花"的残忍，营造出凄凄惨惨的悲凉诗意，在世世代代善良中国人的心房，长久地镌刻上撕心裂肺的疼痛。

只有疼痛当然不够，崇敬和歌颂才能永恒。

"竹林七贤"里的老兄山涛形容嵇康的风神："嵇叔夜之为人也，岩岩若孤松之独立；其醉也，傀俄若玉山之将崩。"

山涛说：嵇康是个大帅哥啊，醒着的时候，像挺拔的孤松傲然独立；酒醉的时候，就像高大的玉山快要倾倒。

诗仙李白最是心仪大帅哥嵇康。他用"玉山倒"的典故，作诗高歌嵇叔夜：

"清风朗月不用一钱买，玉山自倒非人推。"

曹先生不吝笔墨，将"玉山倾倒再难扶"的美誉送给了尤三姐，难道不是在说：三姐，你虽为闺阁女流，但毫不逊色于伟岸丈夫！

从朱友贞、小人鱼、法国小镇的居民，到尤三姐，他们的死因都是自杀，但罪魁祸首朱温、女巫、自杀专卖店和流言蜚语却十分耐人寻味。

今天，那么多的孩子、青年抑郁甚至绝望，除了孤立无援的父母，又有多少人上心在意呢？

我也常常问自己：谁又是这些孩子的十手所指，十目所视呢？

但小阿伦让我看到了光亮：幸亏我爱笑，生活才没那么糟糕。

三十年来，尤三姐"揉碎桃花红满地"的刚烈，让我相信，只要执着，美好一定还在；小人鱼成为我心中最坚强的泡沫；还有罗密欧与朱丽叶、梁山伯与祝英台……

前段时间我迷上了北京小曲儿《探清水河》，十六岁的大莲和六哥哥双双跳进清水河殉情了。我疯了一般学会了《探清水河》，并录制了一版自己的《探清水河》。收到小样的那个夜晚，我循环播放到天亮，泪水打湿了枕头，但大莲和六哥哥伴着黎明的朝阳，开启了我幸福的一天。

尤三姐、小人鱼、罗密欧与朱丽叶、梁山伯与祝英台、大莲和六哥哥……当他们一一从书本里走进我们的心田，我们每一个人都会泪流满面，因为初恋是美好的，而我们大多数人的初恋是没有完成的。

当然，当他们一一从书本里走进我的心田，他们会重新活过来，他们给我精神鼓励，给我心灵按摩，给我情绪抚慰。

他们给我最多的，还是反思和醒悟。

不怕年代久远，不怕山高水长，他们从来就没死过。

有人说，人的一生有三次死亡。

第一次是断气的那一刻，生理上已经死亡。

第二次是下葬的时候，从社会上被抹除。

第三次是无人记得的时候，当没有一个人记得他存在过，这是真正的死亡。

但离别怎么会是死亡？

忘记才是。

没有忘却，就没有死亡。

所以，少年，别离经典太远，因为经典可以唤醒坚强。

孩子们，拥抱经典，经典可以启迪你去思考生命的意义。

汪应耀谱曲《好了歌》重建别样语文课

# ❧ 谁在逼好孩子"柳三变" ❧

　　2019 年，"汪应耀老师经典吟唱工作室"有学生五十八名，其中，九岁的秦于斯学习好，书法好，歌也唱得好，十岁的王君郎则不仅会编程，而且更会唱歌。

　　综观 21 世纪初两岸四地的歌坛，唱歌有名的很多，但特别有名的恐怕不多，周杰伦应该算一个吧。

　　我今天要给同学们介绍的，不是最有名的歌手。

　　"凡有井水处，皆能歌柳词。"是写哪位词人的?

　　这好像是某省某一年的高考题。

　　"凡有井水处，皆能歌柳词。"是南宋叶梦得对北宋著名婉约派词人柳永的评价。

　　当代中国有个非常特别的词叫"学区房"，也就是靠近超级名校的小区房，如果谁家有一套，那可值得骄傲至少两代人！北京、上海的学区房，最贵的将近 30 万元一平方米了！对于普通百姓来说，"学区房"只能是写在纸上、读在嘴里的三个字，仅此而已！

　　中国古代实行"井田制"，也就是说，好房子一定是靠近湖边、河边、水边的，最起码，也要靠近井边。

有井的地方就是有人烟的地方。

有人烟的地方，就一定有人唱柳永的词。

现在明白汪老师要说什么了吧！只要是人，都会唱柳永写的歌。

"柳词"绝不是罕有的"学区房"。

所有的人都唱柳永的歌，歌王、歌后争着唱，流量明星抢着唱……

谁首唱谁上热搜啊！

这个，在抖音、快手等盛行的今天，太重要了！

周杰伦如果生在北宋，他一定首唱柳永的歌！

台湾东海大学的蒋勋教授在解读《红楼梦》时，把柳永比作周杰伦，说柳永是流行歌坛巨星。他应该弄错了！柳永其实不唱歌，是别人争抢着唱他写的歌。蒋老师其实想说，周杰伦也会疯狂地抢着唱柳永的歌。与周杰伦合作最多、产出经典最多的词人是方文山。蒋勋教授是想把柳永比作方文山。

没错，柳永就是当代的方文山。

其实，我老早就唱过柳永的歌，只不过不自知而已。

记得师范毕业走上工作岗位的那天，我就把"衣带渐宽终不悔，为伊消得人憔悴"作为座右铭，贴在了我的办公桌上。也是怪我读书不精，在最好的年华错过了柳词！

多年后，我才知道这句话出自柳永的《蝶恋花·伫倚危楼风细细》。

后来，我疯狂地爱上了柳词而不能自拔。

我给同学们讲述王维的《送元二使安西》，毫不犹豫地选择柳永的《雨霖铃·寒蝉凄切》里的"多情自古伤离别，更那堪，冷落清秋节"作为课文的拓展。

有一年生日的晚上，我还强蹭了一回柳永的热度！我找了棵柳树，在下面生生地撑了一夜！虽然不会喝酒，但在心里默诵了无数遍"今宵酒醒何处，杨柳岸，晓风残月"。

那是 11 月的武汉，夜凉如水，附庸风雅的我，险些冻毙于柳下！

但我还是爱歌柳词。

年轻的时候，春花秋月皆入梦，连信手拈来的花瓣也沾着些许青春的愁怨。感不完的花溅泪，叹不尽的鸟惊心。整日里，"帘卷西风，人比黄花瘦"。此时，最适合吟诵一段：

"此去经年，应是良辰好景虚设。便纵有千种风情，更与何人说？"

工作不顺，生活艰难，惆怅反侧，长夜歌吟：

"辗转数寒更，起了还重睡。毕竟不成眠，一夜长如岁。"

偶尔也会浩然正气冲霄汉，振臂疾呼：

"何须论得丧，才子词人，自是白衣卿相。"

感谢柳词，感谢教育和孩子们给了我神奇的翻云覆雨手，让我抛开了无聊的风花雪月，捡拾起对生命的敬畏和对生活的热爱！

不说我了。

柳永的词写得好，也积极上进，求取功名。

公元 1009 年，他进京赶考，竟然名落孙山。主考老师就是当朝皇帝宋真宗赵恒。真宗给出的落榜理由是：属辞浮靡。大概意思就是，柳永的文章庸俗不堪，无大气优雅的格局，不予录用。

举国上下都在传唱柳永的歌，可皇帝却说柳永的文章不大气优雅，这样的反差让柳永无比失落。

于是，他赌气写下了传诵千古的名篇《鹤冲天·黄金榜上》。

"黄金榜上，偶失龙头望。明代暂遗贤，如何向。"

柳永说，我考试写的文章，皇帝没看中，中间是不是出了什么意外啊？这么昌明的时代，皇上漏掉了我，不应该呀！

他越想越蒙圈，越想越心有不甘，越想就越来气，于是，跟当今皇上较上劲了。

"幸有意中人，堪寻访。……青春都一饷。忍把浮名，换了浅斟低唱。"

你皇帝不用我，我不跟你玩儿了！我去寻访知己，反正青春宝贵，人生苦短，我不要你皇上赐的什么劳什子功名利禄（宝玉极具柳永遗风，把自己的通灵宝玉叫作劳什子，还把它扔地上了），我要和好友推杯换盏，放声歌唱。

公元 1015 年，柳永第二次参加礼部考试，而且考取了。考官把试卷呈献给皇上，皇上一下子认出了明星柳永的文章！

你想啊，全国都在传唱，皇帝岂有不知之理！

宋真宗突然有点儿生气：柳永，你不是说"忍把浮名，换了浅斟低唱"吗？好呀，何不去浅斟低唱？

于是，他把柳永的文章枪毙了！

柳永再度落第。

皇帝是一国之君，是殿试的最高主考官，也就是现在的博士后导师，也是最高级别的老师！他手中的一支笔不仅要选出最有文化的人才，更要托付国家的未来！

最高级别的老师，要不拘一格，广开才路，科学评价。不能因为别人跟你的风格不一，就排斥，打压，甚至抛弃。

宋真宗这位导师，对别具一格、特立独行的学子柳永视而不见，听而不闻，竟然还和一学生较真，格局和眼光实在是不敢恭维。

公元 1034 年，宋仁宗赵祯亲政，学子柳永狂傲的天性磨灭殆尽，但求取功名的愿望没有消亡，第三次进京考试，这一次他多了个心眼儿，把名字改了，然后考取了，还真的被录用了！官封屯田员外郎。

后来，柳永的全国后援粉丝团就为他取了一个名字，叫柳三变。当然，这是野史笑谈，不足以作为考证。

但作为一个老师，我从"柳三变"的故事里却读出了无限的悲哀！

宋真宗赵恒老师的一支笔，第一次挥舞，把莫名其妙的迷蒙送给了柳永；第二次挥舞，把迷失心智的愤怒送给了柳永；还没等到赵恒老师第三次挥舞，柳永同学已然丧失了天性。

顺应天性，保护个性，发展社会性，这些美好的教育属性，柳永同学无福享受，赵恒老师也没能力给予，但赵老师却逼得柳永改换了名姓。

我们还是要感谢宋真宗赵恒老师，他的一支笔，不仅改写了柳三变的命运，也改写了宋词，甚至一个朝代文学的走向，为大宋的歌坛捧出了一个星光四溢的"方文山"，也为中国文学史增添了一位永垂不朽的婉约派大师——柳耆卿。

# 摧志屈道，半世贤君梦碎童年

自从我班的语文课《长恨歌》登上湖北卫视《童声朗朗》节目，并被评为最美语文课后，班里的王君郎、秦于斯等几位同学便成了全校师生的偶像。

很多老师逗秦于斯：

"你可以夸我美吗？"

"你呀，'回眸一笑百媚生，六宫粉黛无颜色'。"秦于斯一点儿也不含糊。

其他老师也不会闲着，碰到王君郎就会说："快，夸我长得漂亮！"

通常，王君郎会不紧不慢道："我看你是，'风吹仙袂飘飘举，犹似霓裳羽衣舞'。"

老师们满意地离开了。

上课了，我跟同学们说，今天我讲述的故事，主角正是《长恨歌》里的唐明皇。

同学们只是萌萌地看向我，兴致并不高。

可能是太熟悉的缘故。

"你们猜，唐明皇转世投胎后变成了《红楼梦》里的谁？"我连忙转换了一个交流的角度。

"不会吧？"

"怎么可能？"

"变成谁？汪老师快说。"

小不点儿就是好套路，一抛食儿就上钩。

"唐明皇转世投胎到清朝曹雪芹笔下的林家，变成了同学们最爱的漂亮才女林黛玉。"

"不会这么扯吧！还投胎成了女孩儿！"

王君郎一声惊呼，全班的小眼睛齐刷刷地投向了我。

公元685年9月8日，唐明皇李隆基生于东都洛阳，出生时其父李旦为帝，即是唐睿宗，其母窦氏为德妃。

这一时期正是唐朝宫闱多事之秋。李隆基出生前一年，他祖母武则天与宰臣裴炎把他的伯父唐中宗废为庐陵王，其父豫王李旦被立为皇帝，而武则天年逾花甲，仍临朝称制，军国政事由她专断。

父亲唐睿宗李旦成了傀儡。

李隆基五岁时，父亲李旦被祖母武则天废除帝位，迁居东宫。他父子二人在宫中小心翼翼，战战兢兢，总算是保住了性命。

听到这里，六岁的栾澍打了个冷战，随即眼泪哗哗直流。

课后我问他怎么了，他说，五岁的宝宝李隆基好可怜，差点儿被奶奶杀了。

我不知道怎么劝说栾澍，只是一个劲儿地抚摸他的脑袋，算是安慰。

公元691年，年仅七岁的楚王李隆基开始出阁，建置官属。这年八月，他目睹奶奶武则天杀死了父亲的两个亲信，此后还把他和父亲幽禁在宫中十余年不准出门。

公元 693 年，九岁的李隆基看到母亲窦妃被户婢团儿诬陷为"厌蛊咒诅"的妖人，与刘妃一起被秘密地杀死于宫中，还不知埋在何处。同年八月，其父李旦也被诬告有"异谋"，武则天命酷吏来俊臣审理，幸亏太常乐工安金藏大义剖腹，"以证明皇嗣不反"，才躲过了这场灾难。

九岁的李隆基成了天下最可怜的宝宝！他不仅没有了妈妈，还差点儿没有了爸爸！

六岁的男孩儿栾澍终于找到了一个伙伴，他与六岁的女宝宝黄柏涵抱头痛哭，大放悲声。

很奇怪耶！李隆基宝宝不仅没有哭，还表现得异常冷静，不！应该说是异常坚强！还不准确，应该说是异常地冷酷而坚强！

听了我的讲述，栾澍和黄柏涵突然不哭了。

公元 710 年，李隆基发动了历史上有名的"唐隆政变"，这次政变，他杀死了韦皇后、宗楚客、安乐公主、武延秀、上官婉儿等人，并于全城搜捕韦皇后集团人员，凡身高高于马鞭的男性皆处死。

公元 713 年，李隆基发动了"先天政变"，杀死了姑姑太平公主，彻底清除了称帝路上的障碍。

"怎么会这样？"

栾澍和黄柏涵大声喊叫起来！

自此以后，唐玄宗李隆基终于掌握了皇帝应有的权力。

这一年，李隆基把年号改为开元，表明他要励精图治，再创唐朝伟业。

李隆基即位后，先后起用姚崇、宋璟、张嘉贞、张说、李元纮、杜暹、韩休、张九龄为宰相。他们各有所长，并且尽忠职守，使得朝政充满朝气。

"哇，张九龄不仅当了国家总理，还是个大诗人呢！"十岁的王君郎很激动，还大声朗诵起张九龄的诗歌《望月怀远》："海上生明月，天涯共此时。"

"王君郎，你也很了不起！"我不禁为他竖起了大拇指。

此时的李隆基能虚怀纳谏，任用贤能，改革吏治，重视农业、手工业及商业的发展，他还极力提倡文教，使得天下大治，政治清明，政局稳定，唐朝进入全盛时期，并成为当时世界上最强盛的国家。

"同学们，请记住，此时的唐朝是世界上最强盛的国家。"

我又大声地强调了一遍"最强盛"三个字。

这个时期，就是历史上有名的"开元盛世"。

著名诗人高适、岑参、王维，特别是李白、杜甫都生活在这个时代。

中国历史上的盛世并不多，我们最熟悉的有"文景之治""贞观之治""开元盛世""康乾盛世"。

唐玄宗把中华民族引领到了世所罕见的高度！

公元 736 年，五十岁出头的唐明皇突然产生了前所未有的感觉和想法。

他觉得自己活了半辈子，把国家带到了一个前所未有的高度，自己每日刷脸上班，勤于政事，得到了什么呢？

这也正是曹雪芹要描述的人的欲念的问题。

公元 737 年，李隆基听信宠妃武惠妃谗言，将三个儿子太子李瑛、鄂王李瑶、光王李琚废为庶人并杀害，改立三子忠王李玙为太子。同年，武惠妃病死，李隆基没有了归依感，心里空落落的，整日寝食难安，于是，他开始魔怔了。

五十余岁的李隆基疯狂地爱上了一个十八岁的美女杨玉环。他不顾众大臣的反对和侧目，册封杨玉环为贵妃。

杨玉环善歌舞，通音律，说她是唐代宫廷音乐家、舞蹈家毫不为过。于是，李隆基为她建立国家级戏剧学院，也就是后来的梨园，并为她作《霓裳羽衣曲》，硬是把自己锤炼成了一名音乐家。杨玉环也不负众望，编舞并上演了《霓裳羽衣舞》，艺惊天下！

"风吹仙袂飘飘举，犹似霓裳羽衣舞。"

一个作曲，一个起舞，李隆基和杨玉环可谓齐头并进，比翼双飞。

但李隆基可能忘了自己是一国之君。

大臣们再也见不到那位早起上朝、刷脸上班的皇上，只看到了一个沉醉于歌舞的文艺老大叔。

"春宵苦短日高起，从此君王不早朝。"

奸臣李林甫、杨国忠趁机专权作乱，朝廷一片乌烟瘴气。三地节度使安禄山眼见得时机已到，起兵叛乱。整个国家陷入了八年战乱，"安史之乱"的刀光剑影，使众多百姓流离失所，家破人亡。

李隆基苦守大半辈子，拿到的一手"开元盛世"的好牌，硬是被自己打得稀烂，蜕变成无辜百姓的梦魇。

虽然痴情的老大叔李隆基为后世留下了一段"七月七日长生殿，夜半无人私语时""在天愿做比翼鸟，在地愿为连理枝"般光鲜、浪漫的爱情故事，但无人能原谅他罔顾国运民生，致使血光遍地的罪孽。

我觉得，最不能原谅他的，应该是诗圣杜甫。

青年才俊杜甫家庭环境优越，过着较为安定富足的生活。他自小好学，七岁能作诗，"七龄思即壮，开口咏凤凰"，有志于"致君尧舜上，再使风俗淳"。

杜子美真乃清新脱俗、志气高远的美少年！

在《房兵曹胡马诗》中他大展宏图："骁腾有如此，万里可横行。"

"会当凌绝顶，一览众山小"更使他豪气干云天。

这样一个热爱生活、才华横溢、矢志报国的杜子美结果如何呢？

公元 747 年，玄宗诏天下"通一艺者"到长安应试，杜甫参加了考试。但宰相李林甫编导了一场"野无遗贤"的闹剧，他向皇帝说："考生中没有一个德才兼备的人。"唐玄宗居然相信了！

于是，参加考试的学子全部落选。

公元 751 年正月，玄宗将举行祭祀太清宫、太庙和天地的三大盛典，杜甫于是在天宝九载冬天预献三《大礼赋》，玄宗皇帝甚是赏识，可最后这个昏庸的君王把主试权交给了宰相李林甫，杜甫又落选了。

这一年，杜甫年近不惑，仕途无望。

四年后，安史之乱爆发，杜甫开始了颠沛流离的生活！

翩翩少年，终被昏君奸相熬成沧桑大叔！

真乃凄凄惨惨戚戚！

小时候，我特别崇拜诗仙李白和诗圣杜甫，还把他俩的画像各买一张，并排贴在房间的显眼处：李白潇洒飘逸；杜甫沉稳老练，如叔叔一般。

长大后一查生平，天哪！杜甫竟然比李白还要年轻十一岁！

不带这么折磨人的啊，李隆基！

接下来不好好说道说道这位李隆基，真的对不起少陵野老杜子美！

李隆基绝对算是个命苦的人！

你看他五岁、七岁、九岁时，在宫中受的是什么罪？整日里，眼中除了杀、杀、杀，就是血、血、血！换作其他的宝宝，恐怕早就命丧黄泉了！

我刚一讲到这儿，栾澍同学连忙点头赞同。

但李隆基宝宝厉害呀！他命硬！

他不仅活下来了，而且，他变得比别人更狠，更能杀、杀、杀了！

奥地利精神病学家阿尔弗雷德·阿德勒在《自卑与超越》里写道：

童年的记忆涵盖了一个人对于周围环境的初始印象，因为童年既是人生最初的起点，也是人格最初的起点。如果此时周围的环境极度没有安全感，那么无论以后身处什么样的环境都是焦虑的。

所以，童年极度没有安全感的李隆基，在称帝初期，更是没有安全感和极度焦虑的！

好在他思路清晰，杀伐果断！并且广开言路，启用了张九龄等贤相，开元盛世出现了！

可过了五十岁，他又开始了焦虑！

国家有了安全感，家没有啊！

于是，他杀子，重色，用奸！

宠溺杨玉环，宠信李林甫，致使忠臣绝望，招来安史之乱。

天怒人怨，百姓不容！

你说说，杜甫两次被奸相李林甫耽误前途，会不恨罪魁祸首唐玄宗吗？

原来，一个没有幸福童年的人，一辈子都会生活在焦虑和危险之中！他甚至还会把不幸带给身边的人！哪怕是到了晚年，也不能幸免！

唐明皇，这位梦碎童年、摧志屈道的半世贤君，就是血淋淋的范例！

悲剧远没有结束！

我们来看看美国的天王巨星迈克尔·杰克逊。

他五岁登台献唱，十三岁发行首支个人单曲，十四岁随乐队全球巡演，二十一岁登上格莱美的领奖台，二十四岁创作并发行了斩获八项格莱美大奖的专辑《Thriller》……

除了自学成才，且对 R&B、摇滚、Funky 等一切能叫得出名字的音乐风格产生深远影响之外，在《Thriller》这张被誉为"时代之音"的专辑里，迈克尔·杰克逊还创新了表达方式——加入情节，拍成电影，初代 MV 得以诞生。

还不够好看？那就再来点儿霹雳舞和太空步吧。

天选之子，注定站在星光下，也注定与自由绝缘。

出身于普通黑人家庭的迈克尔·杰克逊，在音乐才华犹如小荷才露尖尖角时，就被父亲挥舞着皮带逼上了舞台。

父亲用暴力抹掉迈克尔·杰克逊的天性，把他打造成了稳定发挥的赚钱机器。呕吐和完成表演，成了父亲拳头之下的副产物，即便在成年后，这种反射都没有自然消除。

某次慈善义演，迈克尔·杰克逊从升降台意外跌落，脑海中立马浮现出了父亲不带一丝温情的脸。"完成表演，不要让观众失望。"他像被按下重启键的机器一般，拒绝治疗忍痛重回舞台。

2009 年，五十岁的迈克尔·杰克逊溘然长逝，我很伤心！

有人说："迈克尔·杰克逊获得了神该有的，他的歌声、他的舞步是不可比拟、不可复制的，这些也许都只有神才能拥有。但他却没有获得人该得到的，比如童年，比如父爱。"

天使的笑容背后，是噩梦般的童年。

时间跨入21世纪，这样的梦还在一波波地产生，荡漾，周围还泛着绿沫。

去年，一个跟我关系很好的学生小红，从美国的一所重点大学回来看我。我不敢问她太多，只是问了一下她在美国过得怎么样。她告诉我说，她是所在班级、所学专业的第一名！我很安慰，笑着表扬了她。

她却平静地流着泪，跟我说了一段让我再也忘不了的话：

"汪老师，从有记忆起，我读书永远都是第一名！在你的手上好像也是第一名吧！现在我也是第一名，但我不知道这个第一名有什么用！"

我不知所措地安慰她："孩子，慢慢地，一切都会好起来。"

小红走了，带走了我三十年教书育人的成就感，留给我一地挫败。

昨天是暑假的第八天，隔壁的张爷爷又用皮带抽打了九岁的小涛。因为小涛觉得爷爷给他报了八门补习班，太多了，不想去。但打归打，小涛最后还是去了。

小涛爷爷说，小涛的爸爸妈妈在加拿大，嘱咐我们带好小涛，我们不敢怠慢啊！好在这小子很争气，在班上成绩总是第一名呢！

说完，小涛爷爷幸福地笑了。

诸如此类的教育，成了一块掉进灰堆里的水豆腐，拿不起，放不下，拍不得，摸不灵。

我总是劝解班上的家长，不要操之过急，不要不放过孩子的任何空余时间，不要给孩子报一堆补习班。

但他们只说一句话：老师，大家都报呢。

我常常挂在嘴边的一句话"学习是一个慢的过程，更是一门慢的艺术"变得好多余。

也许要到几十年后，他们才会发现这一切有违天道的匆匆，都是枉费功劳的摧志屈道。

也有例外，王君郎的妈妈说："汪老师，我没给王君郎报任何补习班，就让他跟着你学习经典和古诗词。"

"好的，那就试试吧。"

我想，我的回答是认真的。

# 第四章

# 有趣的，有味的

# "时时勤拂拭"与"何处惹尘埃"

很多人曾经问我：作为一名老师，你最喜欢什么样的学生？

其实，问老师这个问题很冒昧。

我可以告诉你，学生分很多型儿的：

1. 一讲就懂，一做就对的。

2. 一讲就懂，一做就对，还乖巧可人的。

3. 一问三不知，再问六摆头，却会一遍遍重做的。

4. 一问三不知，再问六摆头，但会看着你卖萌耍帅的。

5. 啥也不懂还麻烦不断的。

……

你说，我该喜欢什么样的？

我说我喜欢"啥也不懂还麻烦不断的"，你一定会说我虚伪。

我说我喜欢"一讲就懂，一做就对，还乖巧可人的"，你肯定会觉得我是一个怕麻烦、没爱心的老师。

所以，这个问题我情愿杀了自己也不回答你。

孔夫子是喜欢颜回多一点儿，还是喜欢端木赐多一点儿，至今仍无答案。

不过，本着"千教万教教人求真，千学万学学做真人"的原则，我还是要实话实说：

作为一名老师，我真的很喜欢"一讲就懂，一做就对，还乖巧可人的"学生。

但这并不影响我去喜欢"一问三不知，再问六摆头，却会一遍遍重做的"等类型的学生。

在我的读书班里，每一年都会出现爱读书、会读书的孩子，他们情商、智商双高。

栾澍今年七岁，因为喜爱古诗词，所以我上课时，他特别专注，一双大眼睛很善于聚焦，我常常感觉有两道柔柔的光亮萦绕在周围，细细观察他，你会发现，随着你的讲述，他会双眉紧蹙，目光如炬。不由得让我想起王观的诗句"山是眉峰聚，水是眼波横"。他那种眸如春水、求知若渴的萌态，让人生出无法抗拒的喜爱。

品读《红楼梦》三十年，江南才女潇湘妃子林黛玉是我一生绕不开的最爱。

真正让我死心塌地迷恋的，是林妹妹"菊花赋诗夺魁首，海棠起社斗清新。怡红院中行新令，潇湘馆内论旧文"的才情。

因为受我的影响，孩子们都不许卡夫卡做林黛玉的男朋友，现在想起来，还觉得好笑。

栾澍正是具有了林黛玉的聪慧，学起诗歌来特别神速，只需一两遍，他就能体悟李白《明堂赋》的内涵，高声诵读"镇八荒，通九垓。四门启兮万国来，考休征兮进贤才"。

每每碰到"一讲就懂，一做就对"的孩子，我的脑子里就会闪现"菩提祖师轻敲石猴头顶三下，背手关中门而去"的画面，那石猴怎就会在电光石火间领悟到，师父是让他夜半三更时分，从后门而入，私相授受呢？

我自然也想到"拈花微笑"和"衣钵真传"的故事。

"拈花微笑"也作"拈花一笑"，当年，大梵天王在灵鹫山请佛祖释迦牟尼登坛讲法，并把一朵金婆罗花献给佛祖，佛祖拈起一朵金婆罗花，意态安详，一语不发，众人不解其意，面面相觑。只有尊者摩诃迦叶破颜轻轻一笑，释迦牟尼当即宣布，将金缕袈裟和紫金钵盂传授于他。

摩诃迦叶成为西天印度禅宗始祖，至第二十八代达摩时传入中国，中国奉达摩为禅宗始祖。

达摩祖师到达中原，第一个就去看望梁武帝，苦苦修佛的梁武帝就问达摩祖师："如何是圣谛第一义？"

祖师爷云："廓然无圣。"

梁武帝心想：你我都是天下第一修佛之人，怎说无圣？那站在你对面的是谁？站在我对面的又是谁？

梁武帝根器甚浅，哪里明白祖师是在度化、启示于他：应无所住，而生其心。祖师暗示他：不应该被表象所迷惑，然后才能生出清净心、平等心、平常心。

梁武帝觉得达摩不过如此，再也不理会他，回宫去了。达摩祖师见梁武帝不理他，也便不再度化。

祖师一苇渡江，在中原继续度化众生。

一天，禅宗五祖弘忍在我们湖北黄梅的五祖寺讲《金刚经》，门下众弟子尽皆虔诚参悟。

紧接着，五祖弘忍让所有弟子各作一偈。

首座大弟子神秀即作《无相偈》曰：

"身是菩提树，心如明镜台。时时勤拂拭，莫使惹尘埃。"

意思是说：我的身体就像一棵茂盛的菩提树（因为当年释迦牟尼佛就

是在菩提树下觉悟），我的心灵就像一座明亮的台镜。我要不断地将它掸拂擦拭，不让它被尘垢污染，遮蔽了光明的本性。

神秀作此偈语，我觉得他很聪明，更是非常勤奋，因为他主张坚持的力量。

当神秀问五祖弘忍，自己的偈语怎样时，五祖弘忍淡淡地说："不错，不错。"还让众僧传诵。

这首偈语传到厨房，不识字的火头僧惠能听后，随即也作一《菩提偈》：

"菩提本无树，明镜亦非台。本来无一物，何处惹尘埃。"

惠能倒是简洁、干脆，他觉得：这个世界本无菩提，也无台镜，到哪里去沾惹尘埃呢？

我想，"何处惹尘埃"大概是对"淡泊明志，宁静致远"的最好诠释。

由此看来，禅宗的传承，既不是靠听佛祖登坛讲法碎碎念，也不是靠抄佛经文字读读背，而是凭借着一种妙不可言的、直指人心的、明心见性的顿悟！

果然，五祖弘忍毫不犹豫，悄悄地将衣钵传给了惠能，并帮他逃出黄梅，去往岭南，创立南宗，惠能成了禅宗六祖。

后来，神秀在嵩洛创立北宗，这是后话。

潇湘妃子林黛玉、汪老师读书班的栾澍、石猴孙悟空、尊者摩诃迦叶、六祖惠能等都是具有顿悟灵性的好学生，他们"何处惹尘埃"般的领悟力，深得每一位老师的喜爱。

多年后，我意识到：这些具有"何处惹尘埃"般领悟力的孩子，根本就不是老师教出来的，他们是凭借着顿悟的灵性，自然生长出来的。

爱迪生说过这样的话：天才是百分之一的灵感加上百分之九十九的汗水。当然，没有那百分之一的灵感，世界上所有的汗水加在一起也只不过是汗水而已。

年少时，我觉得爱迪生解密了勤奋加努力的真理。

人到中年，我渐渐领悟到：爱迪生分明是在秀天分！他高擎"何处惹尘埃"这面金色的旗帜，明晃晃夺人耳目，早闪瞎了具有"时时勤拂拭"品行的众生。

现实生活中，具有顿悟能力的学生少之又少，而具有"时时勤拂拭"这种逐渐领悟能力的学生才是大多数。他们不应该被忽视，更不应该被放弃！

爱迪生站在科技之巅，令人景仰，他会不会成为好老师，我不知道。但我知道，林黛玉是诲人不倦的。有文本记载为证：

且说香菱见过众人之后，吃过晚饭，宝钗等都往贾母处去了，自己便往潇湘馆中来。此时黛玉已好了大半，见香菱也进园来住，自是欢喜。香菱因笑道："我这一进来了，也得了空儿，好歹教给我作诗，就是我的造化了！"

黛玉笑道："既要作诗，你就拜我作师。我虽不通，大略也还教得起你。"

香菱笑道："果然这样，我就拜你作师。你可不许腻烦的。"

黛玉道："什么难事，也值得去学！不过是起承转合，当中承转是两副对子，平声对仄声，虚的对实的，实的对虚的，若是果有了奇句，连平仄虚实不对都使得的。"

面对近乎诗盲的香菱，黛玉并不烦躁，还乐为人师。

不仅如此，黛玉教授香菱还颇有心法，懂得激励。

黛玉道："断不可看这样的诗。你们因不知诗，所以见了这浅近的就爱，一入了这个格局，再学不出来的。你只听我说，你若真心要学，我这里有《王摩诘全集》，你且把他的五言律读一百首，细心揣摩透熟了，然后再读一二百首老杜的七言律，次再李青莲的七言绝句读一二百首。肚子里先有了这三个人作了底子，然后再把陶渊明、应场，谢、阮、庾、鲍等人的一看。你又是一个极聪敏伶俐的人，不用一年的工夫，不愁不是诗翁了！"香菱听了，笑道："既这样，好姑娘，你就把这书给我拿出来，我带回去，夜里念几首也是好的。"

黛玉听说，便命紫鹃将王右丞的五言律拿来，递与香菱，又道："你只看有红圈的，都是我选的，有一首念一首。不明白的问你姑娘，或者遇见我，我讲与你就是了。

黛玉施教，无微不至，所到之处，细雨和风。

我喜爱具有"何处惹尘埃"般灵性的学生栾澍，也敬畏具备"时时勤拂拭"般品质的学生香菱。

我终生难忘的，依然是博学、乐教、善教的林黛玉。

# 奇怪的许由

　　早在三百多年前，曹雪芹和《红楼梦》用正邪两赋的人性观，完美诠释了现代教育的困惑：

　　1.为什么中国大部分的人才，诞生于"中国教育的漏网之鱼"？

　　2.世上为什么会有"第十名现象"？

　　而这些"漏网之鱼"和"第十名左右的学生"，与贾雨村口中的"余者"何其相似！

　　从今天起，我将为汪老师读书班的小书友们讲几个《红楼梦》里的人物故事，也许，可以帮大家解开这两个困惑。

　　我们班的同学特别喜欢听《红楼梦》里的故事。

　　"同学们，今天我给大家介绍一个人，他就是《红楼梦》里的许由。"一天，我特别开心地准备讲故事。

　　教室里顿时炸开了锅：

　　"许由是谁呀？没听说过呀？"

　　"许由不是四大家族里的人呀！"

"许由跟贾宝玉是什么关系？"

……

还是王君郎敢说："汪老师，你是不是弄错了？"

"同学们不着急，仔细听就明白了。"我笑着提醒他们，"你们看完第二回就会发现，贾雨村向冷子兴介绍了很多人物，其中就有许由。"

同学们终于安静地听我讲了。

"贾雨村所说的正邪两赋之人有很多，如前代之许由、陶潜、阮籍、嵇康、刘伶、王谢二族、顾虎头、陈后主、唐明皇、宋徽宗、刘庭芝、温飞卿、米南宫、石曼卿、柳耆卿、秦少游，近日之倪云林、唐伯虎、祝枝山，再如李龟年、黄幡绰、敬新磨、卓文君、红拂、薛涛、崔莺、朝云之流，此皆易地则同之人也。"

"怎么这么多人名？"王语辰迷迷糊糊的，"我快晕死了。"

"这样，我今天只给大家介绍一个人，他叫许由。"我连忙解围。

"许由是尧舜时代的隐逸高人。他是尧、舜、禹三位皇帝的老师。尧帝在位的时候，许由率领许姓部落在行唐县许由村一带生活。

"尧帝找到他，想把皇帝的位子传给他，也就是传说中'禅让'的意思。许由一听，连夜逃走。到达了河南登封箕山颍水附近，他再也不愿意与世俗社会来往。

"尧帝又派人找到了他，请他出任九州长官。许由很生气，觉得受到了极大的侮辱，他觉得让他做官这样的话弄脏了自己的耳朵，于是连忙跑到颍水河边狂洗耳朵。

"成语'颍水洗耳'就是这么来的。

"据说，许由洗过耳朵的水流到下游，有一头牛刚好喝了，结果被毒死。"

底下听的部分同学皱眉不解。

秦于斯、王君郎、王梓涵等则笑得前仰后合，眼泪直流。

我微笑着继续说："许由以自己淡泊名利的崇高节操赢得了后世的尊敬，他被奉为隐士的鼻祖。今天的河北省行唐县许由村，就是以他的名字来命名的。行唐县还被评为中国最古老的县之一。河南箕山现在还有'挂瓢崖''洗耳泉'，这个事情，嵩山脚下童叟尽晓，妇孺皆知。"

王君郎羡慕地点了点头。

"同学们，你们身边有这样的人吗？"我就是随口一问。

"吴天祥！"秦于斯的回答吓了我一大跳。

看来，来自武汉、上了央视的道德模范深入人心啊！

我奖励给她一个棒棒糖。

"庄子也是这样的人。"我接着说，"一次，楚威王派使者带着厚礼，请庄子去做相国。庄子笑着对楚国的使者说：'给我这么多钱，封我这么大的官，可你们见过祭祀用的猪吗？主人喂养它好几年，把它喂大了之后，就给它披上漂亮的锦绣，牵到祭祀的太庙去充当祭品，给宰了。这个时候，它就想当个小猪，免受宰割，但也办不到了。你赶快给我走开，不要侮辱我。我宁愿像乌龟一样在泥塘打滚，自寻快乐，也不受到国君的约束，我一辈子不做官，让我永远自由快乐。'

"崇尚自由的庄子，是不会勉强自己去做什么事的，他希望一切都顺其自然。他主张'嗜欲深者天机浅'，庄子认为，一个人如果深陷欲海、贪婪无度，就会失去生命中的灵性与智慧，错过人生中许多好的机缘与福报。一个人如果淡泊名利，生命中的灵性与智慧就会比较丰富，就会得到人生中许多好的机缘与福报。

"同学们可能不懂什么是'天机'，说简单一点儿，'天机'就是指人的灵性与智慧，也可以是指好的机缘与福报，如果一个人的欲望过多，就会变蠢，变笨，也不会碰到好的机会。"

王君郎点了点头，好像听懂了。

其他同学看见他点头了，也连忙跟着点头。

"同学们，国外也有这样的人，信不信？"

"不信！"王语辰同学从不信邪。

我看看他，没有停止讲述："戴奥真尼斯是古希腊的一位哲学家，拜苏格拉底的弟子安提斯泰尼为师。他住在一个木桶里，他所有的财产包括一个木桶、一件斗篷、一支棍子、一个面包袋。他的生活像狗一样简单，当时的人们讥讽他像'犬'一样生活，后来，他成为'犬儒学派'的倡导者。

"亚历山大大帝是一位了不起的帝王，他不仅具有无穷的领袖魅力，战无不胜，还有着发达的肌肉和俊朗的外表，全世界无数的男人和女人成了他的超级粉丝。

"亚历山大大帝知道戴奥真尼斯是一位能人，就虔诚地去拜访他，并承诺，满足他所有的愿望。晒着太阳的戴奥真尼斯只是冷冷地说：'皇帝，我希望你闪到一边去，不要遮住我的阳光。'

"亚历山大大帝伤心地离开了。后来，他无限感慨地说：'我若不是亚历山大，我愿是戴奥真尼斯。'

"同学们，你们喜欢许由这样的人吗？觉得他们怎么样？"

"我觉得许由很奇怪耶！"王梓涵一说完，同学们都点起了头。

"你们觉得他很奇怪就对了，下课！"

同学们簇拥着我走出了教室。

# 一世哪够懂渊明（一）

　　《红楼梦》第二回，贾雨村向冷子兴介绍正邪两赋之人，排在第二个的就是陶潜。

　　陶潜就是陶渊明，字元亮，号五柳先生，东晋末期南朝宋初期诗人、辞赋家、散文家和文学家。

　　前段时间看了两篇文章，《我读懂了陶渊明》和《今天才读懂陶渊明》。特别佩服两位作者。

　　我也想读懂陶渊明，但欣赏了先生的故事，拜读了他的诗文后，脑子里竟像灌满了糨糊，傻呆呆，迷蒙蒙，越发觉得不够懂他。

　　也许是五体投地时撞坏了脑壳。

　　尽管没能力读懂陶先生，但我还是乐意向我的学生介绍他的故事和诗文。

## 陶渊明和酒

陶先生嗜酒成癖，一日不饮则不快。

陶渊明有一位非常要好的朋友，叫作颜延之。有一天，颜延之特地从远方来看望陶渊明，临走之前，留下了两万钱给陶渊明。陶渊明不好推脱，便收下了颜延之送他的礼物。

送走了朋友，陶渊明着急忙慌地将两万钱送到了他经常去喝酒的那家酒店，方便以后可以随时、天天去酒店喝酒。

陶先生好喝酒，还喜欢挖地三尺，把好酒藏起来。

有个农夫在九江境内的一个石头下面发现了一个石头盒子，打开一看，竟然是一个非常古老的有盖的铜制的酒壶。农夫觉得此酒年数已久，定然失去了酒原有的香味，于是就将此酒全部洒在了地上，出人意料的是，那酒的醇香沁人心脾，数月不散。再仔细看酒壶，上面刻有十六个字："语出花，切莫开，待予春酒熟，烦更抱琴来。"

这不是陶先生的诗作吗？

"埋酒于江"的美谈不胫而走。

前些年，我家养了一只贵宾犬，夫人给它取名"小贵"。

小贵特别喜欢啃骨头，还把吃不完的骨头埋进院子里的花盆，撒一泡尿做上记号，然后左右看两下才跑开。

莫不是我们家小贵也读了陶先生的十六字真言，具有了藏东西的灵气？

后来，小贵被车撞坏了！

每每读到"埋酒于江"的典故，我就会想起小贵。当然，我更想念陶先生。

先生先生你莫怪，只是小贵已不再，"埋酒于江"实可爱。

对陶先生，我绝没有不敬之心。

陶先生为了有酒喝，还自己种田，酿酒。

一天，郡将来拜访陶潜，正赶上陶潜酿的酒熟了，那陶先生顾不上招待客人，只见他把头上的葛巾取下，展开来，开始过滤酒，喷香的酒从葛巾滤到酒桶里，滤完后，他把葛巾递给郡将说："来，你帮我戴上，我请你喝酒。"

来访的郡将不住地摇头，却还是忍俊不禁，哑然失笑。

这就是有名的"葛巾滤酒"。

苏轼诗云："半升又漉渊明酒，二寸才容子夏冠。"

板桥诗曰："橘皮香与菊花香，都入陶家漉酒缸。"

他们在诗文中引用"渊明漉酒"这一典故，说明陶先生不仅是一个非常擅长酿酒之人，更是一个爱酒成癖、嗜酒为荣、率性洒脱之人。

## 陶渊明和孩子

陶渊明有五个儿子，分别为陶舒俨、陶宣俟、陶雍份、陶端佚、陶通佟。

这五个孩子不仅资质平庸，甚至是有些呆傻。

他在《责子》一诗中写道："白发被两鬓，肌肤不复实。虽有五男儿，总不好纸笔。阿舒已二八，懒惰故无匹。阿宣行志学，而不爱文术。雍端年十三，不识六与七。通子垂九龄，但觅梨与栗。天运苟如此，且进杯中物。"

他说，我的大儿子阿舒，懒惰到举世罕见；次子阿宣，对考试当官和风花雪月没兴趣；阿雍和阿端是双胞胎，谁知笨得不识数，连六和七都不认识；小儿子阿通成天都在找果子吃。

唉，我老陶只好听天由命，喝酒去也。

后人评说此诗，觉得老陶呼天抢地，万念俱灰，可黄庭坚看得通透，他懂渊明："观渊明之诗，想见其人恺悌慈祥、戏谑可观也！"

黄庭坚觉得，陶先生并无生子不肖的遗憾，没有捶胸顿足的悲愤，通观全诗，气息雍容平和，明面责子，实为幽默，诸儿憨态可掬，读完令人捧腹喷饭。

我眼前不禁浮现出辛弃疾《清平乐·村居》描写的画面：

大儿锄豆溪东，中儿正织鸡笼。
最喜小儿亡赖，溪头卧剥莲蓬。

允许，并坦然接受自己孩子的平庸！

因为这平庸，并不影响陶渊明一家其乐融融，顺遂平安。

放在今天，一家五个儿子平庸无奇，胸无点墨，还没心没肺，做爸爸的不抓狂，不崩溃，已然是绝世好父亲了！

陶先生呢？他可以做到"不以物喜，不以己悲"，只管且进杯中物，不与天运背道驰。

陶渊明，绝对的好父亲、好老师！

老子曰："甚爱必大费，多藏必厚亡。故知足不辱，知止不殆，可以长久。"

不知道陶先生是不是遵循了《道德经》里的自然之道，懂得知足和适可而止，举家才获得了长久的平安，但有一点我可以肯定：他家五个儿子智商不高，定然与他嗜酒如命有关！

"蕉下客"贾探春有诗为证："长安公子因花癖，彭泽先生是酒狂。"

# 一世哪够懂渊明（二）

在中国历史上，陶渊明绝对是个奇迹。

他是中国第一位田园诗人，被称为"古今隐逸诗人之宗"。他不仅开创了田园诗风，而且前所未有地将日常生活表现得情趣盎然，富有诗意，扩大了诗歌的题材；他创造了平淡自然的诗歌意境，为后人树立了诗歌艺术的更高标准。

陶先生在他的一百四十几篇诗文中，引用《庄子》等典故多达七十次，深受老庄自然美学观的影响。他以自然为美、以真为美的诗美思想，成为后世诗人与读者崇拜和研究的对象，也足以说明他美学思想的无尽生命力。

我读过陶先生的很多诗文，谈不上心得和领悟，却有刻骨铭心的喜爱和迷恋。

## 一喜《归去来兮辞》

认识陶渊明，是从他的故事"不为五斗米折腰"开始。

《晋书·陶潜传》记载：陶渊明做彭泽县令时，上级派督邮来视察。

有个小吏劝陶渊明说，应该要穿戴整齐，再去见督邮。陶渊明感叹地说："吾不能为五斗米折腰，拳拳事乡里小人邪！"然后就辞官离职了。

听完这个故事，特别佩服他的铮铮铁骨。随后，我也有两个疑问：

1. 督邮来视察工作，陶县令只要穿戴整齐，见面交代公事就好，有什么可抱怨的呢？难不成他是个愤青？

真相远不是我想的那么简单：这个前来检查公务的督邮叫刘云，素以贪婪成性著称，他经常向下属索要贿赂，听话还则罢了，不听话就百般刁难，栽赃陷害。这让陶渊明非常反感，他气愤地说，我岂能为了县令的五斗薪俸，向这些小人贿赂、献殷勤呢？说罢，立刻脱去官服，辞职回家乡去了。

2. 刘督邮官职比陶县令高，跟自己的顶头上司对着干，说明陶渊明缺少点儿"官场智慧"，那陶渊明拂袖而去的底气从何而来？

了解了陶潜的家族史，不禁让人大吃一惊！

东晋时期，阶级固化明显，整个社会被分为士族、寒族和平民三个阶层。

士族世代为官，位高权重，官高爵显，还可世袭，事实上，他们就是东晋的统治阶层，是最最顶级的贵族。

江南本地的大家族，是次一级的贵族，称为寒族或庶族。大家千万别被"寒族"这个名称蒙蔽了，他们有钱、有闲读书，可不是什么穷人。

普通平民和大家族里的奴隶，他们日夜操劳，对于读书根本想都不敢想，是社会的最底层。

公元 365 年，陶渊明出生于东晋江州柴桑县，也就是今天的江西庐山。他的曾祖父陶侃曾做到太尉，是朝廷手握兵权的一把手，非常显赫。他的祖父、父亲都做过郡守，外祖父孟嘉是当时的名士，深受权臣桓温（贾雨村口中"应劫而生"那类人中的代表之一）的赏识。

公元 393 年，陶渊明出任江州祭酒，是个有实权的职位，相当于副省长。

单论官职高低，他明显比祖父、父亲混得好多了。

公元 405 年，只当了八十天彭泽县令的陶渊明，便"不为五斗米折腰"，毅然辞官，从此再也没有当官。

显然，陶渊明是官 N 代！妥妥的士族。

而督邮刘云，经过寒窗苦读，鲤鱼跳龙门，跳脱平民的樊篱，勉强混进了寒族，按计划大捞一笔又一笔是必须的。

你说，高洁的陶县令怎会将刘督邮放在眼里？只见陶县令轻轻挥一挥衣袖：再见！

陶渊明回到老家柴桑，一篇散文《归去来兮辞》面世。

"既自以心为形役，奚惆怅而独悲！悟已往之不谏，知来者之可追。"

他说：既然自己的心灵为形体所役使，为什么要如此失意而独自伤悲？我悔悟过去的错误，但我坚信在未来的岁月中可以补追。

陶先生的"归去来兮！田园将芜胡不归？"是对后世文人的一个警醒：回去吧，你家里的那块田地就要荒芜，你为什么还不回去？

"归去来兮！请息交以绝游。"

他说：回去吧！跟世俗之人断绝交游。

陶先生择友是有原则的！

"已矣乎！寓形宇内复几时，曷不委心任去留？胡为乎遑遑欲何之？"

他说：算了吧！寄身世上还有多少时光，为什么不按照自己的心意，或去或留？

读到这里，我终于明白：陶渊明绝不是一个愤青！

他不是倚仗着贵族的一丝骄傲，谁也瞧不起；更不是凭着贵族的优厚待遇，过着无忧无虑的诗酒田园生活！要不，他怎能赢得历代无数文豪，如李白、杜甫、朱熹、于谦、鲁迅等的推崇呢？

没理由他们都看走了眼。

既然富贵不是所求，升入仙界也没有希望，我陶潜还是"开荒南野际"，"种豆南山下"，"带月荷锄归"……

且不论陶渊明归隐田园这种做法是积极还是消极，但他的《归去来兮辞》造就了一个文学家，形成了一种文学风格。欧阳修曾说："晋无文章，惟陶渊明《归去来兮辞》一篇而已。"此话虽过，却可见它在中国文学史上的地位。

虽然，我不能懂尽陶渊明，但"田园将芜胡不归"时时提醒我：在三尺讲台这块方寸之地，我会尽心守望。

## 二 爱采菊东篱下

《饮酒·其五》是我非常喜爱的一首诗歌，尤其是"采菊东篱下，悠然见南山"。

其实，菊花入诗，并非源自陶潜。

早在春秋战国时期，屈原在《离骚》里就写过：

"朝饮木兰之坠露兮，夕餐秋菊之落英。"

这好像只是从味觉上喜欢上了菊花。

后来，唐代诗人司空图在《典雅》中写出了"落花无言，人淡如菊"这样淡泊名利的佳句。

唐诗圣手元稹更是直抒胸臆，不吝词句为菊花点赞：

"不是花中偏爱菊，此花开尽更无花。"

看来，他俩受陶先生影响不浅。

《饮酒·其五》究竟写了些什么？

结庐在人境，而无车马喧。

问君何能尔？心远地自偏。

采菊东篱下，悠然见南山。

山气日夕佳，飞鸟相与还。

此中有真意，欲辨已忘言。

刚开始读这首诗，觉得它平淡中不乏华丽，但我又找不到华丽之所在。后来，我一遍遍地读，一遍遍地体味，一遍遍地品尝，还是不得要领。于是，我试着把整首诗分成了两个部分：前四句为一块，后六句为一块。

顿时，眼前豁亮了。

"结庐在人境，而无车马喧。"

我陶潜的草庐就搭在人来人往的凡尘，但并无车水马龙的喧嚣。

你这不是一个伪命题吗？

紧接着，他自己给出了答案：

"问君何能尔？心远地自偏。"

你问我怎么能做到的？心境平和，心志坚定，所处之地自然就偏远僻静了！

这样的自问自答，瞬间就把我领进了比较哲学的审美视野里！像刘督邮那样贪婪、难缠的乡里小人，我瞬间就"挥手自兹去"，哪里在乎那一点点车马喧闹！

"嗜欲深者天机浅"！陶渊明鲜有欲求，心意通天，看来深得老庄真传！

南宋的郑思肖照着陶渊明的模样，来了一幅《画菊》：

"宁可枝头抱香死，何曾吹落北风中。"

"采菊东篱下，悠然见南山。"在篱笆边采几朵菊花，不经意间抬起头，看到了庐山。这庐山，我年年见，月月见，天天见，日暮氤氤氲氲袅袅，飞鸟结伴归林，一切是那么熟悉又亲切。真真的"云无心以出岫，鸟倦飞而知还"（《归去来兮辞》）！

"此中有真意，欲辨已忘言。"此刻，天地人合一，大自然给予我如此美好的意趣，我还能说什么呢？

人间有味是清欢。菊花是恬静悠然的，但从不缺乏执着的操守！这份恬静、悠然和执着的节操，既属于菊花，也属于菊花的知己陶渊明。

"黄花本是无情物，也共先生晚节香！"

大概是拜读了陶渊明的《饮酒》，美国影片《速度与激情》的导演们既大胆又任性！他们聚拢了范·迪塞尔、保罗·沃克（已故）、乔丹娜·布鲁斯特、巨石强森和杰森·斯坦森等一众大咖，纵横四海，快意恩仇！

这是把陶先生自由之思想、独立之精神在无限放大！

影片中多姆豪情放言：

"没有人能强迫我做我不想做的事。"

"至少在赛车时的十秒钟里，我是自由的。"

钱财是身外之物，人生中最重要的，永远是这屋檐下的你们，此时，此刻。

虽不能全懂陶渊明，却想学他的"悠然见南山"！

奈何我不具备"世界那么美，定要去看看"的任性和资本！

我不敢做得像多姆那样多，但我可以带上我的学生，并大声对他们说："每时，每刻，人生中最重要的，永远是带着你们在屋檐下读诗！"


## 三　迷仙境桃花源

《桃花源记》是我这辈子最喜爱的文章。

从古至今，解读《桃花源记》的人不计其数。今天，如果我啰啰唆唆地再次解读，未免落入班门弄斧、拾人牙慧的俗套。但想起曾经对它的痴迷和找寻，我昏花的老眼仍旧迸发出电光石火。

初中 2 年级学习《桃花源记》，我是第一个过背诵关的学生，语文老师因此送我一个难得的微笑。但我并不满足，发誓要找到这个"芳草鲜美，落英缤纷"之地，了却南阳刘子骥的夙愿。

初二的那个暑假，我揣着妈妈做的四个馒头，反复背诵着"土地平旷，屋舍俨然，有良田美池桑竹之属。阡陌交通，鸡犬相闻"，硬是在外寻找了两天两夜。

当然是没找到桃花源！甚至连一瓣桃花都没见着！

其实很佩服自己，居然有勇气在暑假去找桃花！

那是不堪回首、颠倒错乱的两天两夜！

记得最饿的那一夜，我已经遗忘了"阡陌交通，鸡犬相闻"，口中反复念叨的是"便要还家，设酒杀鸡作食"和"余人各复延至其家，皆出酒食"。

终究是没人邀我进食。

一夜尽在梦中，还反复吟唱着"故人具鸡黍，邀我至田家……"

饿到醒来，涎水已从嘴角流到了脖颈。

当然，被家人找到的场景还历历在目：妈妈抱着我涕泪横流；回家吃饱饭后再洗的澡；第二天清晨，还感动到抽泣地迎接了爸爸的一顿棍棒。

自此，不敢再胡乱找寻。

胡思乱想却不曾少。

一日梦中，我和要好的同学张凤荷乘船"缘溪行，忽逢桃花林"，见到了"芳草鲜美，落英缤纷"，"停数日，辞去"。

为了报答桃花源里乡亲们"设酒杀鸡作食"的盛情，张凤荷手捂胸口发誓："绝不为外人道也！"

我连忙学着她的样子重复："绝不为外人道也！"语调却比她高很多。

后来看香港拍摄的电视连续剧《射雕英雄传》时，我总要反复看黄蓉家的桃花岛。

在中国找不到桃花源，我开始把目光转向国外。

我找来了美国作家梭罗的《瓦尔登湖》，发现了不同风格的桃花源——瓦尔登湖。

梭罗说：

"我步入丛林，因为我希望生活得有意义，我希望活得深刻，并汲取生命中所有的精华。然后从中学习，以免让我在生命终结时，却发现自己从来没有活过。"

"大部分时间内，我觉得寂寞是有益于健康的。有了伴儿，即使是最好的伴儿，不久也要厌倦，弄得很糟糕。我爱孤独。我没有碰到比寂寞更好的同伴了。"

梭罗比刘子冀幸运，他找到了《瓦尔登湖》。

真替他高兴。

我也不会停止读《桃花源记》。可年纪越大，读来却越心痛！

因为找不到桃花源不可怕，人们不相信有桃花源的存在，也许桃花源就再也不会出现了！

现代人要得太多，追寻桃花源的，太少。

大概是害怕孤独而选择了忙碌！

谁知道呢？

梭罗觉得寂寞是最好的同伴，陶潜也喜爱孤独！陶先生第一个告诉人们，菊花从来不与百花争艳，它愿意在秋天自己孤独地开那一朵花！

贾雨村口中的陶潜，没干出什么伟大的事，他既不是大凶，也不是大恶，可他的存在，是一个生命的风范！他的归隐，他的寻找，他的坚持，是在用曾经好好活过的整个生命告诉一个时代，怎么才能活出自我，活出自由！

曾获奥斯卡五项大奖的好莱坞影片《勇敢的心》是我喜爱的大片。梅尔·吉布森饰演的威廉·华莱士在临刑前高呼：

"你可以夺走我们的生命，但你永远也拿不走我们的自由。"

每个人都会死，但并非每个人都曾真正活过。

如果说多姆是顶级版的陶潜，那威廉·华莱士就是最有思想、最有领袖气质的陶渊明。我想，这是西方文化对陶渊明风范的最好诠释。

谁是教师版的陶渊明呢？

# 舌尖上的辣妹子

"好吃懒做"虽不是什么十恶不赦的大罪，但谁要是摊上了这个名声，绝对的爹不疼，妈不爱。

21世纪的中国人，沿袭了祖先的勤劳，可爱至极。不过，他们顺带着继承了"好吃"的特性。而由"好吃"进化到"吃好"，"懒做"可不成！因为从手到口，从口到心，从心到行，是中国人对世界和人生特有的感知方式！

就算是"绿蚁新醅酒，红泥小火炉"般简陋，只要点起炉火，端起碗筷，举起酒杯，就有"能饮一杯无"的浪漫。

在嘴哑哑、觥错错的瞬间，大师和豪士赫然出现在舌尖。

不要说奇了怪了，这就是华夏舌尖上的非凡史诗。

为了与"懒做"划清界限，现代人各个自称"好吃佬"，把老祖宗"自我解嘲"的本领发挥至化境。

小朋友也不例外。

九岁的王梓涵同学每天要吃"热干面"，还骄傲地宣称，他就是武汉的"好吃佬"。

好吧，今天的这节课，我就给他们讲一个"好吃佬"的故事。

在《史记》中，司马迁特别喜欢记录有个性的女性，卓文君就是其一。《红楼梦》中也提到了卓文君。汪老师讲述了很多《红楼梦》中的人物故事，卓文君是唯一的女孩子。

王梓涵明显不乐意了："汪老师，你不是要讲'好吃佬'的故事吗？怎么变成了女孩子？"

我做了一个"嘘！"的手势，他马上就笑着安静了下来。

卓文君是汉代人，出生在今四川省成都市邛崃市。

四川山险水美，一方水土养一方人，四川自然出美人，卓文君就是个大美女。

在汉代，卓文君家喻户晓，是个不折不扣的大明星。因为她长得美吗？在汉朝，要出名，光有美貌是远远不够的！

这卓文君不仅面容姣美，偏偏还才华出众，是蜀中四大才女之一，也是中国古代四大才女之一。她写的诗歌《白头吟》一晚上就红遍全国，尤其是经典佳句"愿得一心人，白头不相离"老少皆知。一时间，国内的冰淇淋厂家、巧克力厂家、棒棒糖厂家都找她代言，小男孩的 T 恤上、小女孩的帽子上都印着她的笑脸，可谓风头无二！

同学们听到这里，咽着口水，齐声鼓掌。

两千多年后，我们武汉华中科技大学的大学生李行亮唱着《愿得一人心》这首歌曲，参战《中国好声音》，也是一夜红透半边天，因为他唱的这首歌，改编自卓文君的《白头吟》。

王梓涵又激动了："汪老师，我爸爸会唱《愿得一人心》，天天唱给妈妈听。"

我做了一个"嘘！"的手势，他马上就笑着安静了下来。

卓文君的父亲叫卓王孙，生于西汉初期的一户冶铁世家，他的祖先是赵国有名的冶铁商，因为掌握了先进的冶铁技术，所以卓王孙很快就发家致富，成为富甲一方的绅士。卓文君就是名副其实的富二代。

古时候兴定娃娃亲，所以卓爸爸在文君出生后不久，就给她找了一个小小的男朋友，就像现在幼儿园里的小朋友那样大小。大家要知道，那时候，女孩子一辈子只能找一个男朋友，如果你多找一个，随时都可能被长辈或族人处死。

卓文君命运不济啊！

什么叫命运？我给你们打个简单的比方：

你开着一辆法拉利，行驶在平坦而又宽敞的道路上，这就是命好，运气好。

你开着一台破拖拉机，行驶在平坦而又宽敞的道路上，这就是命不好，运气好。

你开着法拉利行驶在坑坑洼洼的泥路上，这就是命好，运不好。

卓文君到了十五岁，可以出嫁了，但她的男朋友突然病发身亡，卓文君一辈子只能在娘家待着陪爸爸妈妈，没有未来了。

卓文君美丽，有才，多金，但运气太差！

卓文君的爸爸卓王孙虽是富豪，却特别喜爱艺术，尤其崇拜多才多艺的文人雅士，连当时的县令王吉也是卓家的座上宾。

有一天，卓家聚集了一批高雅文人，县令王吉带去的朋友司马相如就在其中。

司马相如是四川成都人，小时候喜好读书舞剑，长大后，模样俊美，琴棋书画样样精通。酒过三巡，县令王吉让他作赋一首，弹琴歌唱。

司马相如早就听说卓家的女儿卓文君才貌双全，所以他十分珍惜这次展示的机会，他挥笔写下一篇《凤求凰》，并拨动琴弦，高声吟唱：

"凤兮凤兮归故乡……中夜相从知者谁？"

琴声悠扬，歌声婉转，早就惊动了隐在帘幔后的卓文君，卓文君偷偷望去，只见司马相如剑眉星目，面若朗月，心中无比欢喜。

马上，卓文君就答应做司马相如的女朋友。

这一答应，卓文君就犯下了滔天大罪！

卓王孙气得火冒三丈，烟生七窍，眦裂冲冠！原本想"青青子衿，悠悠我心"，"我有嘉宾，鼓瑟吹笙"，哪知道遇人不淑，招来了巧言令色的司马相如，无异于引狼入室！按家法，他完全可以处死女儿，赶走司马相如，但毕竟是虎毒不食子！他要卓文君马上断绝与司马相如的交往，并驱赶司马相如回乡。

这个四川小女孩卓文君，可能是火锅和麻辣烫吃多了，她做的事情，直接把他爸爸俩眼珠子气到爆出眼眶三尺之外，只差炸裂！

"我知道！我知道！"王梓涵再次激动起来。

我做了一个"嘘！"的手势，他马上就笑着安静了下来。

这四川火锅和麻辣烫有什么特点呢？突出的有两多：

花椒多，辣椒多。

花椒产自中国，是一种植物果实。四川大凉山的花椒，是中国西南最具特点的香料，据科学测试，人们食用时，它以每秒五十次的频率产生轻微刺痛，触发神经，这种蒙糊糊的口感，中国人称之为麻。

辣椒产自美洲，经丝绸之路传入中国后，迅速生根发芽，逐渐取代本土的辛香料，成为美食的主角。

四川盛产魔鬼辣椒和朝天椒，它们的辣度都可以达到 50 史高维尔，这意味着需要用 50 万倍的水才能彻底稀释它的辣味，像不像消防队员灭火？

花椒和辣椒携手闯荡江湖，撞进一个天府之国，在一个八千多万人口的省份——四川友好相交。

法国美食家安泰尔姆说：告诉我你爱吃什么，我就可以告诉你你是什么。

当辣椒和花椒伴随着火锅和麻辣烫入口入胃时，卓文君，这个四川最杰出的女儿，不仅具有了"川江号子"的豪迈，也具有了逆转岁月的神采飞扬。

讲到这里，我实在忍不住，给卓文君起了个绰号，叫作"辣妹子"。

我正准备征求同学们的意见，问他们同不同意时，王梓涵同学不管不顾地站起来，边扭边唱：

"辣妹子从小辣不怕，辣妹子长大不怕辣，辣妹子从来辣不怕，辣妹子生性不怕辣，辣妹子出门怕不辣，抓一把辣椒会说话。"

"辣妹子说话泼辣辣，辣妹子做事泼辣辣，辣妹子待人热辣辣，辣椒伴她走天下……"看着他"贱萌贱萌"的可爱样儿，我竟然不自觉地做起了他的帮唱，把《辣妹子》唱完了。

豪迈而又神采飞扬的卓文君做了什么呢？

她与司马相如私奔了！什么叫私奔？就是她选择和司马相如偷跑回成都！

老父亲卓王孙顿足捶胸，破口大骂："司马相如，你蓄谋算计老夫，真乃虎狼鼠辈；文君小儿，不顾廉耻，忤逆不孝，我的万贯家财，你休想继承一毫一分！"

这下可好，逃回成都的卓文君很快就身无分文！但两个人要吃饭呀，怎么办？

豪迈而又神采飞扬的卓文君做了什么呢？

她居然选择和司马相如返回邛崃，并且借钱在娘家对门——是对门啊——开了个酒庄，每天让司马相如当街卖酒！

这就是历史上有名的"文君当垆"。

好吧，卖酒就卖酒，但卓文君要将卖酒进行得与众不同！惊世骇俗！

豪迈而又神采飞扬的卓文君做了什么呢？

她让他的男朋友司马相如外穿着犊鼻裈卖酒！

犊鼻裈是啥玩意儿？犊鼻就是牛鼻子，三角形的，知道不？裈是短裤，也就是我们现代小朋友口中的"内内"。

犊鼻裈，三角"内内"呀！

两千多年前，外穿三角裤当街卖酒，不是奇葩就是流氓！

卓王孙爸爸呢？

今天早晨一出门，对面飘来三个字儿：犊鼻裈。

气得他掉头就回。

明天早晨再出门，对面飘来三个字儿：犊鼻裈。

恼得他肝胆俱裂。

不出门吧，闷得头昏脑涨；出门吧，看见女儿女婿是流氓！

长此以往，怎生得了！

后来，他的朋友们劝他："卓老爷，您的女儿女婿郎才女貌，天造一对，地设一双，您就认下他们吧！"

也是万般无奈，卓王孙趁机下了台阶。不然啊，对门每天飘来三个字儿！

卓王孙分给了文君和相如一大笔钱。

这两个人也算争气，文君操持家务，相如埋头苦读，一家人总算是相安无事。

卓文君果然没有看错司马相如。一代明君汉武帝读了司马相如所著的《子虚赋》，大喜过望，马上封他为中郎将。

当了官的相如先生开始得意忘形了！他想再找一个女朋友。汉朝，男子找再多的女朋友都不违法。

于是，他给文君留了一个小纸条：一二三四五六七八九十百千万。

文君看到，这几个数字中独独缺个"亿"！"亿"与"忆"谐音。文君小姐何等冰雪聪明！她马上就看懂了：司马相如文化人啊！干坏事都整得这么文明风雅！他觉得我过时了，已经成为他的回忆！

"我知道！我知道！"王梓涵又激动起来。

我做了一个"嘘！"的手势，他马上就笑着安静了下来。

文君小姐不好糊弄！你以为花椒和辣椒白吃了的？

辣妹子生性不怕辣，抓一把辣椒会说话。

豪迈而又神采飞扬的卓文君做了什么呢？

她选择回书信一封，写成一首《怨郎诗》：

一朝别后，二地相悬。

只说是三四月，又谁知五六年？

七弦琴无心弹，八行书无可传。

九连环从中折断，十里长亭望眼欲穿。

百思想，千系念，万般无奈把郎怨。

万语千言说不完，百无聊赖，十依栏杆。

九重九登高看孤雁，八月仲秋月圆人不圆。

七月半，秉烛烧香问苍天，

六月三伏天，人人摇扇我心寒。

五月石榴红似火，偏遇阵阵冷雨浇花端。

四月枇杷未黄，我欲对镜心意乱。

忽匆匆，三月桃花随水转。

飘零零，二月风筝线儿断。

噫，郎呀郎，巴不得下一世，你为女来我做男。

相如先生读完这首数字诗，心中涌起万般苦，泪飞顿作倾盆雨！

让我穿上犊鼻裈的文君啊，我的小女朋友，你如此有才情，又通情达理，我怎么会放着好日子寻不自在呢？

他羞愧，自责，后悔，再也不提另找女朋友的事儿了。

他俩在柴米油盐酱醋茶中安适、恬淡地度过了一生，留下一段千古佳话。

讲完了这个故事，我满怀期待地看向王梓涵同学：

"说吧，你知道什么？"

"司马相如想找小三！"好不容易逮着个发言的机会，王梓涵根本就不想让我插话，接着说，"我在电视上看过小三，书里也读到过小三。"

互联网时代，小孩子懂得太多。我没理由，也不想打断他。

直到他说完，我才一本正经地看着他说：

"像卓文君这样的，才算真正的好吃佬！你还想当好吃佬吗？"

"想啊，"王梓涵说，"我爱吃热干面，我要当武汉的好吃佬！"

"好！那你快速背段《数字歌》！"

开始是王梓涵一个人背，最后，整个教室响起了《数字歌》：

一二三，三二一，

一二三四五六七，

七六五四三二一，

六五四三二一，

五四三二一，

四三二一，

三二一，

二一……

一口气说不完我不依！

# 第五章

## 评价之维

# 园林，灵秀了宝玉，
# 还原了本质

　　宝玉的亲爸叫贾政，字存周，是荣国府二老爷，贾母和贾代善所生的次子，他是除贾母外荣国府的最高掌权者，官居五品工部员外郎，虽然级别不高，但工部掌管全国的工程预算、招标和监督执行之职，位高权重自是不必言说。

　　贾政子嗣较多，正出有两子一女：大儿子贾珠英年早逝；嫡女贾元春才选凤藻宫，加封贤德妃；小儿子就是衔玉而生，人称"混世魔王"，玲珑可爱的贾宝玉。

　　后人给贾政戴上"封建卫道士"的帽子，认为他虚伪。我不以为然，倒是觉得贾政为人正直端方，谦恭厚道，礼贤下士，济弱扶危，大有上祖荣国公之遗风。政，谐音"正"，作者描写他的为人，亦着重一个"正"字。这一点，从他惜才、爱才，提携重用贾雨村可以佐证。

　　就是这样一个正直的权贵贾政，他对待玲珑可人的儿子宝玉的态度，却是令人大跌眼镜！

　　宝玉一周岁抓周，尽抓些脂粉钗环，政老爷狂怒，大骂宝玉是酒色之徒，从此便无好言善行，"畜生""有辱门庭"等话不绝于耳，棒打、绳捆之行自此不断，有一次差点儿将宝玉勒死！

典型的家庭暴力啊！

这是亲爸干的事吗？

所以，那宝玉闻听"父亲"二字便浑身发抖，好生可怜。

因为皇上恩准贤德妃回乡省亲，荣宁二府就建成了"省亲别墅"，总称为大观园。

这大观园，其实就是建在贾府的一座园林。

说到园林，就得说说中国的建筑。

中国建筑自成一派，是东方建筑美学中的主要代表，与西方建筑鼎立而存。

窃以为，中国建筑主要由儒家道统和老庄道统两大流派所主宰。

儒家道统里的建筑，线条简单而规整，大多是直线和对称，凸显出现实世界里的秩序和规则，如三纲五常中的君君臣臣、父父子子等森严的等级。这样的建筑多以"间"和"进"来呈现。

间，常常以奇数出现：一间不够，两旁再各生出一间，就是三间；还不够，两旁又各生出一间，就是五间了。间组成横排，一横排为一进；一进不够，再重复一横排，即为二进；还不够，又重复一横排，就是三进了。等级越高的贵族家的房舍，间和进就越多。我们常常还听说的正房、偏房、正屋和厢屋等，都是等级的表现。

如果你还不是很了解，去参观一趟故宫，啥都清楚了。

这样的建筑，好处是建立了规则，让人有标准，知道怎么去做；不好的地方是它太过生硬和刻板，衍生出很多的封建礼教，"什么非礼勿视，非礼勿言，非礼勿行"等，给人束缚、压抑和无趣的感觉。

而老庄系统里的建筑则多以曲线来呈现，给人更多轻松、自由的空间和选择，园林就是最杰出的代表。

当年《西厢记》里的崔莺莺、《牡丹亭》内的杜丽娘都是在后花园里找到了青春的美好。

相传《牡丹亭》在江南上演期间，有女孩子自杀身亡，因为十六岁的杜丽娘让她们发现，自己的青春和身体被规整的闺阁束缚、耽误成毫无生气的存在！唯有死亡才会新生，才能找回自己想要的美好！

为什么？

因为园林里就有花草山水，有楼阁轩榭，更有自由新鲜的空气。

西方人在彷徨、迷茫之际常常走向宗教，而中国人在空虚、无助时常常走向园林。不仅仅是中国的女孩渴望走向园林，那一批又一批的文人墨客在仕途失意和绝望时，也常常会走向园林，因为那里可以寻觅，可以疗伤。

古代的苏州，文风很盛，涌现出大批的才子去往北方做官，但很多人仕途失意，归隐田园，建造了一座又一座风格清奇的园林，那就是闻名于世的苏州园林。

苏州古典园林，成熟于宋代，兴旺鼎盛于明清。

20世纪90年代，我慕名参观了极具代表性的拙政园和网师园，无知轻狂的我在每个园中逛了几分钟，就匆匆离开了。

21世纪初，故地重游，我深深地被震撼了。

中国的园林，不仅仅是表面存在的建筑物那么简单，它更是文字、空间和时间组合形成的独特文化。

明嘉靖年间，御史王献臣仕途失意，归隐苏州后买下了拙政园。拙政园中的"拙政"，仿佛是王大人在诉说：我在政界是玩不转的，我太失败了。政界太过丑陋，我再也不要触碰，就此归隐园中，巧政，拙政，都见鬼去吧。

园林中的亭即停，行到亭这儿，就该停下来！停下来歇歇，看看，看着看着，你也许会有所发现。

来到了小轩，狭窄而四周空无遮挡，这有何目的？

给我印象最深的，是拙政园中的"与谁同坐轩"。

第一次进园，就是觉得这几个字莫名其妙，我索然离开。若干年后，当我读完苏轼的《点绛唇》，深深理解了苏公的心境。

"与谁同坐，明月清风我。"我猜，此时，应该是苏公仕途最为刻骨的痛点。

大千浊世，你们谁配与我同坐？只有明月清风！

"与谁同坐轩"在暗示你：走进我，停下来，给你个机会，让你感受孤独，感受清傲，感受高处不胜寒的特立独行！

"与谁同坐，明月清风我。"

我孤独，我骄傲！

现在的小文青也追求"与谁同坐"的高冷，还卖得一手好萌："我想静静，我想静静，我想静静。"面对苏轼这块别致的老姜，我们的孤傲只是赤裸裸的"拾人牙慧"罢了。

"与谁同坐"VS"我想静静"，哈哈哈，不得不承认，在玩高冷的路上，我们彻底入坑，输给了祖爷爷苏轼。

但我们会努力的。

再说说网师园。

网师园布局精巧，结构紧凑，以建筑精巧和空间尺度比例协调而著称，是我国江南中小型古典园林的代表作。

网师即是渔翁。渔翁告诉人们，不要与世人去争名夺利，像我这样做一个渔翁有什么不好呢？网师园由此得名。

在西湖的花神庙，我认识了一副长联"风风雨雨寒寒暖暖处处寻寻觅觅，莺莺燕燕花花叶叶卿卿暮暮朝朝"，当时觉得又长又绕，好无聊啊！但在网师园再次见到这副长联，我不禁为这小小园林里小桥流水、山重水复、鸟语花香的美景和游人流连忘返、恋人卿卿我我的情趣深深折服！

综观世界文明里的西方建筑，宏大如法国的卢浮宫、凡尔赛宫，英国的白金汉宫，美国的白宫，俄罗斯的克里姆林宫，尤其是艺术圣殿卢浮宫，里面有一览无遗的透视线条，典雅大气的油画和雕刻，如被誉为世界三宝的断臂维纳斯雕像、《蒙娜丽莎》油画和胜利女神石雕，这些都是视觉感官带来的冲击，令人肃然起敬！

但它们没有文字的陪伴和点缀，没有了文字，也就没有了后续和回味！

将建筑、景物、文字，特别是文字，融合在时间、空间里形成文化，除了中国的园林，也是没谁了！

1980 年，美国纽约大都会艺术博物馆因仿制了网师园的"殿春簃"而名气大热，蜚声海外，人流如织。

美的文化是没有国界的。

贾府的大观园景点建好了，但里面是没有文字的，没有文字，也就算不得完工，所以工程总负责人、宁府的贾珍就要来请示政老爷了。

一日，贾珍来请政老爷去大观园验收，顺便为园内的山水、亭台楼榭题诗作对，政老爷欣然应允，率门下众清客游园去了。

话说宝玉因好友秦钟去世，心内哀伤，日夜啼哭，贾母只好劝他出去散心，顺便也参观一下刚完工的大观园，宝玉应允。

宝玉与奶娘和众小厮在大观园正看得高兴，堂哥贾珍来报信：你爸要来参观了，你还不快走？宝玉听完，急忙率众家奴仓皇逃窜，谁知慌不择路，与前来的父亲碰个正着，回避不及，只好与父亲同游大观园。

贾政听私学的先生贾代儒说，宝玉近来进步很大，虽然不爱读书，但还是有些歪才，尤其擅长对对。政老爷心下便有了主意：何不趁这次同游大观园的机会，让宝玉为园内景点题上对额，顺便也考查考查这小子，算作今年的期末考试吧。

这真是一次绝妙的"期末考"!

任他政老爷皇城宦苑如鱼得水,书山学海驰骋半生,也不曾料到自己携子游园,期末测查,显效如此神奇;致力教育改革,前无古人,后无来者,居功至伟!

还真不是我胡言乱语!政老爷用自己的行动践行着桩桩件件,却不自知:

你看,当日游园测子,他无意间放飞了自己案牍劳形之身心。

当门下众清客溜须拍马,让他给园内诸景题对,他罕见地放下了权威。

贾政笑道:"你们不知,我自幼于花鸟山水题咏上就平平的,如今上了年纪,且案牍劳烦,于这怡情悦性的文章更生疏了,便拟出来也不免迂腐,反使花柳园亭因而减色,转没意思。"

政老爷说的也是实话。仕途里送往迎来,歌功颂德,于他来说是驾轻就熟;吟风弄月,遣怀意气,倒真的是生疏迂腐了。

当宝玉为几个景点题对额后,贾政一反常态,没有骂,更无打。

反应一:贾政笑道:"不当过奖他。他年小的人,不过以一知充十用,取笑罢了,再俟选拟。"

反应二:贾政拈须点头不语。

反应三:贾政听了,点头微笑。

这又是点头,又是拈须,又是微笑,难不成他转性了?

是的,我们要祝贺他成功转性!

明月清风、潺潺流水、小桥山色让他重拾了父爱,他突然具备了和儿子对话和沟通的能力。

这次绝妙的"期末考",贾政给了宝玉充分的自由,加上有大自然的宠爱,宝玉找回了自己,自主地表达,发挥了他的聪俊灵秀。

贾政老爷曾经用辱骂和责打代替评价,在大观园里,他的评价却变成了点头和微笑！

这次"期末考"，也为 21 世纪的评价和考试方式提供了参考。

时至今日，我们没有任何好的考查方式能够取代高考！我们考试的空间除了教室，就是比教室更森严的考场！

其实，我们的小考，也可以走向社会，走进生活！

语文考试，为什么不能走进公园？为什么不能走进纪念馆？……现代的考试资源绝对要比贾氏父子的丰富！

美术考试，为什么不能走进森林？为什么不可以坐在操场中央仰望天空？

数学考试，既可以走向田间地头，也可以走进实验操作室啊！

……

很多学校和老师抱怨说条件不允许，可以模拟和创设环境呀！

为了考查孩子们对古诗的积累和理解，我曾经做了这样的尝试：让孩子们在大大的泡沫板上画出山川、田园、河流等，不用走出去，孩子们照样可以看着自己手绘的劳动成果，快乐地吟诵出"接天莲叶无穷碧，映日荷花别样红"。

我给他满分，没毛病！

如果大家还是有困惑，那就让我们走进大观园，品味贾氏父子互动的那场最棒的"期末考"！

一行人临近正门，"贾政先秉正看门，只见正门五间，上面桶瓦泥鳅脊；那门栏窗槅，皆是细雕新鲜花样，并无朱粉涂饰；一色水磨群墙，下面白石台矶，凿成西番草花样。左右一望，皆雪白粉墙，下面虎皮石，随势砌去，果然不落富丽俗套，自是欢喜。"

看，正门五间，典型儒家建筑，贤德妃省亲必经之地！彰显出皇家威仪！

但这并不是大观园的主景。

进了正门，只见一带翠嶂，挡在面前。众清客都道："好山，好山！"贾政道："非此一山，一进来，园中所有之景悉入目中，更有何趣？"众人都道："极是。非胸中大有丘壑，焉能想到这里！"

这翠嶂，就是一座山，这座山挡住了后面的所有景物！是不是没景了？不，你要去探寻！然后你会发现，那是"柳暗花明又一村"。也就是遮盖！是胸中有丘壑，也是格局！

典型的东方美学和哲学！典型的老庄风格！

贾政道："我们就从此小径游去，回来由那一边出去，方可遍览。"说毕，命贾珍前导，自己扶了宝玉，逶迤走进山口。抬头忽见山上有镜面白石一块，正是迎面留题处。

白石上题什么？

贾政回头笑道："诸公请看，此处题以何名方妙？"

众人有题"叠翠"二字的，也有题"锦嶂"的，又有说"赛香炉"的，又有说"小终南"的……种种名色，不止几十个。

贾政听了，便回头命宝玉拟来。

宝玉道："尝听见古人说：'编新不如述旧，刻古终胜雕今。'况这里并非主山正景，原无可题，不过是探景的一进步耳，莫如直书古人'曲径通幽'这旧句在上，倒也大方。"

"曲径通幽"，宝二爷题的，不陌生吧！

幽，在中国文学史上有着非常独特的美学意义！幽，可以理解为"凹进去"，也可以理解为"安静""含蓄"，还可以理解为"孤独"。所以，有"幽静""空谷幽兰"等词语。

"曲径通幽"自然是意境无穷，可以让人遐想联翩了！

众人听了，赞道："是极！妙极！二世兄天分高，才情远，不似我们读腐了书的！"

贾政笑道："不当过奖他。他年小的人，不过以一知充十用，取笑罢了。"

打骂都不见了！你可以想见政老爷此时暗自窃喜的情形吗？

"说着，进入石洞，只见佳木茏葱，奇花烂漫，一带清流，从花木深处泻于石隙之下。俯而视之，但见青溪泻玉，石磴穿云，白石为栏，环抱池沼，石桥三港，兽面衔吐。桥上有亭。"

前面我说过，到了园林的"亭"，就是你该停下来的地方了。朱熹诗云"胜日寻芳泗水滨"，亭中一定有芳可寻！

那这"亭"上该题何字呢？

诸人都道："当日欧阳公《醉翁亭记》有云：'有亭翼然'，就名'翼然'罢。"

贾政笑道："'翼然'虽佳，但此亭压水而成，还须偏于水题为称。依我拙裁，欧阳公句'泻出于两峰之间'，用'泻玉'吧。"

贾政题完，拈须寻思，叫宝玉也拟一个来。

分明是考试又开始了！

宝玉道："用'泻玉'二字，则不若'沁芳'二字，岂不新雅？"

宝玉的理由非常充分：此地为贵妃临幸之处，用"泻玉"二字，多有不雅，岂不是冲撞了皇家威严！"沁芳"二字，流水从山间、地底潺潺而出，携带着落花的余香，缓缓而来，暗合上文的"曲径通幽"，"沁芳亭"得名，何等雅致！

不要说众清客鼓掌欢呼，我都忍不住要高声呐喊了！

这一年，宝玉十四岁。

可我们的政老爷是什么反应呢？

贾政拈须点头不语。

平时让自己不齿的儿子，此时在众清客面前出尽风头，他岂有不狂喜之理？

可我们的政老爷特能装深沉！

贾政道："匾上二字容易，再作一副七言对来。"

宝玉四顾一望，机上心来，乃念道："绕堤柳借三篙翠，隔岸花分一脉香。"

贾政听了，点头微笑。

看看，儿子的表现已经可以说是卓越了！他只是点头微笑。

于是出亭过池，进门便是曲折游廊，阶下石子漫成甬路，上面小小三间房舍，两明一暗，里面都是合着地步打的床几椅案。从里间房里又有一小门出去，却是后园，有大株梨花、阔叶芭蕉，又有两间小小退步。后院墙下忽开一隙，得泉一派，开沟尺许，灌入墙内，绕阶缘屋至前院，盘旋竹下而出。

二清客说："此处的匾，该题四个字。"

贾政笑问："哪四字？"

一个道是"淇水遗风"，又一个道是"睢园遗迹"。

贾政道："也俗。"

"淇水遗风"源于《诗经》，赞美淇水竹林茂盛；"睢园遗迹"典出《滕王阁序》，赞美梁园竹林茂盛。都是为了赞美而赞美，所以，贾政认为俗，宝玉认为呆。

贾珍在旁说道："还是宝兄弟拟一个罢。"

宝玉道："这是第一处行幸之所，必须颂圣方可。若用四字的匾，又有古人现成的，何必再作？"

贾政道："难道'淇水''睢园'不是古人的？"

宝玉道："这太板了，莫若'有凤来仪'四字。"

众人都哄然叫妙。

宝玉借用的"有凤来仪",典出舜帝在位时的故事。

相传舜帝制的音乐叫萧韶,当连续演奏到第九章,神鸟凤凰会出现而翩翩起舞。所以有"萧韶九成,凤凰来仪"的说法,意指高雅的艺术可以上通神灵,使吉兆降临。

大观园是皇妃临幸的地方,当然身份高贵,题匾额"有凤来仪"最是恰当不过了!这个地方后来就是林黛玉所住的潇湘馆,与她"绛珠仙子"的身份也是不谋而合。

翩翩宝玉,请收下我的老膝盖!

我斗胆代表21世纪的班主任,感谢政老爷平日里对宝公子的严格管教。

再来看看政老爷的反应:

贾政点头道:"畜生,畜生!可谓'管窥蠡测'矣。"

"管窥蠡测"典出《汉书·东方朔传》,意思是说:你宝玉不要得意,你的表现,只不过是在用竹管看天、用水瓢量海罢了。

贾政当真认为宝玉是一个学识浅陋、见闻狭隘的孩子吗?

不!"管窥蠡测"的骂声,"畜生,畜生"的强调,说明贾老爷内心的狂喜已经无法抑制!

此刻,他的嘴应该在颤抖!眼应该在湿润!心应该在痉挛!

他对宝玉的爱,发乎"汹涌澎湃"之情,止乎"封建父权"之礼!

但大观园里的云淡风轻,让这个"爱儿奴"原形毕露!

打是亲,骂是爱。

不需要任何解释。

我们的"混世魔王"贾宝玉当然也不是什么"不学无术""有辱门楣"的纨绔子弟了!

他与大观园里的鸟语花香、小桥流水、风霜雨雪连成一体,把大自然里最聪慧灵秀的美好展露无遗。

道生一，一生二，二生三，三生万物。

人法地，地法天，天法道，道法自然。

万事万物融入大自然，不仅仅能生生不息，更可以充满活力和创造力。

大观园这座神奇的园林，将大自然的活力和创造力赋予了亲近它的每一个人！

贾政是这样，贾宝玉是这样。

作为教育人，我们也是这样！当我们前行的道路出现了层峦叠嶂，我们更应该谨守规律，回归自然。

正所谓"道法自然"，"和而不同"。

回归自然，我们才能拥有从容和本真，才能获得自主和自由。毕竟，教育的本源就是自我的规范和重塑。

当我们牵着孩子的手，把考场延伸到生活的大舞台上，像宝玉一样在真实的情境里接受考核，孩子们的灵性是不是可以得到充分的唤醒和最大限度的发挥呢？我们的评价是不是不再有局限和尴尬呢?

愿我们的每一个孩子，在教育这片广阔的园林里汲取养料，展露灵秀，回归本源。

# 教改先锋

　　《红楼梦》第二回《贾夫人仙逝扬州城　冷子兴演说荣国府》里的冷子兴，是管家周瑞的女婿，都城中的古董商，和贾雨村是好朋友。他向贾雨村介绍荣国府，贾家众人在他口中整体亮相。

　　贾宝玉周岁抓周时，摆在面前的笔墨纸砚、官员上朝时所持的笏板、抢眼的金银珠宝，他都不抓，偏偏抓向远处的脂粉钗环。

　　于是，连父亲贾政都认为他今后定是酒色之徒。

　　而贾雨村对此事提出了很不同的看法，也为贾宝玉做了令人惊讶的辩解。

　　他说："天地生人，除大仁大恶，余者皆无大异。若大仁者则应运而生，大恶者则应劫而生，运生世治，劫生世危。"

　　应运而生的大仁者有哪些呢？

　　他们是：尧、舜、禹、汤、文、武、周、召、孔、孟、董、韩、周、程、朱、张。

　　我们对尧、舜、禹、汤、孔、孟可能比较熟悉，但对文、武、周、召、董、韩、周、程、朱、张就不一定很熟悉。

文、武、周、召就是周朝的周文王、周武王，以及辅佐周朝的周公、召公。

董就是写了《春秋繁露》，并提出"罢黜百家，独尊儒术"的儒家道统文化的领导者董仲舒。

董仲舒之后，"文以载道"开始衰落，后面就没有人了。韩就是那个了不起的"文起八代之衰"的继承者韩愈。

周、程、朱、张则是大名鼎鼎的宋代理学大家周敦颐、程颐、程颢、朱熹和张载。

这些人开创了一个伟大、清明的时代，修治天下，是清明灵秀，天地之正气，仁者之所秉也。

应劫而生的大恶者则是蚩尤、共工、桀、纣、始皇、王莽、曹操、桓温、安禄山、秦桧等人。

这些人扰乱天下，残忍乖僻，天地之邪气，恶者之所秉也。

很多读者看到这里，觉得自己明白了人的自然分类：这不是跟我们的传统观念一样吗？人分为大仁者和大恶者，即好人和坏人。

可贾雨村接着说："今当运隆祚永之朝，太平无为之世，清明灵秀之气所秉者，上至朝廷，下及草野，比比皆是。所余之秀气，漫无所归，遂为甘露，为和风，洽然溉及四海。彼残忍乖僻之邪气，不能荡溢于光天化日之中，遂凝结充塞于深沟大壑之内，偶因风荡，或被云摧，略有摇动感发之意，一丝半缕误而泄出者，偶值灵秀之气适过，正不容邪，邪复妒正，两不相下，亦如风水雷电，地中既遇，既不能消，又不能让，必至搏击掀发后始尽。故其气亦必赋人，发泄一尽始散。"

贾雨村觉得，"所余之秀气"和"残忍乖僻之邪气"交锋融合，成为第三种气，这第三种气赋予人身上，就造就了第三种人，即是余者！

这种人既不是大仁，也不是大恶，而是处于两者之间。

每次读到这里，我都会特别惊讶和震撼！

当世人对人物的"二分法"根深蒂固时，曹雪芹却借"假语村言"对人性做出了这样的划分！为后人的识人、选拔、为人处世，指明了一个最为重要的方向！

"使男女偶秉此气而生者，在上则不能成仁人君子，下亦不能为大凶大恶。置之于万万人中，其聪俊灵秀之气，则在万万人之上；其乖僻邪谬不近人情之态，又在万万人之下。"

"若生于公侯富贵之家，则为情痴情种；若生于诗书清贫之族，则为逸士高人；纵再偶生于薄祚寒门，断不能为走卒健仆，甘遭庸人驱制驾驭，必为奇优名倡。"

我暂且把这第三种人叫作正邪两赋之人。

而正邪两赋之人，比仁人君子与大凶大恶两类人的总和还要多。

这第三者有哪些人呢？贾雨村开始举例了：

"如前代之许由、陶潜、阮籍、嵇康、刘伶、王谢二族、顾虎头、陈后主、唐明皇、宋徽宗、刘庭芝、温飞卿、米南宫、石曼卿、柳耆卿、秦少游，近日之倪云林、唐伯虎、祝枝山，再如李龟年、黄幡绰、敬新磨、卓文君、红拂、薛涛、崔莺、朝云之流，此皆易地则同之人也。"

前十几年，我读《红楼梦》时，不要说思考这部分内容，就是稍作停留也是罕见。

为什么？

这一大串名字看起来就头晕！再说了，他们不是《红楼梦》中主要的人物！我们要看的是宝黛呀。

但在作者的眼中，这些人才是主角，因为他们转世投胎后，就成了大观园中的宝玉和黛玉等。

中华民族几千年的儒家道统中，习惯把人事分成好和不好，这种二分法是不是沿袭至今了呢?

大家可以闭上眼睛倒思追问:我是这样看问题的吗?

尤其是我们的教育工作者要倒思追问。

追逐着分数和名次,我们的老师们无形、无意、无情中就把学生分成了高和低、好和坏两大阵营!可当你把这两大阵营中的人数加起来后会发现:他们仍然是少数。

大部分的学生居然被我们弄丢了。

说好的一个都不能少呢?

每每想到这里,我不禁头涔涔而背飕飕。

对学生而言,我们这是在犯罪呀。

正是《红楼梦》的这一创新观点,如醍醐灌顶般使我警醒!

不知道我们的有些教育专家和一线教师是不是看《红楼梦》受到了启发,有专家指出:

中国的很多人才是中国教育的漏网之鱼!

据说杭州有一位小学教师发现了一个有趣的现象:第十名现象。

他认为,一个班里最有出息的学生,往往不是学习成绩最好的前几名,而是班上处于中游的第十名左右的学生。这些学生既没有优秀生"想赢怕输"的负担,也没有差生的自卑心理,敢闯敢拼,所以他们反而能成功。

这些"漏网之鱼"和"第十名左右的学生",与贾雨村口中的"余者"何其相似!

《红楼梦》中描绘了一幅美轮美奂的青春王国图——大观园。在中国小说史上第一次大胆而又积极地呈现了青少年的教育问题。同时强调了教育最有效的途径是经历!作者假神道之偈,使人在经历中顿悟。提醒后世,离开经历谈领悟是虚妄的,甄士隐和贾宝玉从一念执着到幡然醒悟是鲜活的例证。

一个都不能少,自然、本真、澄澈、宽容、悲悯、平等、创新、经历等,不就是现代教育正在大力探究的、现象级的关键词吗?

茶席间与朋友聊起《红楼梦》,结合当前教育的现状与困惑,我多次提到一个人,他就是陶渊明。有二三朋友不解,聊《红楼梦》不谈宝黛,提陶先生干吗? 我说,陶渊明就是《红楼梦》中人啊,你不记得第二回《贾夫人仙逝扬州城 冷子兴演说荣国府》里贾雨村口中介于正邪二气之间,一个重要的代表不就是陶先生吗? 海棠诗社中,探春簪菊诗云"长安公子因花癖,彭泽先生是酒狂",那酒狂不也是陶先生吗? 友人恍然忆起。

确实,阅读《红楼梦》很容易将陶渊明这类人物与宝黛等割裂开来,甚至认为他们与《红楼梦》无关。这是一个非常可怕的解读! 那《红楼梦》中的贾宝玉,既不是大仁,也不是大恶,他读"四书五经"木讷呆滞,看《西厢记》则倒背如流,其聪俊灵秀之气确实在万万人之上。

我们所有的读者,尤其是我们的教育工作者,难道看不出陶渊明就是书中的贾宝玉,贾宝玉就是生活中的陶渊明吗? 而陶渊明和贾宝玉,不正是我们学校里好学生和坏学生之间的"余者"吗? 他们恰好就是我们现代教育里容易被忽略和遗忘的大多数。

陶渊明,我们都很熟悉,尤其熟悉他的"采菊东篱下,悠然见南山"和《桃花源记》,但我对他的《归去来兮辞》印象更深,他呼吁:归去来兮,田园将芜胡不归? 这不仅是在呼喊,还是在警醒! 他警醒我们现代的文人"田园将芜胡不归"! 文化人作为时代的先锋、社会创新的代言人,不能随着时代的浪潮盲目地奔跑,不仅无视沿途的风景,连当初出发的初衷也忘记了! 现代很多文化人,心中没有了浪漫,没有了童话,更没有了创新! 他们加入奔跑的大军中淘宝、淘金、淘乐,耗尽了创作和创新的热情。

贾宝玉和陶渊明这些真性情的余者,不应成为新时代的稀缺。

《红楼梦》描写人物,没有"嘲笑",只有"悲悯";没有"不喜欢",

只有"包容"。因为书中写了那么多的人和事，在作者的笔下，你可以看到各种不同形态的生命，残酷的、温和的，高贵的、卑贱的，富有的、贫穷的，美的、丑的……你却丝毫看不到他对人事评判的态度，他如同一面镜子般澄澈，看似在还原人、事、物的自然和本真，把评判权交给读者，但你分明又能体味到他的好恶，触摸到无处不在的宽容和悲悯！《红楼梦》通过一个个不同形式的生命，让我们知道他们为什么"上进"，为什么"洁癖"，为什么"爱"，为什么"恨"。生命仿佛是一种"因果"，当"因"和"果"循环交替，也就有了真正的"慈悲"，"慈悲"其实是真正的"智慧"。

我认为，这种不表达好恶，"如同镜子般"的描写手法，时刻在警醒我们，要关注一切存在的自然人！这绝对是文学创作的大创新。

《红楼梦》中记录了很多个性分明的女性，作者极尽溢美之能，把她们个个刻画得娇美可人，个性鲜明，把女性捧抬到至高无上的境地，开了中国男女平权的先河。

书的开头写道：

"今风尘碌碌，一事无成，忽念及当日所有之女子，一一细考较去，觉其行止见识皆出我之上。我堂堂须眉诚不若彼裙钗，我实愧则有余，悔又无益，大无可如何之日也。当此日，欲将已往所赖天恩祖德，锦衣纨绔之时，饫甘餍肥之日，背父兄教育之恩，负师友规训之德，以至今日一技无成、半生潦倒之罪，编述一集，以告天下：知我之负罪固多，然闺阁中历历有人，万不可因我之不肖，自护己短，一并使其泯灭也。"

作者说，自己活下来的目的，就是要记录、夸赞、彪炳这些女性的！在"文以载道"的儒家道统里，这是多么辱没斯文、没有出息的举动。

可我觉得，与其说曹雪芹所为是当时环境下的离经叛道，不如说是披荆斩棘、舍我其谁的高调创新。

　　当今女权运动的倡导者，你们应该成为曹雪芹和《红楼梦》的死忠粉。

　　教育工作者最重要的使命，是要眼中有人，心中有情。我们眼中的人是全体学生，是"应运"，是"应劫"，更是"余者"！我们心中的情是包容、宽容，也是笑容。关注了所有的人，我们教育的田园才不会荒芜，教育人才会不忘初心，勇于创新，积极创新，善于创新。

# 华德福奏前朝曲，
# 课标新翻杨柳枝

2022 年春末夏初，教育部印发《义务教育课程方案和课程标准（2022 年版）》，我重点参阅了劳动课程标准和语文课程标准。

研读完细节，觉得我们的教育部不简单，不容易：用心何良苦，精虑俱操碎。

蓝图绘就，作为一线教师，怎样让新课标落地生根呢？

疫情当前，"双减"令下，说实话，很多校长、教师，特别是青年教师有犹豫、畏难情绪，但面对新课标的要求和家长们的期盼，我们总不能"金戈铁马当年恨，辜负梅花一片心"啊。

劳动课程标准中要求：7～9 年级学生，需根据家庭成员身体健康状况、饮食特点等设计一日三餐的食谱，注意三餐营养的合理搭配，独立制作午餐或晚餐中的 3～4 道菜。

我想呈现的现实是：7～9 年级的孩子们，很多半夜还在刷题，为了节省时间，他们的一日三餐，很多是学校或家长弄好，就差拿勺子往嘴里塞了。

告诉你，在高考、中考、小考都已结束的此刻，小考生大都加入了初中课程的补课大军，同理，中考生也已加入高中课程的补课大军。

不要忙着否定，你就把自己当作皇帝，微服私访一趟，民间学子暑期提前补习新课，已成期盼的夏日轻风。

你们说，让 9 年级的学生"根据家庭成员身体健康状况、饮食特点等设计一日三餐的食谱"，习题的海洋无边无底，孩子们的双脚没有可能落地，这个食谱设计怎么落地？

新课标又怎么落地？

"杨柳丝丝弄轻柔，烟缕织成愁。"

还真是愁死个人。

但就算愁上愁，细读新课标后，我们要坚信：新课标的方向绝对是明朗的，人类社会发展的方向绝对是与新课标同趋的。

前期，我们啥都不做，能不能用开放的心态和眼光，先构建一个"学生—家庭—学校—社区—社会—自然"一体化的绿色、环保、可持续前行的课程、教学和社会实践的多维体系呢？

有些老师可能会说，一个普通的一线教师，你有啥本事构建这么大一体系？把自己想得太能了吧。

确实不能！把所有一线教师加在一起，我们也不能。因为这根本就不是教师这一个群体能独担的事儿。

但一线教师总有能的吧？那就从能的做起。

作为语文教师，站在学科领域看新课标，我一定会回望曾经的旧课标。

十年磨一剑，新旧课标对比，我们不难发现，新课标对教、学双方的要求更高了。

新课标提出了"立德树人""以文化人"，教师要关注到语文在育人方面有不能替代的特殊作用，站位高了，视野开阔了，定位了语文课程的特性。

旧课标提出的"语文素养",包括听、说、读、写的能力,即使加上文学修养,也没有那么明确的界定。

可新课标掷地有声地抛出"语文核心素养"的概念,态度更明确,界定更清晰。这一概念的提出,终结了长期以来"语文是什么,教什么,学什么""语文人文性和工具性哪个更根本"等争论,也明确了育人方向:为谁培养人?培养什么样的人?

新课标高度凝练了语文核心素养,即学生在积极的语文实践活动中积累、建构,并在真实的语言运用情境中表现出来的是文化自信、语言运用、思维能力和审美创造的综合体现。

文化自信赫然居于核心素养的首位。

我读过许多大学教授和大学研究生的论文,他们特别喜欢用西方理论家、思想家、政治家的观点来引证自己的论点。

弗洛伊德是被引证很多的一位。

1900年,弗洛伊德《梦的解析》面世,本我概念、潜意识理论举世瞩目。

殊不知二百多年前的乾隆年间,曹雪芹就在他的小说《红楼梦》里《甄士隐梦幻识通灵》《贾宝玉神游太虚境》《秦可卿死封龙禁卫》等章回中玩起了现实和超现实交错,潜意识无数次流露,原我、本我、超我角色交替出现的游戏。

现如今,网上流传一句话:中国十步一个药店,欧洲很多国家十步一个书店。

我很不服气!有一天晚上,我特意上街验证,结果服了。

为什么?因为十步看见两个药店。

街这边一个,街对面一个。

还真没看见一个书店。

在欧洲，德国是书店很多的国家，人们说德国是个无聊到只能读书的国家，但就是这个无聊的国家，却出了歌德、尼采、马克思这样的思想家、哲学家，还有众多的作家和诗人……

人们惊叹于德国制造的精良，也叹服德国教育的自然和前瞻。

受马丁·路德思想的影响，德意志联邦是最早设立国民教育系统的国家之一，他们创立的游戏说，在教育领域得到广泛运用。

2016 年暑假，我咬咬牙，自费到德国转了一圈，并慕名参观了慕尼黑工业大学、海德堡大学、法兰克福大学等大学，当然是那种趴在墙头、敬而远之的参观。

2017 年暑假，我赶往成都拜访了华德福成都学校，亲身体验了自然实践和游戏说在德国教育理念下是如何在学校贯彻落实的。

中国人对华德福学校褒贬不一，但华德福幼儿园的办学模式却得到了中国家庭的普遍认同。

德国人认为，0 ～ 6 岁是孩子智力发展的重要阶段，德国幼儿园的孩子们在学校只有一个任务，那就是玩，凭着兴趣各玩所玩。

可又有多少人知道，约三百年前，中国的一帮孩子，自发地在大观园里玩出了《咏白海棠》的诗歌集合。

这年贾政又点了学差，择于八月二十日起身。是日拜过宗祠及贾母起身，宝玉诸子弟等送至洒泪亭。

十三岁左右的贾宝玉最怕爸爸，如今爸爸因公务出长差，宝玉洒泪送至长亭。

那眼泪恐怕都是甜的。想想看，班主任出差，一两个月不在班上监督啊！

看看宝玉玩成啥样：

"却说贾政出门去后，外面诸事不能多记。单表宝玉每日在园中任意纵性的逛荡，真把光阴虚度，岁月空添。这日正无聊之际，只见翠墨进来，手里拿着一副花笺送与他。"

玩到无聊，如果不是妹妹贾探春派丫鬟翠墨送帖子来邀他聚会，指不定他会玩出啥花样。

十二岁左右的探春帖子里写的什么呢？

二兄文几：今因伏几凭床处默之时，因思及历来古人中处名攻利敌之场，犹置一些山滴水之区，远招近揖，投辖攀辕，务结二三同志盘桓于其中，或竖词坛，或开吟社，虽一时之偶兴，遂成千古之佳谈。娣虽不才，窃同叨栖处于泉石之间，而兼慕薛林之技。风庭月榭，惜未宴集诗人；帘杏溪桃，或可醉飞吟盏。孰谓莲社之雄才，独许须眉；直以东山之雅会，让余脂粉。若蒙棹雪而来，娣则扫花以待。

每次读到这里，总是为探春的文采所折服！

十二金钗里，林语堂先生最喜欢探春是有理由的。若按年龄算，她最多就一小学毕业生，可行文之流畅、格调之高雅真是让人叹为观止。

贾探春也常常提醒我：没有修辞和格调的文章，千万不要外宣，师者，贻笑大方的事儿不能任其发生。

探春提到的"孰谓莲社之雄才"，指一千五百年前，东晋的慧远大师在庐山虎溪的东林寺与十八高贤共结莲社，聚集了当时重要的文人、一代的精英。

而"东山之雅会"，说的是淝水之战中，谢安作为东晋总指挥，以八万兵力挫败号称拥兵百万的前秦军队，成为战争史上的奇迹，也为东晋赢得了数十年的和平。后谢安拒绝做官，与王羲之等名士隐居在会稽东山，汇聚了当时大批的文化精英，极大地繁荣了文化，《兰亭集序》产生于此。

探春觉得：这些七尺男儿能做到的事儿，我们也能做到！

宝二哥呀，我们也组建个社团玩玩儿，你若踏雪而来，我则扫花以待。

人来疯的宝玉肯定不会错过这样的机会，跟着翠墨就到了秋爽斋，只见宝钗、黛玉、迎春、惜春已都在那里了。不一会儿，宝玉的大嫂李纨也到了。

首先，他们要给社团取名字。因当天贾芸送给宝玉两盆白海棠，他们的社团就叫海棠社，游戏内容就是作诗玩儿。

现在很多文学社名头响得很，叫什么"书卷香文学社""书香袅袅文学社"……想起了鲁迅先生创办的未名社，先生说还没想起叫啥名儿，就叫未名吧。未名社主创有鲁迅、李霁野、台静农、韦素园、韦丛芜、曹靖华六人，后来"未名社"却声名远播。

接着他们给每个人取了个号：李纨叫稻香老农，宝钗是蘅芜君，探春叫蕉下客，黛玉是潇湘妃子，迎春叫菱洲，惜春是藕榭，宝玉有"绛洞花主""富贵闲人""怡红公子"几个号，任人随便叫。

但有一点，有了名号后，就不准再叫哥哥姐姐了。

最后，他们还进行了分工：稻香老农是班主任，菱洲、藕榭是班干部，稻香老农负责评判，菱洲负责限韵，藕榭负责监场，其余四位只管玩游戏。

蕉下客笑道："这话也罢了，只是自想好笑，好好的我起了个主意，反叫你们三个来管起我来了。"

调皮的小探春很能调侃。

第一次游戏的诗题是：咏白海棠。

菱洲道："都还未赏，先倒作诗。"

蘅芜君道："不过是白海棠，又何必定要见了才作。古人的诗赋，也不过都是寄兴写情耳。若都是等见了作，如今也没这些诗了。"

菱洲觉得要先赏玩了白海棠才能写出诗歌，蘅芜君持不同意见，她觉得古人写诗都是寄兴写情，如果能想象着去写，一样能出精品。

蘅芜君没说错，范仲淹没去岳阳楼，但他凭着想象，写出了"春和景明""淫雨霏霏"背景下千变万化的岳阳楼，成为中国古代文坛的美谈。

写什么诗歌体裁呢？

菱洲走到书架前随手抽出一本书，翻开一页，是一首七律。

就写七律。

限什么韵呢？

菱洲指着一个丫头，让她随便说一个字，丫头正靠门站着，随口说了一个"门"字。

"门"字韵的韵尾是"en"，我们现在叫"人辰韵"。

迎春笑道："就是门字韵，'十三元'了。头一个韵定要这'门'字。"说着，又要了韵牌匣子过来，抽出"十三元"一屉，又命那小丫头随手拿四块。那丫头便拿了"盆""魂""痕""昏"四块来。宝玉道："这'盆''门'两个字不大好作呢！"

韵牌匣子就是一个盒子，这个盒子里装的全是韵母为"en"的字牌，小丫头随手抽出写有"盆""魂""痕""昏"的四块牌牌。

有没有觉得这些牌牌特别像现在孩子们玩的"三国杀"的游戏牌？

怡红公子觉得"盆""门"两个字不好入诗。

宝玉年纪不大，作诗却是内行，说的自然是行话。有些字天生带有诗性，好作诗，比如"酒""楼""愁"等字。

菱洲又让丫头燃起了一支三寸长的"梦甜香"，香完诗成评奖，香完诗未成受罚。

颇有点儿"七步成诗"的遗风，但"梦甜香"只三寸长，眨眼工夫就烧完了，紧张，惊险，又刺激。

诗社众人面对"梦甜香"又是怎样的表现呢？

一时探春便先有了，自提笔写出，又改抹了一回，递与迎春。因问宝钗：

"蘅芜君，你可有了？"

宝钗道："有却有了，只是不好。"

宝玉背着手，在回廊上踱来踱去，因向黛玉说道："你听，他们都有了。"

黛玉道："你别管我。"宝玉又见宝钗已誊写出来，因说道："了不得！香只剩了一寸了，我才有了四句。"又向黛玉道："香就完了，只管蹲在那潮地下作什么？"

黛玉也不理。

宝玉道："可顾不得你了，好歹也写出来罢。"说着也走在案前写了。

李纨道："我们要看诗了，若看完了还不交卷是必罚的。"

蕉下客贾探春果然是高效率的行动派，第一个完成。

蘅芜君薛宝钗谨小慎微，完成后还要反复修改。

怡红公子一心挂两头，自己没作完，还为黛玉着急，上蹿下跳。

先看探春，她的诗稿上写道：

斜阳寒草带重门，苔翠盈铺雨后盆。
玉是精神难比洁，雪为肌骨易销魂。
芳心一点娇无力，倩影三更月有痕。
莫谓缟仙能羽化，多情伴我咏黄昏。

次看宝钗的是：

珍重芳姿昼掩门，自携手瓮灌苔盆。
胭脂洗出秋阶影，冰雪招来露砌魂。
淡极始知花更艳，愁多焉得玉无痕。
欲偿白帝凭清洁，不语婷婷日又昏。

李纨笑道："到底是蘅芜君。"

显然，李纨是佩服宝钗的。宝钗觉得，女孩子再美，也要自重，不要随便抛头露面，哪怕是白天也要把房门关好，独自修炼，好一个"珍重芳姿昼掩门"。

说着又看宝玉的，道是：

秋容浅淡映重门，七节攒成雪满盆。
出浴太真冰作影，捧心西子玉为魂。
晓风不散愁千点，宿雨还添泪一痕。
独倚画栏如有意，清砧怨笛送黄昏。

宝玉觉得"玉是精神，雪为肌骨"更入心，坚持说探春的好。

因黛玉没完成，李纨不好评说，只好催黛玉快点儿。

黛玉道："你们都有了？"说着提笔一挥而就，掷与众人。

到底是潇湘妃子，潇洒飘逸，不慌不忙，说成就成，仙气飘飘。

李纨等看她写道：

半卷湘帘半掩门，碾冰为土玉为盆。

看了这句，宝玉先喝起彩来，只说"从何处想来！"

在宝玉眼中，他女朋友诗歌的开头就是神来之笔，无人比拟。

又看下面道：

偷来梨蕊三分白，借得梅花一缕魂。
月窟仙人缝缟袂，秋闺怨女拭啼痕。

娇羞默默同谁诉，倦倚西风夜已昏。

众人看了也都不禁叫好，说"果然比别人又是一样心肠"。

李纨道："若论风流别致，自是这首；若论含蓄浑厚，终让蘅稿。"

李纨觉得蘅芜君的诗歌低调含蓄浑厚，胜过潇湘妃子的俏皮纤巧空灵，究竟是年长有经历，有见识，这样的评价有说服力。

探春道："这评得有理，潇湘妃子当居第二。"

李纨道："怡红公子是压尾，你服不服？"

宝玉道："我的那首原不好了，这评得最公。"

又笑道："只是蘅潇二首还要斟酌。"

黛玉不得第一，宝玉不会轻易放弃。

李纨道："原是依我评论，不与你们相干，再有多说者必罚。"

宝玉听说，只得罢了。

李纨用自己的格局和规则的严肃捍卫了公平公正。

宝玉毫不在意自己摆尾，总想做个护花使者，护黛玉周全。他丝毫也没有考虑到宝钗的感受，蘅芜君的心该是怎样的七零八落啊！

这一切恰好说明，他们是一群孩子，一群与众不同的孩子。

就是这群孩子，把作诗当成了游戏，在游戏里玩出了趣味，玩出了品格，玩出了现代大学中文研究院才具有的水平。

不难想象，这群世家子弟在平日的学习中，积累出多么丰厚的文化底蕴，这种厚重，就是家品家风，就是核心素养，就是文化自信。

让我惊讶的是，他们在玩儿中就习得了这些品质。

西方启蒙运动横跨 17、18 世纪，这一时期，《红楼梦》诞生。

19 世纪中后期，西方工业革命带来的物质基础，让义务教育具备了普及的起码条件。20 世纪，各种较为先进的教育思潮进入欧洲校园。

此时,《红楼梦》已经面世二百多年了。

德国的教育先驱们将游戏说合理地融入教育实践中,造福了无数孩子,取得了较大的成功。

文化传承这事儿,说来很奇特,谁敢说文化自我开始?

四十岁后的王维逐渐深邃,他的言语越来越少,越来越精练,他很少作七言诗,五言诗倒是多了起来,而且他的诗歌里很少有人出现,从《辋川闲居赠裴秀才迪》里可以读到。

当香菱觉得他的"渡头余落日,墟里上孤烟"很神奇时,黛玉告诉香菱,这两句是王维从陶渊明《归田园居》"暧暧远人村,依依墟里烟"变化得来的,香菱恍然大悟。

神奇如"墟里烟",神奇如"上孤烟",神奇如林黛玉。没有丰厚的积累和底蕴,哪来的文化自信?自然也谈不上核心素养了。

文化就是这样继承、传承的。

公元前 16 世纪,商之盘铭曰"苟日新,日日新,又日新",意思是:如果有一天是新的,那每一天要新,新了还要更新。

同一世纪诞生的《圣经》里也说:已有之事,后必再有;已行之事,后必再行;日光之下,并无新事。

咱不说谁先谁后,智者的思想和言论也是有传承的。

华德福的校园游戏情景教育模式,与大观园孩子们自发的作诗比赛游戏何其相似。

谁能保证,他们教育创新的灵感不是产生于阅读《红楼梦》之后呢?

当你通过阅读发觉我们的先哲有如此超前、闪光的智慧,你内心升起的那股自豪之气即为文化自信。

2022 年,新课标面世,老师们对新课标充满了期待。

其实,新课标并没有老师们想象的那么新,从"语文素养"到"语文核心素养"，你认为有多新？

可一旦我们在继承中注入时代发展的因子，输入时代发展的气息，"依依墟里烟"就会被激活成"墟里上孤烟"，王维的"上孤烟"因为多了一个动词"上"，人间烟火气顿时就充满了生机和活力。

这就是苟日新，日日新，更是又日新。

光和热是教育者的原动力，一线教师在期盼火炬的同时，要尽情地发光发热，如果没有火炬，我们就是火炬。

当我们散发出足够的光和热，新课标就能孵化出足够多的新气象，我们的教育定会新翻出无数"大观园""华德福"般喜人的杨柳枝。

# 教改寻根《红楼梦》

为什么我们的学校总是培养不出杰出的科技创新人才？

时至今日，我们的教育还是没有解答"钱学森之问"。

教育革命任重而道远。

前不久，我再次细读《红楼梦》，第二十五回《魇魔法叔嫂逢五鬼 红楼梦通灵遇双真》中的情节深深触动了我。

尤其是马道婆与赵姨娘掖在贾宝玉和王熙凤床上的五个小鬼和一个纸人，如同容嬷嬷扎出的一根根银针，中针人痛不欲生，万劫不复。

马道婆与赵姨娘一个布局，一个实操：

马道婆向裤腰里掏了半晌，掏出十个纸铰的青面白发的鬼来，并两个纸人，递与赵姨娘，又悄悄的教他道："把他两个的年庚八字写在这两个纸人身上，一并五个鬼都掖在他们各人的床上就完了。我只在家里作法，自有效验。千万小心，不要害怕！"

真的不知道赵姨娘是怎么将纸人和小鬼放到宝玉和熙凤床上的，这恐怕要费很大一番功夫。

然后马道婆就开始在家里作法，中招后的宝玉忽然"嗳哟"了一声，说："好头疼！"

林黛玉道："该，阿弥陀佛！"

单纯的黛玉以为宝玉在装病。

只见宝玉大叫一声："我要死！"将身一纵，离地跳有三四尺高，口内乱嚷乱叫，说起胡话来了。林黛玉并丫头们都唬慌了，忙去报知王夫人、贾母等。

忽然又只见凤姐手持一把明晃晃钢刀砍进园来，见鸡杀鸡，见狗杀狗，见人就要杀人。众人越发慌了。周瑞媳妇忙带着几个有力量的胆壮的婆娘上去抱住，夺下刀来，抬回房去。平儿、丰儿等哭的泪天泪地。贾政等心中也有些烦难，顾了这里，丢不下那里。

一段时间后，宝玉、熙凤的病情不见好转，愈发严重。

此时贾赦、贾政又恐哭坏了贾母，日夜熬油费火，闹的人口不安，也都没了主意。贾赦还各处去寻僧觅道。贾政见不灵效，着实懊恼，因阻贾赦道："儿女之数，皆由天命，非人力可强者。他二人之病出于不意，百般医治不效，想天意该如此，也只好由他们去罢。"贾赦也不理此话，仍是百般忙乱，那里见些效验。看看三日光阴，那凤姐和宝玉躺在床上，亦发连气都将没了。合家人口无不惊慌，都说没了指望，忙着将他二人的后世的衣履都治备下了。贾母、王夫人、贾琏、平儿、袭人这几个人更比诸人哭的忘餐废寝，觅死寻活。

看到这里，再想想我们的学校和家庭面对孩子教育的诸多无奈，怎么就那么神似呢？

孩子们每天在学校上完课，回到家里还有家长希冀的各类学科兼特长培训课程，宝宝我也想玩玩游戏，放松放松啊！我有时间吗？我有自由吗？

宝玉喊叫的"好头疼！""我要死！"仿佛就要成为孩子们的心声。

学校领导和老师除了落实国家课程，还得考虑到地方特色课程以及校本课程的开发，校园文化建设也要跟上，校、家、社区共育还不能落下。

更重要的是关乎孩子们身体健康的体育课、阳光课必须到位，只有这样，小胖墩、小眼镜才会少一点儿。

抓手在哪里？

真的是挑战全体教育人的落实手段和教育智慧。

家长们可不是局外人，他们从来就没闲着，一直在琢磨怎么能进入好一点儿的中小学，怎么能考上好一点儿的高中和大学。

因为想孩子们将来有一个好一点儿的工作啊！

在这漫漫的求学途中，只要有，哪怕是某一个环节出现了不和谐，整个家庭就可能陷入鸡飞狗跳的窘境。

这样看来，"凤姐手持一把明晃晃钢刀砍进园来，见鸡杀鸡，见狗杀狗，见人就要杀人"的场面，偶尔也可能出现。

生活还要继续，有病就得治。

那宝玉和熙凤的病治好了没有呢？

正闹的天翻地覆，没个开交，只闻得隐隐的木鱼声响，念了一句："南无解冤孽菩萨。有那人口不利，家宅颠倾，或逢凶险，或中邪祟者，我们善能医治。"贾母、王夫人听见这些话，那里还耐得住，便命人去快请进来。

众人举目看时，原来是一个癞头和尚与一个跛足道人。

这一僧一道就是《红楼梦》开头唱《好了歌》的，宝玉前世是大荒山无稽崖青埂峰下的一块石头，是他俩夹带着这块蠢物到人间来经历经历的。

见那和尚是怎的模样：

鼻如悬胆两眉长，目似明星蓄宝光。
破衲芒鞋无住迹，腌臜更有满头疮。

那道人又是怎生模样：

一足高来一足低，浑身带水又拖泥。
相逢若问家何处，却在蓬莱弱水西。

《红楼梦》识人的观点与民间很一致，曹雪芹认为，那些真正有特殊本领的人都是不外露的，甚至是身体脏脏臭臭，有残疾的。癞头和尚"破衲芒鞋无住迹，腌臜更有满头疮"，他头上长满脓疮，穿着残破的衲衣，足蹬草鞋，四海漂泊，居无定所；跛足道人也是"一足高来一足低，浑身带水又拖泥"，不仅邋遢，更有残疾。像济公啊，铁拐李啊，洪七公啊，虽然又脏又臭，但功夫高绝。

曹雪芹仿佛是一位民间预言家，三百年后，一批朴素、接地气的教育人风尘仆仆地从基层三尺讲台脱颖而出，成为祖国和老百姓景仰的人民教育家。魏书生同志的教育智慧，张桂梅同志的无私坚守，诞生了新时代最耀眼却又最朴实的教育明星。

我们再来看看癞头和尚与跛足道人是怎样为宝玉和熙凤治病的：

贾政问道："你道友二人在那庙里焚修？"
那僧笑道："长官不须多话。因闻得府上人口不利，故特来医治。"
贾政道："倒有两个人中邪，不知你们有何符水？"
那道人笑道："你家现有希世奇珍，如何还问我们有符水？"

跛足道人的意思很明确：最好的医理和药方就在贾府。

面对出现的问题，我们大多数人首先想到的就是向外求助，无论是照搬国外的教育理念、学生的培优，还是老师的培训，莫不如此。我这里倒不是说照搬国外的教育理念、向外的培优和培训不好或不应该，但我们能不能静下心来，向内使劲，抒一抒、找一找自身还没被发现和开发的特长、优势和潜力呢？

曹雪芹显然是要借癞头和尚与跛足道人之口告诉世人：所有向外的追求终是徒劳，所有朝外的方向尽是虚幻，你正确的方向就是向内，向自心看去。

白鹿洞书院学规也告诉了我们这个道理：行有不得，反求诸己。

政老爷当然也是有慧根之人，他一听就明白了。

贾政听这话有意思，心中便动了，因说道："小儿落草时虽带了一块宝玉下来，上面说能除邪祟，谁知竟不灵验。"

那僧道："长官你那里知道那物的妙用。只因他如今被声色货利所迷，故不灵验了。你今且取他出来，待我们持颂持颂，只怕就好了。"

癞头和尚的意思是说，你们家的通灵宝玉就是最好的除邪祟的宝物，你们肉体凡胎自然不懂得它的妙处。但贾政知道通灵宝玉上刻有"除邪祟"的字样，奈何它失去了灵气，不管用了。

癞头和尚说出了通灵宝玉失灵的原因：如今这块宝玉被声色货利所迷，故不灵验。

所谓"声色货利"，应该就是红尘中的各种欲望，金钱、名利、地位、权势，等等。

癞头和尚认为，我们每个人都有一个光明的本性，这光明本性若在，外毒不能入侵；一旦因各种欲念迷惑，光明本性缺失，大大小小的问题随之而来。

我国的教育改革进行了一轮又一轮，广大耕耘在一线的教师贡献了自己的青春和智慧，他们的心血和汗水没有白流。所以，就我个人而言，前面几轮的教改还是有成就和收获的。

但我们的社会和家长是否认同和满意呢？

其实说到对教改的态度，我们的社会和家长还是有很多的感慨和无奈。

教改的向好为什么不能最大化？"声色货利"应该是最大的绊脚石。

于是，绕不开的话题出现了："声色货利"的宿主在哪里？

一直以来，只要教育出现了问题，人们往往会迅速地把目标指向学校和老师。诚然，学校和老师当然是教育问题的宿主，但教育早就不是学校和老师单方面的责任，当今时代，教育与每一个人血肉相连，剪不断，理还乱，扯着骨头筋未断。学校要荣誉，必须抓教学；老师要晋级，必须要分数。但要分数的，岂止老师！家长望子女成龙凤，他们更要分数！

随之而来的学历造假、论文风波、教材教辅事件、家庭因分数而至的鸡飞狗跳等，桩桩件件，哪一件不是被"声色货利"所迷？

这些"疾病"都是需要对症下药的。

癞头和尚与跛足道人就具备这种能力，并且能药到病除。

贾政听说，便向宝玉项上取下那玉来递与他二人。那和尚接了过来，擎在掌上，长叹一声道："青埂峰一别，展眼已过十三载矣！人世光阴，如此迅速，尘缘满目，若似弹指！"

时光流逝的无奈，竟然可以诞生这样绝美的句子："青埂峰一别，展眼已过十三载矣！人世光阴，如此迅速，尘缘满目，若似弹指！"宝玉已经十三岁了，想不到短短十三年，通灵宝玉就失去了其应有的灵性。

癞头和尚念毕，又摩弄一回，说了些疯话，递与贾政道："此物已灵，不可亵渎，悬于卧室上槛，将他二人安在一室之内，除亲身妻母外，不可使阴人冲犯。三十三日之后，包管身安病退，复旧如初。"说着回头便走了。贾政赶着还说话，让二人坐了吃茶，要送谢礼，他二人早已出去了。贾母等还只管着人去赶，那里有个踪影。

至晚间他二人竟渐渐醒来，说腹中饥饿。贾母、王夫人如得了珍宝一般，旋熬了米汤与他二人吃了，精神渐长，邪祟稍退，一家子才把心放下来。

癞头和尚手到病除，分文不取，顷刻间又无影无踪，分明是神仙下界。

想起了至圣先师、万世师表孔夫子的教育理论：

有教无类，因材施教，寓教于乐。

时至今日，无论是在学科素养还是在人文素养的领域，这些理论的先进性好像无人能出其右。

马道婆的纸人和小鬼确实闹出了教育里的缺憾和不完美，可教改到哪里去寻找其貌不扬还神奇十足的"癞头和尚"与"跛足道人"呢？

我们的教改也盼着神仙下界，可现实是一仙难求！

好在《红楼梦》给了我们良方：

想要改变和进步，光有"引进来"是不够的，更重要的是向内使劲，很多外求的，可能水土不服，也可能是虚幻。

想要改变和进步，不要忘了自己本身拥有的光明本性，这个光明本性，就是你自带的灵性和没被污染的初心。

# 第六章

## 诗意英雄

- 神瑛侍者义救绛珠仙草
- 青春几何时，诗酒趁年华
- 两袖月光捧出一抹暖阳

# 神瑛侍者义救绛珠仙草

汪老师的语文课上，诞生了一位美貌多才的"林黛玉"，她就是1（C）班七岁的邓悠然。邓悠然不仅漂亮可爱，还写得一手好字，朗诵起林妹妹的《咏白海棠》，真是有模有样！引得一众同学羡慕不已。

有了林黛玉，当然少不了贾宝玉。

汪老师的语文课里，出现了两代"怡红公子贾宝玉"，他们分别是九岁的王君郎和八岁的王梓涵。

说起这两位小帅哥，全校师生无人不知，无人不晓！估计都被他们圈粉了！

走在校园里，一不小心，东边追过来一人："汪老师，你们班的王君郎呢？"冷不丁儿地，打西边跑来一个："汪老师，在哪里可以找到王梓涵？"

有时候，我真的很累！但更多的，我得意啊！

谁让我是他们的师父呢！

一日上课时，我问了孩子们一个问题："同学们，我知道你们都喜欢林妹妹和宝哥哥，但你们知道他俩的来历吗？"

"什么来历？什么来历？汪老师快讲给我们听听！"顽皮的缺巴齿范瑞纯急不可耐地喊叫起来。

"不要着急，不要着急！"我学着聪明一休的模样，用双手的食指在头顶画起了圈圈，"谁先安静下来，我就讲给谁听。"

这招顶管用，他们纷纷闭上了嘴巴，双手托腮，安静了下来。

"在很久很久的洪荒年代，"我不紧不慢地讲起来，"有两个神仙，他们分别是水神共工和火神祝融。

"水神共工红发龙身，相貌英俊，特别擅长治理水患。经过他的努力，老百姓有水喝了，也有水灌溉农田了。老百姓特别崇拜他。

"火神祝融骑着火龙，英明神武，他把火种送到人间，人们不仅有了光明，还能吃上熟的食物。

"祝融常常跟百姓说，治理水患会让老天不高兴，老天会降罪给百姓的。时间一长，老百姓就不再喜欢共工，只崇拜祝融一人。

"水神共工不高兴了。心想，世界万物离不开水，为什么人类只崇拜祝融，而不崇拜自己？他越想越气愤，于是集四湖五海之水冲向昆仑山，把昆仑山上的圣火浇灭，顿时全世界漆黑一片。祝融得知非常愤怒，骑上火龙，与共工大战起来。水始终是往低处流，洪水从昆仑山上落下来，祝融乘机发起进攻，把共工烧得焦头烂额。共工输得不顺气，一气之下撞向不周山，谁知不周山是位于西北边的天柱，天柱被撞断了，天破了个大窟窿，天上的水呼啸着，奔涌至东南方向塌陷的大地。"

真的是男神打仗，百姓遭殃。

"难道是天崩地裂了吗？"

同学们瞪圆了双眼，黄柏涵等几个胆小的女孩儿更是涨红了脸颊。

我连忙缓解气氛，笑着说："同学们，现在明白我们国家的地势为什么是西高东低了吧！所谓'一江春水向东流'就是这么来的。"

"后来呢？后来呢？"没想到冒失鬼薛锦阳比缺巴齿范瑞纯还要性急，不停地嚷嚷，"汪老师，天破了怎么办啊？"

"别害怕！"我敞亮了声调给他们壮胆，"天破了有女娲娘娘啊！那女娲娘娘采来五彩石，在大荒山无稽崖炼成高十二丈、见方二十四丈大的顽石三万六千五百零一块，用来补天。可那女娲娘娘只用了三万六千五百块石头，单单剩下一块未用，丢弃在青埂峰下。

"你说这块石头能不郁闷，能不伤心吗？

"他想：女娲娘娘是嫌我无德无才吗？我一定要争口气！

"于是，他开始独自修炼，日夜不停！

"此石自经修炼之后，灵性已通，自去自来，可大可小，每日逍遥自在，至各处去游玩。

"一天，来到警幻仙子的地界。

"那警幻仙子知道他有些来历，便把他留在赤霞宫中，还赐给他一个名字：赤霞宫神瑛侍者。"

听到这里，一代怡红公子王君郎和二代怡红公子王梓涵脸上露出了得意的微笑。

我和他们对视了一番，继续开讲：

"那神瑛侍者经常在西方灵河岸上行走，偶然看见灵河岸上三生石畔有一棵绛珠草，长得十分娇娜可爱，只是看起来病恹恹的，好像快要干枯了。

"神瑛侍者于心不忍，每天来到这里，采集甘甜的露水灌溉绛珠草，这绛珠草慢慢恢复了元气，郁郁葱葱起来。后来，绛珠草吸收天地精华，每天有甘露滋养，竟然脱去了草木之胎，幻化成人形，修炼成女儿之身。饿了，就食用秘情果；渴了，就饮用灌愁水。

"尽管如此，这绛珠仙子终日游于离恨天外，总高兴不起来！

"为什么呢？

"因为她的命是神瑛侍者给的，她怎么报答这份恩情呢？

"这真是：灌溉之德未酬报，五内郁结缠绵意。

"她常常说：'我受了他雨露之惠，我的命都是他给的，但我并无此水可还。怎么办呢？'

"话说和尚茫茫大士、道长渺渺真人来到灵河边，看见神瑛侍者，劝他说：'人世间有酸甜苦辣咸，五味各有一番风味，石头兄弟何不下凡感受一番呢？'

"那石头兄弟本通灵性，加之生性顽皮，听两位仙家一番劝导，化作一道五彩霞光，直奔金陵贾家而去。

"那贾家王夫人当日正在生产，房顶忽然灵光一闪，分娩出一个男婴，众人惊喜着急忙上前查看，只见那男婴口里赫赫然衔着一块宝玉。

"孩子爸爸贾政顾不得惊讶和狂喜，抱着婴孩不停地大叫：'宝玉，宝玉……'

"于是，这男孩就有了一个响亮的名字，唤作'贾宝玉'。"

一代怡红公子王君郎和二代怡红公子王梓涵脸上再次露出了得意的微笑。

"再说那绛珠仙子，看见神瑛侍者下凡投胎，急了！

"'怎么办？我怎么报答他的恩情？'她说，'既然他下世为人，我也下凡走一趟，我把我一辈子的眼泪还报给他，也抵得上他浇灌给我的甘露之水了。'

"只见一朵袅袅娜娜的斑斓云彩向着南边扬州城的上空飘去。

"扬州城里住着一位了不起的大官，叫作林如海。他家是世袭高官，这林如海从不恃宠而骄，他相貌英俊，学习勤奋，竟然通过了全国的高考，成为当年的第三名！深得皇上喜爱，被封为'巡盐御史'。

"这一天，他的夫人贾敏分娩，生下一个女孩，名字唤作黛玉。"

教室里顿时传来一片恍然大悟的感叹声。

"潇湘妃子"邓悠然不动声色地享受着欢呼声，仿佛绛珠仙子附体了。

然后，邓悠然、王君郎、王梓涵开始击掌庆贺。

"后来会发生什么？"六岁的黄柏涵很想知道结果。

"那茫茫大士和渺渺真人觉得十分好笑，哪有拿眼泪报答恩人的呢？但笑归笑，明白结果才是重要的。

"茫茫大士忙对渺渺真人说：'趁此机会，我俩也下凡超度几个吧！算是功德圆满呢！'

"同学们，茫茫大士和渺渺真人会见证大观园里上演的这一出怀金悼玉的《红楼梦》。我的故事讲完了。"

"结果呢？结果呢？"同学们不干了。

"你们背完'红楼一梦小诗童'诗文系列，结果就出来了。"

# 青春几何时，诗酒趁年华

有一次乘地铁2号线去武汉市教育局开会，人流如织，亦如往日般涌动。

除了少数几个乘客在聊天，其他的，人手一部手机，人机亲近，目不斜视，甚是专情。

一位美女姐姐盯着手机，突然自顾自地连连笑起来。那笑容莫名，魅惑，真真的吓我一大跳。

想着要快速地换个场景，扭头走向别处，蹦进眼帘的是，一个盯着手机屏幕大笑起来的、帅帅的小哥。

由不得我冷汗飕飕。

自己也觉得自己好奇怪：别人看他的手机，与你有什么相干！至于冷汗飕飕吗?

我连忙挤出一个微笑，挂在脸上，随后也掏出了手机。

当今时代，身边常有年轻人忧心忡忡：

考不上名校怎么办?

毕业了没好工作怎么办?

买不起房子怎么办?

房贷压力太大怎么办?

……

现在的年轻人活得实在是不容易。

也难怪,折磨手机大概可以解压,撒气。

其实,过去的年轻人也不容易。

贾宝玉、林黛玉、薛宝钗……哪一个又容易?

但他们都活出了自在,活出了个性,活出了灿烂。

现在的这些漂亮小姐姐、帅气小哥哥,如果愿意,完全可以放下亲亲的小手机,捧起厚厚的《红楼梦》,生活,也许从此变得不再迷蒙。

还真有一批年轻人喜爱《红楼梦》。

他们最感兴趣的是宝玉、黛玉、宝钗的情感纠缠,结果,这一个小男孩和两个小女孩的关系,成为他们茶余饭后的谈资和笑料。

我真不觉得现在的孩子们因为八卦而去接触《红楼梦》是件坏事!相反,这是件可喜的事!

真正的坏事是,孩子们再也不碰《红楼梦》了。

被遗忘才是悲哀。

《红楼梦》毕竟是一部好的文学作品,八卦新闻是不能与文学相提并论的。

一部好的文学作品绝对不是八卦。它一定是站在人生某一个生活领域的高处,深入观察和思考,对生活有一个清醒的感知和领悟。它关心的不是真相被挖掘出来之后的得意和满足,而是悲悯与反思。

当一个事件发生,怀着悲悯之心去看,跟怀着幸灾乐祸之心去看,刚好就构成了文学与八卦的差别。

八卦里,永远不会出现"一粥一饭当思来处不易,半丝半缕恒念物力维艰"。

用八卦做主题去解读《红楼梦》失之偏颇，太过片面。如果要给《红楼梦》定一个主题，我倒是很认同曾任教于台湾文化大学和辅仁大学的教授蒋勋老师的观点，他是大老师，我是小老师，他的学生青春，我的学生是青春的尖尖角。

我觉得"青春"一词，是可以解读《红楼梦》的。

大观园是贾元春封贤德妃后，回乡省亲时修建的，先命名为省亲别墅，后叫大观园。

十五六岁的贾迎春被选进宫中，回家省亲时，当祖母贾老太君、父亲贾政、母亲王夫人等跪在她脚下默默流泪的时刻，"贾妃满眼垂泪，方彼此上前厮见，一手搀贾母，一手搀王夫人，三个人满心里皆有许多话，只是俱说不出，只管呜咽对泣。邢夫人，李纨，王熙凤，迎、探、惜三姊妹等，俱在旁围绕，垂泪无言。半日，贾妃方忍悲强笑，安慰贾母、王夫人道：'当日既送我到那不得见人的去处，好容易今日回家娘儿们一会，不说说笑笑，反倒哭起来。一会子我去了，又不知多早晚才来！'说到这句，不禁又哽咽起来。"

这是人伦里凄惨的一幕，更为凄惨的是，元春的话已宣告了自己青春的死去！

所以，她把自己省亲后，象征皇家威严，谁都不可踏入半步的省亲别墅，改名为大观园，特赦给了自己的弟弟妹妹们。

自己的青春完结了，她要保护好弟弟妹妹们的青春。

进入大观园的那一年，林黛玉十二岁左右，贾宝玉十三岁多一点儿，薛宝钗大约十四岁……这样的年纪，是不是小学 6 年级毕业后，进入初中的中学生？

大观园成了真正意义上的青春王国。

其实，考证证明，清代后宫妃子，根本就没有回家省亲一说。

《红楼梦》中这一违反历史常识的疑点，我只能推测是曹雪芹的一厢情愿！

爱新觉罗·敦城在《寄怀曹雪芹》中写道："残羹冷炙有德色，不如著书黄叶村。"这样的提醒，也是支撑曹雪芹顽强活下去、写下去的动力。

曹雪芹，这个在大人世界里生活得极端不快乐的人，用他生命中最后的十年，回顾了自己短暂而又美好的青春时光，写出了歌颂青春的巨著《红楼梦》。

在中国古代和近代文学史上，《红楼梦》是唯一歌颂青春、赞美青春的小说。

青春是什么？

许许多多的政治家、社会进步人士总是热情洋溢地赞美青春，褒扬青春，给予青春无尽的溢美之词：朝气蓬勃、勇往直前、改变世界、无所不能，等等。

这些标签都没错。

西方文化革命提到最多的，就是人应该回归到人的本质。

中国儒家经典《中庸》中，也指明了人的修为之道："天命之谓性，率性之谓道，修道之谓教。"这也是强调了自然本真的属性。

所以，我觉得青春里，更多的应该是朝气蓬勃、天马行空和勇往直前。

这才是青春最鲜明、最自然的标志。忽略了这些自然属性，只看重青春里那些附加的因素，是会出大问题的。

确实，青春的朝气蓬勃、天马行空和勇往直前的属性，诞生了中国当代文学史上第一部描写学生运动、塑造革命知识分子形象和成长命运的优秀长篇小说《青春之歌》。本书的作者杨沫和她书中的主人公林道静成为新中国一代青年人的偶像。

美国前总统肯尼迪的演讲词"不要问国家能为你们做些什么，而要问你们能为国家做些什么"鼓舞了一代美国青年才俊，也鼓舞了世界上无数热血青年。

可就是这些热血有为的壮举，丝毫也不能稀释"朝气蓬勃、天马行空和勇往直前"的自然属性。

贾府希望贾宝玉光宗耀祖，他们采取种种手段强迫他读书，盼望他在仕途上能飞黄腾达，而他却偏偏"潦倒不通世务，愚顽怕读文章。行为偏僻性乖张，那管世人诽谤！"

在《红楼梦》第五回，尤氏婆媳请贾母等来宁国府中游玩，吃过饭，宝玉困倦，欲睡中觉，秦可卿就带了宝玉来到宁国府的上房，准备安排宝玉在这里休息。宝玉抬头看到房中挂了一幅《燃藜图》，旁边一副对联：世事洞明皆学问，人情练达即文章。心中不快，连声大叫："快出去，快出去！"秦可卿笑道："这里不好，就去我那里休息吧。"然后带了宝玉来自己房中午睡。

所以贾宝玉对于劝人勤学的《燃藜图》与劝人学"仕途经济"的格言和对联是不屑一顾的。

这还不算，宝玉还瞒着父亲贾政，在外私自结交忠顺王府当家小旦、戏子蒋玉函。这在当时男风盛行的背景下，是豪门贾府的大忌！

他的父亲贾政一见，眼都红紫了，只喝令："堵起嘴来，着实打死！"

小厮们不敢违拗，只得将宝玉按在凳上，举起大板打了十来下。贾政犹嫌打轻了，一脚踢开掌板的，自己夺过来，咬着牙狠命盖了三四十下。众门客见打的不祥了，忙上前夺劝。贾政那里肯听，说道："你们问问他干的勾当可饶不可饶！素日皆是你们这些人把他酿坏了，到这步田地还来解劝。明日酿到他弑君杀父，你们才不劝不成！"

可怜天的宝玉，直被打得皮开肉绽，早已昏死过去，十数日方才缓过劲儿来。

可你要说宝玉不好读书、不求上进就大错特错了！那整本文辞精美的《西厢记》，他却可以过目不忘，倒背如流，见到知音林妹妹，他马上就脱口而出：我就是那多愁多病的身，你就是那倾国倾城的貌。

现代大学中文系里的孩子，有几个可以过目不忘，背诵经典《西厢记》的？

薛蟠是贾宝玉的表哥，这个青年的行为又是怎样的呢？

他第一眼看见甄英莲，就说这个女孩我要了。于是，众家奴蜂拥而上，打死了英莲的未婚夫冯渊，抢走了英莲。

他第一眼看见大帅哥柳湘莲，就心生欢喜，打定主意：这个大帅哥，又美又酷，我要了！谁知那柳二郎武艺高强，为人正直豪爽，巧施小计，骗出薛蟠，逼他喝了马尿，还胖揍了他一顿！算是为香菱和冯渊出了口恶气。

薛蟠是个被妈妈宠坏的孩子，虽然他打死人命，罪无可赦，却也是真正意义上的悲剧人物，可怜至极！

生活中，宝玉如果有一个良师稍加引导，有一个慈父日日疼爱，骨骼清奇、容貌俊美的他，恐怕早就出落成万众瞩目的一代男神了。

只要有一个严师加以规训，薛蟠也不至于不堪到丧德败家的田地。

十八岁的我，师范毕业后就走上了教书育人的岗位。正是年少轻狂、懵懵懂懂、不知天高地厚的年纪，除了照本宣科，讲授知识，我对当时我任教中学的孩子们，可以说是毫无帮助。我心中只认一个死理：考高分。

每天下午放学到上晚自习，其间有一个多小时的机动时间，很多孩子会围坐在学校的草坪上，说说笑笑，打打闹闹，少数大胆的，干脆躺下来享受起闲暇时光。记得当时看到了这一幕，我很生气：这些孩子真是无聊，为什么不回教室背英语单词？一个小时过去了，我再次经过，他们还在那里有说有笑。我更生气了：真无聊，真不懂事！大好时光就这样被浪费了，"头悬梁，锥刺股"的学习精神哪儿去了？

后来，我被一个小学校长从中学挖走了。

几轮教学改革，人们的教育观念发生了很多改变。随着自己年龄的增长，我眼里学生的样子逐渐清晰起来。下班后，看到背着书包、行走在落日余晖里的中学生，我发现他们朝气蓬勃、天真烂漫的影子很美。也因为如此，自己会快乐很长时间！

终于我明白，青春需要关注，更需要疼惜！

大人让孩子们这不能说，那不能做，有用吗？他们的身体像花瓣一样打开了，他们对自己的身体好奇，对别人的身体更好奇！他们需要了解，需要被了解。你的不许，只会让他们更加好奇，更加隐秘地去摸索。

空余时间，当孩子们打打闹闹，说说笑笑，我居然觉得他们无聊，觉得他们虚度光阴，我怎么了？我年轻的心房居然生出厚厚的老茧！孩子们的青春我没看见，我自己的青春居然也被自己遗忘了！

于是，我毅然辞职离开了学校！

那一年，我二十二岁。

三年后，我又被这位小学校长挖回了学校。他罗列了很多理由规劝我，但这次的回归，我是心甘情愿的。

我要找回属于我的青春。

若干年后，一位女教师留下"世界那么大，我想去看看"相关内容的辞职信，辞职了。

她的真诚和洒脱打动了所有网友，在网络爆红。

这位内心无比青春的陌生人，你在他乡还好吗？

有一年，我带一个6年级的毕业班。6年级的孩子们发育得特别好，他们个子高高的，一个个成天满脸微笑，部分男孩子嗓子粗粗的，还长出了毛茸茸的小胡须，好可爱。

一天，我在办公室改作业，小周同学趴着门框，探进脑袋，大声喊我："汪老师，我的月经来了。"

瞬间，我整个人石化！

也就短短的三秒钟，我做出了回应："小周同学，快进来。首先，汪老师要祝贺你长大了！今后，像这种事情，要小声报告汪老师，然后呢，汪老师会请我旁边的女老师来帮助你，记住了吗？"

小周同学笑着，不住地点头，然后，女老师把她带出了办公室。

第二天，我请来了小周同学的父母，与他们进行了愉快的沟通。当然，善意的批评是少不了的！作为一个青春期少女的父母，尤其是母亲，有责任、有义务告诉孩子她身体变化的情况，更要教会她在公众场合要保有起码的矜持和优雅。

今年，小周同学大学毕业了。每一年我的生日，她都会发来祝福短信。

现实生活中，那些朝气蓬勃、勇往直前，有时又不知天高地厚的青春，很多时候是不受待见的，是用来嘲笑的，是用来指责的，甚至是用来侮辱的。

《红楼梦》第九回，宝玉要去上学，临行前，来与父亲说再见。

停在这里，我想象着宝玉像现在的孩子一样，双手环绕着爸爸的脖子，撒着娇不肯下来，爸爸亲了宝玉一口，安慰说："乖宝宝，快去上学，听老师的话，下午放学了，爸爸去接你啊！"

可真正的场面是惊世骇俗的：

这日贾政回家早些，正在书房中与相公清客们闲谈，忽见宝玉进来请安，回说上学里去，贾政冷笑道："你如果再提'上学'两个字，连我也羞死了。依我的话，你竟顽你的去是正理。仔细站脏了我这地，靠脏了我的门！"

如果我是十三岁的贾宝玉，听了爸爸的这些话，是连忙逃离，或者站着不动，还是默默流泪，抑或是号啕大哭?

人其实很奇怪!

有的人，走过了青春，双鬓作雪，满面斑驳，身上再也看不见青春的影子，仿佛青春从未来过。

毫无青春气息的生命，一定是刻板而僵硬的。

18世纪70年代，德国伟大作家歌德的《少年维特之烦恼》诞生。维特出身于一个较富裕的中产阶级家庭，受过良好的教育，能诗善画，热爱自然，多愁善感。偶然结识并爱上了一个名叫绿蒂的姑娘，而姑娘已同别人订婚。爱情上的挫折使维特悲痛欲绝。之后，维特又因同封建社会格格不入，感到前途无望而自杀。

歌德在呐喊：哪个少年不多情，哪个少女不怀春?

少年维特之死，震惊了全世界!

人们一次次拷问自己的良心：我们应该怎样呵护孩子们的青春?

毕竟，少年智则国智，少年富则国富，少年强则国强。

青春，是每一个人都不能回避的话题!因为他们是国家和民族的希望及未来。

20世纪90年代，美国电视连续剧《成长的烦恼》进入中国，一夜之间，风靡全国。

《成长的烦恼》不断在全国各地的电视台播放，它不仅仅受到中小学生的欢迎，而且还倍受大学生和青年人的喜爱，应该说，《成长的烦恼》伴随了一代人的成长。

杰森·西佛和麦琪·西佛夫妇对青春期孩子的启发式教育，给中国家庭的父母很多启示。尤其是他们宽严相济的教育智慧，乐观和谐的家庭氛围，给我们留下了难以磨灭的印象。

二十多年过去了，我仍然记得帅气、调皮的大儿子迈克，乐观上进的二女儿卡萝儿，无敌可爱的三儿子本恩。

21世纪初，美国华特迪士尼公司向全球推出了电影《歌舞青春》，该片于2006年1月20日上映，在全美创下超过6000万人收看，全球收视人口2.5亿的纪录。

片中的男主角特洛伊年轻帅气，他穿着大红色的球衣在篮球场上为自己母校的荣誉拼搏，毕业典礼上，他穿着大红的博士服骄傲地发言：这地方有一个优秀的人！

每当看到这里，我脑海中总会浮现爱穿红衣服的宝玉的样子：大雪地里，身穿大红猩猩毡的宝玉，躬身跪地，给父亲贾政磕头，然后，消失在滚滚红尘里。

一样的青春可爱，特洛伊和宝玉的青春幕帷，色差怎会如此悬殊？

可以说，导演肯尼·奥特加，演员扎克·埃夫隆、凡妮莎·哈金斯等人，为全世界奉上了一顿唯美青春狂欢的饕餮盛宴。

颂扬青春，深入人骨髓的，当属中国明代文学家、戏剧家汤显祖的《牡丹亭》。

"惊觉相思不露，原来只因已入骨。"

"原来姹紫嫣红开遍，似这般都付与断井颓垣。良辰美景奈何天，赏心乐事谁家院。"

这些明快、清雅的句子，如小刀雕镂在我心间的绢花，怎样也不能抹去。

柳梦梅曾对杜丽娘说："则为你如花美眷，似水流年。是答儿闲寻遍，在幽闺自怜。"

杜丽娘，你貌美如花，怎禁得起如水般光阴的摧残，不要在闺房自艾自怜。

所以，两只小蜜蜂啊，飞到花丛中。

青春如此短暂，王国维先生也只能唏嘘感慨：最是人间留不住，朱颜辞镜花辞树。

唉，流光容易把人抛，红了樱桃，绿了芭蕉。

一眨眼，饰演宝玉的翩翩公子欧阳奋强、饰演本恩的无敌可爱萌正太杰瑞米·米勒都成了"油腻大叔"。

这不可怕，脸上有皱纹不可怕，关键是，你的心里不能有皱纹，你的心里永远要为青春留有一席之地。

我们既要有"青春几何时，黄鸟鸣不歇"的励志，更要有"且将新火试新茶，诗酒趁年华"的烂漫。这样的青春，仰望着星空，也脚踏着实地。

曾经，我以为我一辈子都不会忘掉青春。

然而，在那些琐琐碎碎、柴米油盐的日子里，终是遗忘了。

但总会在某一刻，我能突然想起，潸然泪下，捡拾起来，从此不再撒手。

# 两袖月光捧出一抹暖阳

《红楼梦》中贾雨村口中轻轻带过的嵇康，在中国文学史和中国美术史上，绝对是浓墨重彩的一笔。

据《世说新语·容止》记载：

嵇康身长七尺八寸，风姿特秀。见者叹曰："萧萧肃肃，爽朗清举。"或云："肃肃如松下风，高而徐引。"山公曰："嵇叔夜之为人也，岩岩若孤松之独立；其醉也，傀俄若玉山之将崩。"

读完这段，可把我喜欢坏了：嵇康是魏晋名士中第一美男子！

他身高起码两米，风度姿态秀美出众，见到他的人感慨地说："他举止潇洒安详，气质爽朗，清净，挺拔。"还有人说："他庄重如松树间沙沙作响的清风，高远、舒缓而悠长。"这还不够，连他的忠粉、好朋友山涛都说："嵇康嵇叔夜的为人，像挺拔的孤松傲然独立；他喝醉了，就像高大的玉山将要倾倒。"

你们可别误会，嵇康真不像当代的一些"小鲜肉"，靠脸吃饭。

但当时的人就想看他的脸。

一天，有樵夫砍柴晚归，在山中偶遇采药游玩的嵇康，倒头便拜，还口中念念叨叨："惊扰神仙了！惊扰神仙了！"樵夫此举，令嵇康哑然失笑。

第二天，嵇神仙的故事就传遍京城的大街小巷。人们奔走相告，纷纷前来玩与嵇康偶遇的游戏，想碰碰彩头。

于是，嵇康的人气一夜爆棚。

他也顺利晋级成为"国民老公"。

有六个粉丝进入了嵇康的视线，后来，他们成了竹林七贤。

皇帝家也被惊动了！魏武帝曹操的曾孙女长乐亭主嫁给了嵇康，嵇康成了名副其实的驸马。

现在的"小鲜肉"能被谁看中？

连李白都成了嵇康的粉丝！他在《襄阳歌》中写道：

"清风朗月不用一钱买，玉山自倒非人推。"

这"玉山倒"，就是典出山涛口中的嵇叔夜。

现在，我们只需要用脚指头想一想：

李白是个只看脸的人吗？当然不是！

所以，老天爷赏饭给嵇康，他明明可以老老实实靠脸吃饭，可嵇康就是觉得吃不饱！硬是练就了浑身的本事：琴棋书画，诗酒歌茶。

嵇康的赋文、诗歌，你只要静静地读一遍就行，不必深究。

只一遍足以心生欢喜，深究恐会惊艳到你。

嵇康说：

今但愿守陋巷，教养子孙。时与亲旧叙离阔，陈说平生。浊酒一杯，弹琴一曲，志愿毕矣。——《与山巨源绝交书》

内不愧心，外不负俗，交不为利，仕不谋禄，鉴乎古今，涤情荡欲，何忧于人间之委曲？——《卜疑集》

虽有好音，谁与清歌。虽有姝颜，谁与华发。——《四言赠兄秀才入军诗十八首·其十一》

目送归鸿，手挥五弦。俯仰自得，游心太玄。——《四言赠兄秀才入军诗十八首·其十四》

嵇康不仅著有《养生论》《声无哀乐论》等，还创作保留了中国最美的一首音乐《广陵散》。

嵇康与竹林名士共倡玄学新风，主张"越名教而任自然""审贵贱而通物情"。看来，他对老庄颇有研究。

嵇康认为，无论你是富贵还是贫穷，也不管你成就多高，名望多大，你都应该与大自然和谐共处，顺应自然，成为大自然最协调的一分子。

我在想，教育何尝不是大自然的一分子！学校、老师、孩子、课程何尝不是！

有部分人胆子大得很，不仅大肆填海建房，还敢"填"教育建功名。

有部分人脑子糊得很，敢于打破教育的"慢"生态，狠命拽着孩子，狂奔向深渊而不自知。

湖北省武昌实验小学有位校长叫张基广，他坚持要做最"土"的教育，提倡"新自然教育"的理念，为此，我连写了《他从"土"中来》和《还说他从"土"中来》两篇文章，为他点赞。

张基广校长一定看过嵇康的文章，也一定读过《红楼梦》。

我始终坚持：教育改革的创新先锋，不是现在的某某某，而是《红楼梦》。

嵇康的家里很穷，他父亲和哥哥都在官府任职，却默默无闻，得不到重用。但即使有些落魄，这位玉树临风的翩翩公子，无论走到哪里都能引起一片尖叫，掀起阵阵热潮。曹操的儿子曹林还是找到他，让他做了自己的孙女婿。

毕竟，哪个小女生不喜欢大高个、大长腿的男生。况且，嵇康还是一个有颜有才、气质如仙、毫无天理的存在！

嵇康的前半生倒是天从人愿，养儿育女，谈诗唱歌，云淡风轻。随着曹氏政权的瓦解，司马氏集团的壮大，嵇康的处境尴尬起来。

司马懿谋朝篡位，狼子野心久矣！到了司马昭掌权，曹氏已名存实亡！

司马昭之心——路人皆知。

尽管嵇康是曹家人，司马昭也不敢轻易为难他！

毕竟国民老公、流量明星、国之才子的名头太响。

再说了，嵇康的魅力无人能挡！

司马昭爱才，自然也爱嵇康，也想嵇康为他所用。

嵇康玲珑剔透，他深知与权贵纠缠在一起的危险和无趣，整个人变得奇奇怪怪起来。

我想，嵇康已经嗅到了"红颜薄命""才子乖舛"的危险。

《晋书》中记载了嵇康"美词气，有风仪，而土木形骸，不自藻饰"的外貌形态。

就是这样一位美男子，做出了很多让人惊掉下巴的事情。

他经常穿得破破烂烂，长时间不洗澡，浑身还长满虱子。哪怕是夏天，他也会穿着破棉衣，在柳树下打铁，时不时对打扰他清静，又不得他喜欢的人翻上一个大白眼。实在避无可避，他就跑到猪圈，跟猪一起喝酒。

他还有一个爱好：如果发现朋友之间情如塑料，他会马上跟你绝交。绝交就绝交，哪怕是割席断交也行，嵇大美男不，他要给你写一封信。

他给世人留下了两份绝交书，《与吕长悌绝交书》和《与山巨源绝交书》。这两份绝交书文笔斐斐，浩气凛然！成为人类历史上最为特殊的文化瑰宝。

公元1319年，元代伟大书法家、诗人赵孟頫第三次完成了书法巨著《与山巨源绝交书》。能够三次惊动赵孟頫挥毫弄墨，绝非偶然。

不知这幅书法作品现珍藏于何处，如能一睹天颜，生而有幸。

吕安和吕巽是亲哥儿俩，他们都是嵇康的朋友。

一天，哥哥吕巽趁着弟弟吕安不在家，用酒灌醉了漂亮的弟媳，并非礼了弟媳！吕安回家后，妻子告诉了他这件事。吕安很愤怒，想到官府告禽兽不如的兄长。吕安也把这件事告诉了嵇康，嵇康认为家丑不可外扬。在嵇康的劝说下，吕安没有去告发吕巽。谁知吕巽却勾结权贵钟会，来了个恶人先告状，去官府诬告弟弟不孝，并把弟弟送进了监狱。嵇康是何等清雅耿直的君子，他愤怒地挺身而出，为吕安做证，为这件冤案辩白。并给吕巽送去了万众瞩目的绝交令《与吕长悌绝交书》，世人争相传阅，吕巽人设崩塌。小人钟会嫉贤妒能，怂恿吕巽不但告弟弟不孝，而且告弟弟谋反，借此闹大事态，把嵇康也牵连进来，这是后话。

嵇康在书中写道：

"何意足下苞藏祸心邪？若此，无心复与足下交矣。古之君子，绝交不出丑言。从此别矣！"

嵇康说，虽然你淫亲辱亲污亲，我和你老死不相往来，但我绝对不会对你口出恶言。

嵇康，原来你是这样的骂人不带脏字儿的祖宗。

如果说《与吕长悌绝交书》表达了嵇康的疾恶如仇，那么，《与山巨源绝交书》则向我们展示了一个温情、智慧的美男子。

山巨源就是山涛，嵇康的挚友，竹林七贤之一。

嵇康曾发誓绝不做官，山涛作为他的好友怎会不知。

可是很奇怪，山涛的官越做越大，他要升迁了，于是，他就劝说嵇康来接替自己的官位。

嵇康再次祭起断交的利剑，向山涛发出了通缉令——《与山巨源绝交书》。

"足下昔称吾于颖川，吾常谓之知言。然经怪此意尚未熟悉于足下，何从便得之也？"

嵇康说，你曾经常常说不愿为官，因为志同道合，我把你当成知音。你现在突然觉得我会、我要去做官了，看来你我并没有熟悉到成朋友的程度啊！

"故君子百行，殊途而同致，循性而动，各附所安。"

所以说君子不管怎么走，道路不同但终究会走到同一地方，循本性而动，各自能获得安身立命之本。

这是在告诉山涛，没有你的推荐，我一样能走得很好，绝交吧。

难道是以前的嵇康交友不慎吗？

嵇康、山涛乃绝顶聪慧之人，肯定不会乱交朋友！他们早已互为知己，契若金兰。

身处乱世，竹林七贤除了自保，一定也会为朋友开脱。

许多人对于嵇康先写绝交书给山涛，后却又将儿子托付给山涛的行为极为不解。其实，嵇康是个极为聪明的人，知道自己的性格迟早会惹祸，所以当山涛来劝说他出仕的时候，他想到了以"绝交书"为名，表明自己绝不"同流合污"的坚定立场。

嵇康把自己推向了极为危险的境地！

但他自己越危险，山涛就越安全。

真正的知音是超越先天禀赋，超越后天志向，甚至是超越生死存亡的！

这大概也是嵇康不可说的秘密。

与该绝交的绝交，与该决裂的也要决裂！

因为嵇康是无限量流量明星，所以谁都想来蹭蹭热度，为己所用。

一日，嵇康在柳树下舞锤打铁，向秀在一旁手拉风箱，两人配合默契，旁若无人，自得其乐。

司马氏的谋士、好友，权贵出身的才子钟会专程来拜访嵇康。

因为嵇康名气太大，钟会不敢随意靠近，只是远远地出示名帖，算是打了招呼。

嵇康早就看见了钟会，也知道他是个小人，所以就把铁锤抡圆了往下砸，一时间火星乱进，再加上嵇康时不时抛一个白眼过来，吓得钟会留也不是，走也不是。

看到嵇康没有停下来的意思，钟会只好没趣地离开，刚要迈开腿，只听嵇康说道："何所闻而来，何所见而去？"

钟会素有才辩，他回答说："闻所闻而来，见所见而去。"

因为这件事，钟会怀恨在心。

找嵇康没用，他就找到了何宴，并向司马昭进言：

"嵇康这个人，才学卓绝，人气空前，他可以左右舆论，蛊惑人心，是个危险分子，影响力不可小觑，留着他，祸患无穷啊。"

山涛当年举荐，嵇康拒不出庐，还与山涛书面绝交；钟会亲自专门拜访，嵇康爱理不理；加之又为好友吕安辩护。这许多事体，终于惹来了杀身之祸。

公元262年夏天，嵇康被押赴刑场砍头，罪名是"上不臣天子，下不事王侯，轻时傲世，不为物用，无益于今，有败于俗"。

行刑那一天，嵇康的一双儿女哭成了泪人儿。嵇康嘱咐他们不要伤心，山涛会把他们养大的。

三千多名太学生也赶赴刑场，联名上书请求不要杀掉嵇康，并请求嵇康传授《广陵散》给他们。嵇康拿着哥哥嵇喜递上的古琴，一边弹奏《广陵散》，一边看着三千多名太学生哈哈大笑，口呼："《广陵散》于今绝矣。"慷慨就义。

后来，向秀在他的《思旧赋》中记录了这段"夕阳在天，人影在地"

的刻骨画面：

> 悼嵇生之永辞兮，顾日影而弹琴。
> 托运遇于领会兮，寄余命于寸阴。

历史总是惊人的相似：执行死刑时，但凡有人集体请愿，被执行人会死得更快。

3000多名太学生集体请愿，天下豪杰甘愿陪嵇康一起坐牢，这无异于一次声势浩大的抗议示威。然而，这样做的结果非但没能救出嵇康，反而更坚定了司马昭诛杀嵇康的决心。

就不能换一种方式？

前半生，嵇康的朋友为他撑起了一片纯净的蓝天。

后半生，嵇康用他两袖月光，轻飏起一抹坚毅的生命暖阳，向世人阐释何为魏晋风骨，何为名士风流。

2010年8月1日，我在北京钟鼓楼下偶遇了我的偶像基努·里维斯。虽然我不是死忠粉，我也没有对着他狂喊，尖叫，我只是本能地朝着他挥挥手，点点头，但他却于万万人之中，真实地朝我报以礼貌的微笑。他走远了，我用手机抢拍了一张他的侧影。

西装，墨镜，帅得一塌糊涂。

《生死时速》里的追风少年，形神无以言表。

虽然赚着百万美金，他却住在普通的套房里，他将拍摄《黑客帝国》收入的70%捐献给了治疗白血病的医院，他的身边没有保镖，身上没有大牌。

他甚至将七千万美元片酬平均分给了剧组的员工。

在《甜蜜的十一月》里，他硬是用一个男人少有的浪漫，让癌症女孩查理兹·塞隆，把一个普通的十一月，活成了多姿多彩的一辈子。

可他像嵇康一样奇异莫测，只差去到猪圈与猪同饮。

四十七岁生日的时候，他衣衫褴褛地坐在马路边吃自己的蛋糕，蛋糕上还插着一根生日蜡烛，有粉丝走过来聊天，他便把蛋糕和他们同分共享。

基努·里维斯常常独自一人出现在一个个日常生活的场景里，衣着随便乃至邋遢，搭公交、坐地铁、骑摩托车，买爆米花、看电影，和路人微笑、寒暄、打招呼，低调、温和、谦逊，有时还很体贴和善解人意。

基努·里维斯，一个二十多年前就成名的一线巨星，把自己活成一个平平凡凡的普通人的传奇。

很多人说，基努·里维斯就是山间的一缕清风。

嵇康、基努·里维斯，岂止是山间的一缕清风，他们就是两袖月光捧出的一抹暖阳。

三界生死，千秋大业，万丈红尘，熙熙攘攘，名来利往。

虽然都很美好，但这个世界，配不上 J 字辈的嵇康和基努·里维斯。

如果我把他俩介绍给孩子们，让他俩做孩子们的朋友，进而做他们的老师，我想，孩子们不会反对。

这俩被上帝吻过的男子，携带着岁月的暖阳，漫过时间的河，抚过孩子的心扉，定会在时光斑驳深处，让每一个孩子能够聆听到花开的声音。

我不知道孩子们会怎么看。

也许，只要了解他们的故事就好。

汪应耀谱曲《好了歌》重建别样语文课

# 现代教育迷困症的解药

可知世上万般，

"好"便是"了"，

"了"便是"好"。

若不"了"，

便不"好"；

若要"好"，

须是"了"。


我这歌儿便名《好了歌》。

小朋友心目中的"好了"可能很简单：

本周末的作业做完了；

我想和他去小花坛转一圈；

我想一个人待一会儿；

我想去围墙边捉蜗牛；

……

可教育的"好了"在哪里？

怎么也没想到，《红楼梦》会和我的教学生出千丝万缕的绵缠。

一开始接触《红楼梦》，是因为宝玉、黛玉这对儿女的情情爱爱，但一旦细看了，深入了，我发现，《红楼梦》根本就不是专写风花雪月、儿女情长的，它要向我们呈现的，是人世间无限多元、无比纷呈的样态。

今天读《红楼梦》，我会对管理学有思考，对自然科学的功能细分有研究，对政治有觉悟和反省，对人性有悲悯和忏悔，对国家民族的兴盛和衰亡有更多的警惕和反思……

作为一线教师，我思考更多的是对教育的领悟和创新，让教育更具时代性和历史使命性。

正是基于对教育的领悟和创新，我不断研习和倍加延爱《红楼梦》。

2016 年末，"汪应耀老师经典吟唱"工作室成立，校本课程"汪老师的语文课"全面铺开。2017 年，由我领学的少儿品读《红楼梦》的自主课程得以顺利实施。因为我的学生是小学生，选修课程的内容必须符合其生理特点和认知能力，所以，我选取了经过改编而成的童谣《红楼四大家》，自己谱曲的儿歌《好了歌》和青春王国大观园里林黛玉、贾宝玉等结诗社所创作的诗文《咏白海棠》等为品读选项，让孩子们按"观看电视剧《小戏骨：红楼梦》—读诗文—写诗文—背诗文—演诗文"的顺序边玩边学，我和孩子们一起把这门选修课叫作"红楼一梦小诗童"。

应该是唤醒了他们"好演"的天性，孩子们的学习兴趣很高，他们觉得自己读得好，背得好，写得好，一定也会演得好，终是玩得开心极了。

"满纸荒唐言，一把辛酸泪。都云作者痴，谁解其中味？"

中国历史上，除了司马迁作《史记》，恐怕再没有人像曹雪芹这样，把全部的深情和心血投入到一部著作的写作中。

千古《红楼梦》留给我们的是品不完、说不尽的感慨与辛酸，读罢直叫人顿足捶胸，放声痛哭，却又不能一语言尽为何要扼腕哀叹，为何要大放悲声。

《红楼梦》中有三百多个人物，角色众多，琐事繁杂，但作者如现世中一位史诗级的电影导演，使用蒙太奇的手法，巧妙编织，铺排，把错综复杂的人物关系梳理得一清二楚，于平淡的日常中，使故事情节走向曲折离奇，读者一旦入戏，便是欲罢不能。这在世界文学史上极为罕见。"字字看来皆是血，十年辛苦不寻常"是《红楼梦》成书不易的真实写照。

《红楼梦》是一部具有世界影响力的人情小说，是举世公认的中国古典小说的巅峰之作，也是中国封建社会的大百科全书、传统文化的集大成者。即使将它置于21世纪的璀璨文苑，授予其"诺贝尔文学奖"也毫不为过！其"真事隐去，假语村言"的特殊笔法，令后世读者脑洞大开，浮想联翩。有研读人认为《红楼梦》是一部饮食文化发展史，也有研读人认为《红楼梦》是一部中医研究典籍，更有研读人认为《红楼梦》是一部成就卓越的古诗词典范，等等，不一而足，并且各路人马都能罗列举证，洋洋洒洒地自圆其说。红学考证、红学研究至今兴盛不衰是为证。

近三百年来，世界各地读者钟爱《红楼梦》的热情不减，甚至是与日俱增！尤其是他们读后所散发的情怀更是五彩缤纷，与时俱进！这些暖心而又益趣的热望与情怀，让《红楼梦》持续散发出奇异的魔幻之力，焕发出无与伦比的青春之光！

记得曾经与湖北省著名的词作家雷子明先生探讨音乐作品的经典和流行的话题，他的高见给了我很深的印象，他说：流行是一时的经典，经典是永远的流行。

于是，我发现了一个永远流行的经典：《红楼梦》。

感谢时光流转中的缘分！

感谢出现在身边的经典！

感谢阅读给予的快乐！

研读《红楼梦》三十余年，它早已成为我的床头书，临睡前读一段，即使是点滴琐碎的，也耐人寻味，若有所悟。每次读都有很多不同，把那些不同的、平淡琐碎的日常串起来，仿佛就是在阅读自己的一生。看到累了，就丢下了，也就睡了。等到第二天日出日沉黄昏后，会再次捡拾起它。我想，这可能是读《红楼梦》最好的方法。

林语堂先生在他的《平心论高鹗》中表达过自己的观点：最喜欢探春，最不喜欢妙玉。一代大师表述好恶坦荡直白，痛快！

也许每个人都有表达自己诉求的权利。多次细读《红楼梦》后，我却不敢轻易表达简单的"喜欢"或"不喜欢"！探春聪明、大气，锐意改革，令人喜爱；妙玉洁癖严重，孤芳自赏，就一定招人厌恶吗？

三十余年拜读《红楼梦》，面对书中繁复庞杂的人和事、考究广博的诗和文、简明玄妙的偈和情，我万万不敢妄谈有多大收获。而作为一名有着三十多年教龄的一线教师，站在教育的角度，倒是有一点点思考。

1949 年中华人民共和国成立，战乱结束，教育开始进入和平建设与发展的轨道，并呈现出新的气象。

1958 年，毛主席根据中国教育的现状，进一步提出了"教育为无产阶级政治服务，必须同生产劳动相结合"的方针，并且在《工作方法六十条（草案）》中对教育与生产劳动相结合的教学方法提出了具体意见。但这种新气象不久就被 50 年代末的冒进式做法和一些"左"倾的做法所取代，使教育受到伤害。

1976 年以后，教育界开始拨乱反正，并在此基础上对教育体制进行全面改革，确定了教育在国家发展和国家现代化中的战略地位，教育现代化才重新步入正轨。

1978 年 4 月 1 日，《人民日报》刊登了郭沫若同志在人民大会堂里热情洋溢的演讲词，他在演讲的最后激动地说："春分刚刚过去，清明即将到来。'日出江花红胜火，春来江水绿如蓝'。这是革命的春天，这是人民的春天，这是科学的春天！让我们张开双臂，热烈地拥抱这个春天吧！"

也许是错过了，很遗憾我没有看到，也没有听到有人振臂高呼：这是教育的春天！让我们张开双臂，热烈地拥抱这个春天吧！

但我仍然很激动，很高兴，因为学校有科学课呀。

曾经有人说过，世界上最大的竞争就是教育的竞争，就教育在国家发展中所处的重要地位而言，这种说法并不过分。改革开放四十多年，中国教育在民主化、国际化、多样化、个性化、终身化、人本化等方面的变革已取得了巨大进展，成就举世瞩目。我国基础教育发展政策的价值取向发生了转变，由主要重视社会工具价值向关心社会综合利益转变，由重视整体利益向注意教育利益的公平分布转变，由重点关注数量发展到关注素质教育。基础教育经费责任由官民共担向政府担纲转变，基础教育的公益性得到进一步彰显。

党的十九大隆重召开，习近平总书记在十九大报告中明确提出：让每个孩子能享有公平而有质量的教育。

基础教育发展的方向，其最后的落脚点就是努力让每个孩子都能享有公平而有质量的教育，公平与质量就是老百姓最期盼的基础教育。公平就是每一位中国儿童对于教育机会的平等享有，无论地点与身份，都要拥有平等教育的机会和资源。

在这样一个文明、开明、昌明的太平盛世，教育人的机会是空前的，挑战也是空前的！国家在快速发展，经济在快速发展，教育当然也在快速发展！但我们在教育理念、教育管理、教师队伍、教育手段等方面出现的问题也日益增多，社会、学校、家庭、学生等层面面临的压力越来越大。

行走在教育的路上，我们都希望遇见美好的未来！但一路走来出现的那些迷茫和困惑怎么解？

如果你能放慢你奔跑的脚步，我建议你读读《红楼梦》！

也许，《红楼梦》是现代教育迷困症的解药。

作者在书的开篇就观点新颖，语出惊人。尘世间，人们的认知非常朴素：万事万物，要么好，要么不好。这样的二分法早就深入大众的骨髓！但在书中，作者却借贾雨村之口，把人分成三类：应运而生的人，应劫而生的人，居于这两者之间的人（见《冷子兴演说荣国府》）。前十几年读《红楼梦》，不要说思考这部分内容，就是稍作停留也是罕见！为什么？它不是主要的呀！我们要看的是宝黛呀！中华民族几千年的道统中，习惯把人事分成好和不好，这种二分法是不是沿袭至今了呢？大家可以闭上眼睛倒思追问：我是这样看问题的吗？尤其是我们的教育工作者要倒思追问！追逐着分数和名次，我们的老师们无形、无意、无情中就把学生分成了高和低两大阵营！当你把这两大阵营的人数加起来后会发现：他们仍然是少数！大部分的学生居然被我们弄丢了！说好的一个都不能少呢？每每想到这里，不禁头涔涔而背飕飕！

《红楼梦》中，没有"嘲笑"，只有"悲悯"；没有"不喜欢"，只有"包容"。因为书中写了那么多的人和事，在作者的笔下，你可以看到各种不同形态的生命，残酷的、温和的，高贵的、卑贱的，富有的、贫穷的，美的、丑的……你却丝毫看不到他对人事评判的态度，他如同一面镜子般澄澈，看似在还原人、事、物的自然和本真，把评判权交给读者，但你分明又能体味到他的好恶，触摸到无处不在的宽容和悲悯！《红楼梦》通过一个个不同形式的生命，让我们知道他们为什么"上进"，为什么"洁癖"，为什么"爱"，为什么"恨"。生命仿佛是一种"因果"，当"因"和"果"

循环交替，也就有了真正的"慈悲"，"慈悲"其实是真正的"智慧"。

因为书中记录了那么多个性分明的女性，作者极尽溢美之能，把她们个个刻画得娇美可人，个性鲜明，把女性捧抬到至高无上的境地，开了中国男女平权的先河！与其说是当时环境下的离经叛道，不如说是披荆斩棘、舍我其谁的高调创新！

因为书中描绘了一幅美轮美奂的青春王国图——大观园，在中国小说史上第一次大胆而又积极地呈现了青少年的教育问题。同时强调了教育最有效的途径是经历！作者假神道之偈，使人在经历中顿悟。提醒后世，离开经历谈领悟是虚妄的，甄士隐和贾宝玉从一念执着到幡然醒悟是鲜活的例证。

一个都不能少，自然、本真、澄澈、宽容、悲悯、平等、创新、经历等，不就是现代教育正在大力探究的、现象级的关键词吗？

茶席间与朋友聊起《红楼梦》，结合当前教育的现状与困惑，我多次提到一个人，他就是陶渊明。有二三朋友不解，聊《红楼梦》不谈宝黛，提陶先生干吗？我说，陶渊明就是《红楼梦》中人啊，你不记得第二回《贾夫人仙逝扬州城　冷子兴演说荣国府》里贾雨村口中介于正邪二气之间，一个重要的代表不就是陶先生吗？海棠诗社中，探春簪菊诗云"长安公子因花癖，彭泽先生是酒狂"，那酒狂不也是陶先生吗？友人恍然忆起。确实，阅读《红楼梦》很容易将陶渊明这类人物与宝黛等割裂开来，甚至认为他们与《红楼梦》无关。这是一个跳脱文本并且非常可怕的解读！《红楼梦》中，作者假雨村之口，分人为三类。贾雨村说："天地生人，除大仁大恶两种，余者皆无大异。若大仁者，则应运而生；大恶者，则应劫而生。运生世治，劫生世危。"余者中，就有陶渊明。这些余者，"在上则不能成仁人君子，下亦不能为大凶大恶。置之于万万人中，其聪俊灵秀之气，则在万万人之上"。那《红楼梦》中的贾宝玉，读"四书五经"木讷呆滞，看《西厢记》

则倒背如流，其聪俊灵秀之气确实在万万人之上！我们所有的读者，尤其是我们的教育工作者，难道看不出陶渊明就是书中的贾宝玉，贾宝玉就是生活中的陶渊明吗？而陶渊明和贾宝玉，不正是我们学校里好学生和坏学生之间的"余者"吗？他们恰好就是我们现代教育里容易被忽略和遗忘的大多数！

陶渊明，我们都很熟悉，尤其熟悉他的"采菊东篱下，悠然见南山"和《桃花源记》，但我对他的《归去来兮辞》印象更深。他呼吁："归去来兮，田园将芜胡不归？"这不仅是在呼喊，还是在警醒！他警醒我们现代的文人"田园将芜胡不归"！文化人作为时代的先锋、社会创新的代言人，不能随着时代的浪潮盲目地奔跑，不仅无视沿途的风景，连当初出发的初衷也忘记了！现代很多文化人，心中没有了浪漫，没有了童话，更没有了创新！他们加入奔跑的大军中淘宝、淘金，没有了创作和创新的热情。

汪应耀携学生王君郎参加央视《朗读者》录制

汪应耀携学生参加央视《开学第一课》录制

汪应耀携学生参赛长江读书节勇夺第一

汪应耀指导学生开展"红楼梦辩论赛"

汪应耀携学生登台演唱《水调歌头》

汪应耀携学生主持新年音乐会

汪应耀师生携《长恨歌》登上湖北卫视《童声朗朗》节目

汪应耀与学生们快乐地在一起

栾澍，九岁，汪老师语文课里的贾宝玉

王君郎,九岁,汪老师语文课里的贾宝玉

王梓涵，八岁，汪老师语文课里的贾宝玉

顾恒嘉，十岁，汪老师语文课里的贾宝玉

邓悠然，七岁，汪老师语文课里的林黛玉

黄柏涵，八岁，汪老师语文课里的林黛玉

莫道醉

人喂美酒茶

系入心永酥人

美泡手杯茶赸

己湾茶一盏能

醉人

盛勤依，七岁，汪老师语文课里的林黛玉

刘宇洋，六岁，汪老师语文课里的薛宝钗

于泽西，七岁，汪老师语文课里的贾元春

姚菲尔，八岁，汪老师语文课里的贾迎春

刘芷嫣，八岁，汪老师语文课里的贾惜春

罗心妍，六岁，汪老师语文课里的贾惜春

秦于斯，八岁，汪老师语文课里的贾探春

张思婕，七岁，汪老师语文课里的史湘云

王语辰，七岁，汪老师语文课里的癞头和尚

彭熙喆，九岁，汪老师语文课里的跛足道人